民國文化與文學_{研究文叢}研究文叢

七　編

第 **2** 冊

民國文學史簡論

湯溢澤 著

國家圖書館出版品預行編目資料

民國文學史簡論／湯溢澤 著 -- 初版 --- 新北市：花木蘭文
化事業有限公司，2017〔民 106〕
序 2+ 目 2+186 面；19×26 公分
（民國文化與文學研究文叢 七編；第 2 冊）
ISBN 978-986-485-046-4（精裝）
1. 中國文學史 2. 文學評論
820.9   106013211

ISBN-978-986-485-046-4

9 789864 850464

民國文化與文學研究文叢
七 編 第 二 冊   ISBN：978-986-485-046-4

民國文學史簡論

作　　者　湯溢澤
總 編 輯　杜潔祥
副總編輯　楊嘉樂
編　　輯　許郁翎、王　筑　美術編輯　陳逸婷
出　　版　花木蘭文化事業有限公司
社　　長　高小娟
聯絡地址　235 新北市中和區中安街七二號十三樓
　　　　　電話：02-2923-1455／傳眞：02-2923-1452
網　　址　http://www.huamulan.tw 信箱 hml 810518@gmail.com
印　　刷　普羅文化出版廣告事業
初　　版　2017 年 9 月
全書字數　150613 字
定　　價　七編 31 冊（精裝）新台幣 58,000 元

民國文學史簡論

湯溢澤　著

作者簡介

湯溢澤（1968 年 12 月～），原名湯國梁，湖南衡陽人，文學研究員、律師。研究生畢業後發表
雜文 100 篇，出版小說《白雲岫》，在大學授課之餘受愛好驅使兼具完成科研任務動機，先後對
余秋雨（比如《〈文化苦旅〉：文化散文衰敗的標本》），龍應台（比如《龍應台的不順》），錢鍾
書（比如《錢鍾書〈圍城〉批判》、《透視錢鍾書》等等），民國文學產生興趣。現寄情於茫茫大
山與潺潺小溪之間，在圖書策劃教研的同時，從事民國史思索與小說寫作。

提　　要

　　本書是討論民國文學史命題的小冊子，行文方式可用「破」與「立」兩字予以概括。其
中的「破」就是指陳半個多世紀以來中國乃至世界範圍內流行的新文學史、中國現代文學史、
二十世紀中國文學等理論對解剖中國 1912 ～ 1949 年這一時區的文學所存在的缺陷，反證開展
並建樹民國文學史體系研究的必要性；而所謂「立」，就是民國文學史研究者應備的素質、此學
科的入史標準與內容等等。鑒於水平有限，敬請同仁或者有此愛好者賜教。

中國現代文學史研究中的「民國文學」概念——《民國文化與文學研究文叢》第七編引言

李　怡

與政治意識形態淵源深厚的文學學科

　　大陸中國現代文學研究，最近 10 來年逐漸失去了 1980 年代的那種「眾聲喧嘩」、「萬眾矚目」的熱烈景象，進入到某種的沉靜發展的狀態，如果說，在這種沉靜之中，有什麼值得注意的現象的話，那就是「民國文學」概念的提出以及引發的某些討論。

　　對於海外中國文學研究者而言，現代中國很自然地分作「民國時期」與「人民共和國時期」，這是一種相當自然的歷史描述，作為文學史的概念，也完全有理由各取所需地採用不同的概念：現代中國文學、中國現代文學、中國文學（民國時期）、中國文學（中華人民共和國時期）等等，這裡有思想的差異或者說審美意識形態的分歧，但是卻基本不存在嚴重的政治較量和衝突。站在海外漢學的立場上，人們難免困惑：現代文學也好，民國文學也罷，不過就是一種文學史的稱謂而已，是不是有如此鄭重其事地加以闡發、討論的必要呢？

　　這裡就涉及到對大陸中國現當代文學學科存在格局的認識。其實，嚴格的學科意義上的「中國現當代文學」並不是在 1949 年以前的民國時期建立的，儘管那時已經出現了「中國現代文學」的大學教育，也誕生了為數可觀的「中國現代文學史」著作，但是主要還是講授者（如朱自清）、著作者的個人選擇，體系化的完整的知識格局和教育格局尚不完整。真正出現自覺的「學科建設」的意識是在 1949 年中華人民共和國成立以後，各學科教育大綱的編訂、樣板

式教材的編寫出版乃至「群策群力」的從思想到文字的檢討、審查,都意味著「中國現代文學」學科由此納入到了政治意識形態的一體化架構之中,因此,討論「中國現代文學」學科的任何問題——從內容、結構到語言、概念都是非同小可的「國家大事」,在此基礎上的任何一次新的概念的設計和調整,都不得不包含著如何面對政治意識形態以及如何回答一系列「思想統一」的結論的問題,這裡不僅需要學術思想創新的智慧,更需要政治突圍的勇氣和決心。

回頭看大陸新時期以來的每一次文學史概念的提出,都兼有如此的「智慧」和「勇氣」:例如最有影響的概念——二十世紀中國文學。提出這一概念,其意義主要不是重新劃分晚清——近代——現代——當代的文學史時間,不在於從過去的歷史分段中尋找歷史的共同性;而是為了從根本上跳脫政治化的「現代」概念對於文學的捆綁。

作為學科史意義的「中國現代文學」的「現代」概念,其實已經與它在五四文壇出現之初就有了巨大的差異,完全屬於一種政治意識形態的產物。眾所周知,最早的「現代」概念與「近代」概念一樣都來自日本,最早用「近代」更多,到 1930 年代以後「現代」的使用頻率則超過了「近代」——在那時,中國的「現代」基本上匯通著世界史學界的理解框架,將資本主義發展、傳統世界自我封閉格局得以打破的「現時代」當作「現代」;但是,1949 年以後作為學科史意義的「中國現代文學」的「現代」概念卻又不同,它更多地師法了前蘇聯的歷史觀念:由斯大林親自審查、聯共(布)中央審定、聯共(布)中央特設委員會編的《聯共(布)黨史簡明教程》和由蘇聯史學家集體編著的多卷本的《世界通史》重新認定了歷史的意義和分段方式,〔註1〕馬列主義的五種社會形態進化論成為劃分歷史的理論基礎,1640 年英國資產階級革命由於「階級局限性」屬於不徹底的「現代」,只能稱作是「近代」的開始,而「現代」演進關鍵點是十月社會主義革命的重大勝利,中國的歷史劃分是對蘇聯思維的仿傚:1840 年的鴉片戰爭被當作「近代」的開端,而標誌著「工人階級登上歷史舞臺」、「馬克思主義開始傳播」的「五四」運動則被當作了「現代」,後來考慮到「五四」之時,中國共產黨尚未成立,無法認定

〔註1〕 《聯共(布)黨史簡明教程》於 1938 年在蘇聯出版,人民出版社 1975 年正式出版中譯本。《世界通史》於 1955~1979 年出版,全書共 13 卷。中譯本《世界通史》(1-13 卷)於 1978~1987 年分別由三聯書店、吉林人民出版社和東方出版社出版。

其十月革命式的政治勝利，所以又在「現代」之外另闢 1949 年以後爲「當代」，以彰顯社會主義與共產主義社會的到來，由此確定了中國文學近代／現代／當代的明確格局——這樣的劃分不僅時間分段上不再模糊，而且更具有明確的思想的內涵與歷史文化質地：資產階級文學（舊民主主義革命文學）、新民主主義革命文學與社會主義文學就是近代——現代——當代文學的歷史轉換。

　　「二十世紀中國文學」是中國文學研究界學術自覺，努力排除前蘇聯「革命」史觀影響、尋求文學自身規律的產物。正如論者當年意識到的那樣：「以前的文學史分期是從社會政治史直接類比過來的。拿『近代文學史』來說，從一八四〇年鴉片戰爭到一八九八年戊戌變法，半個多世紀裏頭，幾乎沒有什麼文學，或者說文學沒有什麼根本的變化。」「政治和文學的發展很不平衡。還是要從東西方文化的撞擊，從文學的現代化，從中國人『出而參與世界的文藝之業』，從文學本身的發展規律，從這樣的一些角度來看文學史，才比較準確。」「『二十世紀中國文學』這一概念首先意味著文學史從社會政治史的簡單比附中獨立出來，意味著把文學自身發生發展的階段完整性作爲研究的主要對象。」〔註2〕

　　自「二十世紀中國文學」開啓歷史性的「重寫文學史」以來，中國現代文學的研究一直是富有勇氣地走在這一條「學術創新——政治突圍」的道路上，力圖讓文學回歸文學，歷史還原給歷史。可以說，「民國文學」也屬於這樣的努力，是「重寫文學史」的一種方式。

可疑的「現代性」

　　當然，這種方式也體現出了對既往文學研究的一種反思。

　　「二十世紀中國文學」這一歷史架構顯然具有重大的學術價值，直到今天依然是影響最大的文學史理念。然而，在「民國文學」的視野之中，它也存在著需要克服的問題：「二十世紀中國文學」這一概念是否已經具備了學科的穩定性？例如，在「二十世紀」業已結束的今天，它是否能有效地參照當下文學的異質性？如果說，「二十世紀中國文學」曾經闡發過的諸多概念都依然適用於今天，如果「新世紀文學」的基本性質、使命、遭遇的問題等等幾

〔註2〕黃子平、陳平原、錢理群：《二十世紀中國文學三人談》36頁、25頁，北京：人民文學出版社 1988 年。

乎都與「舊世紀」無甚區別，那麼這一概念本身的內涵和外延至少也是不夠確定，需要我們重新推敲的了。對於「二十世紀中國文學」而言，其擺脫政治意識形態束縛的核心理念是文學的現代性（當時提出者稱之為「現代化」）追求。但是，隨著 1990 年代中期以來，「現代性」話語逐漸演變成了我們文學研究的基本語彙，它內在的一系列矛盾困擾也日顯突出了。

在新時期，「現代化」與「現代性」主要指代我們打破封閉、「走向世界」的強烈渴望，在那時，「現代」的道義光芒與情感力量要遠遠重於其知識性的合理與完整，或者說，呼喚文學的現代性就如同建設「四個現代化」一樣天經地義，我們根本無暇追問這一概念的來源及知識學上的意義和限度，所以才會出現如汪暉所述的「現代」之問。在 1980 年代，汪暉曾就何謂「現代」向唐弢先生質詢，而作為學科泰斗的唐先生也只是回答說，這是一個「很複雜」的問題。〔註3〕到了 1990 年代，中國學術界開始惡補「現代」課，從西方思想界直接輸入了系統而豐富的「現代性知識」，先是經過了短時間的「現代性終結」之論，接著便是在西方學術的鼓勵之下，迅速舉起「未完成的現代性」旗幟，對各種文化現象展開檢視分析，我曾經借用目前收錄最豐富、檢索也最方便的中國期刊網 CNKI 對 1979 年以後中國學術論文上的一些關鍵詞作數理統計，下面就是「現代性」一詞在各年的出現情況：

	79	80	81	82	83	84	85	86	87	88	89	90	91	92
按篇名統計	0	0	0	0	0	0	0	0	0	2	0	0	0	0
按關鍵詞統計	0	0	0	0	0	0	0	0	0	0	0	0	0	0

	93	94	95	96	97	98	99	00	01	02	03	04
按篇名統計	4	16	26	28	48	60	108	128	166	213	268	381
按關鍵詞統計	0	0	5	11	11	20	69	109	165	225	287	443

表格說明：

1. 統計單位為「篇」。

2. 檢索的學科涵蓋「文史哲」、「經濟政治與法律」、「教育與社會科學」。

3. 自動檢索中有極少數詞語誤植的情形，如「現代性愛小說」「現代性」統計，另外個別長文（如高遠東《未完成的現代性》分上中下發表，被統計為三篇，為了保證檢索統計的統一性，以上數據有意識忽略了

〔註 3〕 汪暉：《我們如何成為「現代」的？》，《中國現代文學研究叢刊》1996 年 1 期。

這些情形。

研究一下以上的表格我們就可以知道，從 1979 年到 1987 年整整九年中，中國人文社科的學術論文中沒有出現過一篇以「現代性」爲題目的文章，1988 年出現了兩篇，但很快又消失了，直到 1993 年以後才連續出現了「現代性」論題。這些論文的代表作包括張頤武的《對「現代性」的追問——90 年代文學的一個趨向》（《天津社會科學》1993 年 4 期）、《「現代性」終結——一個無法迴避的課題》（《戰略與管理》1994 年 3 期）、《重估「現代性」與漢語書面語論爭——一個 90 年代文學的新命題》（《文學評論》1994 年 4 期），韓毓海的《「現代性」與「現代化」》（《學術月刊》1994 年 6 期），韓毓海與李旭淵《第三世界的現代性痛苦與毛澤東思想的雙重含義——兼說中國當代文學》（《戰略與管理》1994 年 5 期），汪暉的《傳統與現代性》（《學術月刊》1994 年 6 期），彭定安《20 世紀中國文學：尋找和創造現代性》（《社會科學輯刊》1994 年 5 期），文徵《後現代性與當代社會思潮》（《國外社會科學》1994 年 2 期），趙敦華《前現代性、現代性與後現代性的循環關係》（《馬克思主義與現實》1 年 4 期）等。

對概念的提煉和重視反映的是一種學術目標的自覺。當然，按照中國學術期刊的學術規範，由作者列舉「關鍵詞」的慣例是 1992 年以後才逐漸推行開來的，整個 20 世紀 80 年代的中國學術論文之前都不存在這樣的標誌性的「關鍵詞」，這也給我們通過統計來顯示中國學者概念的提煉製造了難度，不過即便如此，分析表格中作爲「篇名」的「現代性」話題的增長與作爲關鍵詞的現代性概念的增長，我們也依然可以十分清晰地看出：隨著 1993 年以後中國學者對「現代性」話題的越來越多的關注，「現代性」理念作爲重點闡述的對象或立論的主要依託才逐漸堂皇地進入學術文本，構成其中的關鍵詞語，大約在 1995 年以後開始「傲然挺立」起來。到新世紀第一個十年的中期，無論是作爲論題還是語彙的「現代性」都達到了空前的規模，對西方文化意義的「現代性」含義的追溯和「考古」業已成爲了我們的學術「習慣」。同時，在中國文化範圍之內（包括古代與現代）所進行的「現代性闡釋」更層出不窮，幾近成爲了現代中國文學與文化研究的基本語彙。到 2004 年，我們的統計已經可以見出歷史的重要轉變。可以說至此，「現代性批評話語」真的正在實現著對於 20 世紀 80 年代一系列基本概念的置換。

這樣的置換當然首先還是得力於同一時期西方文學理論與文化理論的引

入，1990年代中期以後，活躍在中國理論界的主流是後現代主義、解構主義、後殖民批判理論與西方馬克思主義，而「現代性」則是這些理論的核心概念之一，正是借助於這些西方理論的輸入，中國現代文學界可以說是獲得了完整的「現代性知識」。在這個知識體系中，人們對現代、現代性、現代化、現代主義的辨析達到了前所未有的深入和細緻，對文學的觀照似乎也獲得了令人激動不已的效果和不可估量的廣闊前程，中國現代文學史至此有望成為名副其實的「現代性」或「現代學」意義的文學敘述。

應當承認，1990年代對「現代」知識的重新認定的確是為我們的文學史研究找到了一個更具有整合能力的闡釋平臺，借助福柯式的知識考古，我們固有的種種「現代」概念和思想得到了清理，現代、現代性、現代化，這些或零散或隨意或飄忽的認識都第一次被納入到了一個完整清晰的系統當中，並且尋找到了在人類精神發展流程裏的準確的位置。最近10年，「現代性」既是中國理論界所有譯文的中心語彙，也幾乎就是所有現當代文學史研究的話語支撐點。

但是，從另一方面來看，我們的「現代」史學之路卻難以掩飾其中的尷尬。追溯「現代性」理論進入中國的歷史，我們都會發現一個有趣的轉折：在1990年代初期，恰恰也是其中的一些論斷（後現代主義對社會現代性的批判）導致了我們對現代文學存在價值的懷疑和否定，而到了1990年代中後期，當外來的理論本身也發生分歧與衝突的時候（例如哈貝馬斯對現代性的肯定），我們竟又神奇地獲得了鼓勵，重新「追隨」西方理論挖掘中國文學的「現代性價值」——中國文學的意義竟然就是這樣的脆弱和動搖，只能依靠西方的「現代」理論加以確定？！這足以提醒我們，中國學者對「現代性」理論的理解和運用在多大的程度上是以自身的文學體驗為依據的？同樣，在「現代性」視野下的中國現代文學研究當中，中國現代文學的種種現象也一再被納入到全球資本主義時代的共同命題中，例如「兩種現代性」、「民族國家理論」、「公共空間理論」、「第三世界文化理論」等等……跨越了歷史境遇的巨大差異，東西方文學的需要是否就這麼殊途同歸了？他者的理論是否真讓我們的文學闡釋一勞永逸？中國文學的現代之路難道就沒有自成一格的更豐富的細節？

較之於直接連通西方「現代性」闡釋之路的言說，「民國文學」這一概念首先試圖表達的就是擺脫先驗的理論、返回歷史樸素現場的努力。

1997 年，陳福康借助史學界的概念，建議中國文學的現代／當代之名不妨「退休」，代之以中華民國文學／中華人民共和國文學之謂。後來，張福貴、湯溢澤、張中良、李怡等人都先後提出這一新的命名問題，〔註4〕我將這樣的命名方式稱之爲「還原」式，就是因爲它所指示的國家社會的概念不是外來思想的借用──包括時間的借用與意義的借用──而是中國自己的特定生存階段的眞實的稱謂，借助這樣具體的國家社會形態框架，我們的文學史敘述有可能展開爲過去所忽略的歷史細節，從而推動文學史研究的深入。

在多少年紛繁複雜的理論演繹之後，中國文學研究需要在一種相對樸素的歷史描述中豐富起來，自我呈現起來。

「民國文學」研究的幾種可能

當然，「民國文學」概念提出來以後，各方面也不無爭論和質疑，這些爭論和質疑的根本原因有二：長期以來「民國」概念的陰影不去，至今仍然以各種「成見」干擾著我們的思想，或者對我們的自由探索構成某種有形無形的壓力；新概念的倡導者較長時間徘徊在概念本身的辨析之中，文學史的細節研究相對不足，暫時未能更充分地展示新研究的獨特魅力，或者其他的同行業也未能從林林總總的研究中發現新思路的廣闊空間。

關於「民國文學」研究，有這樣幾個方面的問題可以澄清和深發。

一、「民國文學」是民國時期的現代文學，可以涵蓋絕大多數的現代文學現象。不僅可以對傳統的新文學傳統深入解釋，而且可以將舊體文學、通俗文學等等「新文學」之外的文學現象有效納入，在一個更高的精神性框架中理解古今中西的複雜對話關係；不僅可以包括從北洋政府到國民黨政府控制區域的文學現象，而且也能有效解釋紅色蘇區文學、抗戰解放區文學，因爲後兩者也發生在民國歷史的總體進程當中，民國文學的概念不僅可以解釋後

〔註 4〕 參看張福貴《從意義概念返回到時間概念──關於中國現代文學的命名問題》（香港《文學世紀》2003 年 4 期）；湯溢澤、郭彥妮《論開展「民國文學史」研究的必要性與可行性》（《當代教育理論與實踐》2010 年 2 卷 3 期）；湯溢澤、廖廣莉：《論開展「民國文學史」研究的迫切性》（《衡陽師範學院學報》2010 年 2 期）；趙步陽、曹千里等：《「現代文學」，還是「民國文學」？》（《金陵科技學院學報》2008 年 1 期）；張維亞、趙步陽：《民國文學遺產旅遊開發研究》（《商業經濟》2008 年 9 期）；楊丹丹《現代文學史」命名的追問與反思》（《長春師範學院學報》2008 年 5 期）。

者，甚至是擴大了後者研究的新思路，解放區文化不是靠拒絕「人民之國」（民國）的理想而生存，它恰恰是以民國理想真正的捍衛者自居，最終通過批判了國民黨政權贏得了在「全民國」範圍內的聲譽；對於投降賣國的汪偽政權，它也不敢輕易放棄「民國」之號，在這裡，民國的「名與實」之間存在一個值得認真分析的張力，並影響到南京偽政府統治下的寫作方式；到華北、蒙疆特別是東北淪陷區，日本文化與偽滿洲國文化大行其道，但是，我們能不能斷定淪陷區文學就理所當然屬於滿洲國文學、蒙古文學或者日本文學呢？當然也不能，近幾年的淪陷區文學研究，相當敏銳地發掘出了存在於這些殖民地的「中華情結」，而民國文化作為現代中華文化的一種形態，依然對人們的精神發揮著根深蒂固的作用——雖然不是名正言順的「民國文學」，但是「民國文學」研究的諸多視角卻依然有效。

　　二、「民國文學」本身不是一個政治性的概念，就如同「民國」本身既有政權性含義，但同時也有政權政治所不能涵蓋的民族、社群等豐富的內涵一樣，而作為精神文化組成部分的「民國文學」更具有超越政治的豐富的意義空間。我同意張中良先生的分析：「民國作為一個國家，在政黨、政府之外，還有軍隊、司法機關、民間社團等社會組織，除了政治之外，還有新聞出版、學校教育、宗教信仰、民族傳統、地域文化、文學思潮、百姓生活等等，民國文學是在多種因素交織的社會文化背景下發生、發展起來的，因而其歷史化研究的空間無比廣闊。」〔註5〕事實在於，越是在一個現代的形態中，國家政權的強制力越有限，而作為社會文化本身的力量卻越大，包含文學藝術在內的社會精神文化，恰恰努力在民國時期呈現出了自己的獨立性和自主性。所以，「民國文學」並不等於就是國民黨的文學，自由主義文學與左翼文學都是民國文學的主體，而且由左翼文學所體現的反抗、批判精神也可以說是民國文學主要的價值取向，「民國批判」恰恰是「民國文學」的基本主題。曾經有大陸學者擔心「民國文學」研究會重新推動中國現代文學研究走入政治的死胡同，相反，也有臺灣學者對大陸「民國文學」研究刻意切割文學與政權制度的關係有所不滿，〔註6〕我覺得這兩方面的意見雖然有異，但都是出於對民國時期文學獨立性、自主性的認知不足。民國文學本身就是知識分子追求

〔註 5〕張中良：《民國文學歷史化的必要與空間》，《文藝爭鳴》2016 年 6 期。

〔註 6〕王力堅：《「民國文學」抑或「現代文學」？——評析當前兩岸學界的觀點交鋒》，《二十一世紀》2015 年第 8 期。

政治自由的體現，對政治自由的嚮往當然是將我們的精神帶離了專制政治的陷阱；而民國政權在文學政策上的某些讓步和妥協從根本上講並不來自統治者的恩賜，恰恰也是民國的社會力量、民間力量蓬勃發展、持續抗爭的結果，現代國家出現之後，其文化發展最可寶貴之處就是「明君」與「賢臣」文化的逐步消失（雖然政治家的開明和理性依然重要），同時社會性力量不斷加強、民間力量日益發展，後者才是最值得我們注意和總結的文化傳統，只有在後者被充分發掘的基礎上，政治制度的種種歷史特徵才有可能獲得真實的把握。

三、「民國文學」研究其實有別於隸屬於大眾文化、流行文化的「民國熱」。作為對長期以來「民國史」的粗暴化處理的背棄，「民國熱」已經在大陸中國流行有年，民國掌故、民國服飾、民國教育，還有所謂的「民國範兒」等等，這本身不難理解，而且我以為在「各領風騷三五年」的各種「熱」當中，「民國熱」依然保留了更多的自我反省的因素，因而相對的「健康性」是明顯的。儘管如此，我認為，當代中國社會出現的「民國熱」歸根結底屬於大眾文化潮流，而「民國文學研究」則是中國學術多年探索發展的結果，是文學研究「歷史化」趨向的表現，兩者具有根本的不同。其實，「民國文學」研究雖然與當今的「民國熱」差不多同時出現，但中國學界本著實事求是的精神，努力救正「以論代史」的惡劣現象、盡可能尊重民國史實的努力卻是由來已久了。在大陸中國，雖然因為政治原因，「民國」一詞一度包含了某種政治禁忌，需要謹慎使用，但總體來看，除了「文化大革命」這樣的極端的文化專制時期之外，對「民國史」的關注和研究一直有學人勉力進行。從新中國成立到1980 年代初，「民國史」的考察、研究一直都得到來自國家層面的高度重視，並不斷被納入各種國家級的科研計劃與出版計劃。《中華民國史》的編修工作早於《劍橋中國史》的編寫計劃，「民國史」的研究也早在 1956 年就已經列為國家科學發展十二年規劃，民國史的出版也在 1971 年就進入了國家出版規劃。呼籲「民國史」研究的既包括董必武、吳玉章這樣的「民國老人」，又包括周恩來總理這樣的黨和國家領導人。「民國文學」的研究借概念之便，當更能夠順理成章地汲取「民國史」的研究成果，以大量豐富的歷史材料為基礎，對中國現代文學研究的「歷史化」進程作出堅實的貢獻。

當然，民國文學研究，一方面固然應當強調加強學術研究的自覺性，與大眾文化的趣味相區分，但是，也不是要刻意區隔和拒絕那些來自社會民間

的寶貴情懷，相反，有價值的研究總能從現實關懷中汲取力量，讓學術事業擁有的豐沛的社會情懷，本身也是在健康和積極的方向上為中國的當代文化貢獻自己的智慧和力量。

四、「民國文學」研究可以形成與華文文學研究諸多問題的有益對話。當「民國文學」這一概念的使用跨出中國大陸，尤其是與海峽對岸學界形成對話之時，可能就會遇到嚴重的困擾：在我們大陸學界的立場來看，它理所當然就是一個歷史性的概念，「民國」在 1949 年已經結束，我們的「民國文學」研究如果不加特別說明，肯定是指 1912 民國建立到 1949 年中華人民共和國成立這一段歷史時期的文學，使用「民國文學」概念，存在著一個嚴肅的政治的界限；但是，繼續沿用著「民國」稱號的對岸，是否就是大張旗鼓地書寫著「民國文學史」呢？弔詭的現實恰恰是，當代臺灣學界似乎比我們離「民國」更遠！在經過了日本殖民文化——國民黨統治——解嚴後思想自由——政黨輪替、「去中國化」思潮這樣一系列複雜過程之後，在一個被稱作「後民國」的時代氛圍中，「民國」論述照樣承受了「政治不正確」的壓力，其矛盾曖昧之處，甚至也不是「一個民國，各自表述」就能夠概括得了的。也就是說，在海峽兩岸這最大的華人世界裏，「民國文學」都存在相當的糾纏矛盾之處。如何解決這樣的尷尬呢？如何在兩岸學術界，建立起彼此都能夠接受的論述呢？我覺得這裡有兩個可以展開的思路。

首先是集中研討那些沒有爭議的時段。例如民國成立到 1949 年中華人民共和國成立這一歷史時期，我稱之為民國文學的典型時期，對臺灣而言，1945 年光復之後，特別是國民政府遷臺之後，民國文化與文學當然也完成了移植與建構，不過解嚴以來，本土化傾向日益強化，與「典型時期」比較，情況已經大為不同，固有的「民國文化」發生了變異、轉換與遮蔽，只有首先清理那些「典型」的民國文化，才最終有助於發掘現存的「民國性」。目前，對於研討「民國文學典型時期」的設想，在兩岸學界已經有了基本的共識。

其次是通過凸顯「民國文學」研究方法的獨特性與華文文學的其他學術動向形成有益的對話。所謂「民國文學」研究不過是一個籠統的稱謂，指一切運用「民國文學」概念創新解釋現代文學現象的嘗試，它至少包括兩個大的方向，一是對民國時期文學發展的種種問題進行新的梳理和闡述；二是通過對於「民國是中國的現代形態」這一思路的認定，生發出關於如何挖掘、描述中國知識分子「現代追求」的種種學術思路，進而對現代中國文化獨創

性問題作出令人信服的闡發，借助這一的闡發，「現代性」視野才不至於單純流於西方的邏輯，而成為中國現代精神生產的一種獨特形式，這些努力的背後，樹立著發現現代中國精神主體性與學術主體性的深遠目標，這可謂是「民國作為方法」的特殊價值。對於這種「文化主體性」的重視，我們同樣可以從作為臺灣學術主流的「臺灣文學」以及史書美、王德威等人倡導的「華語語系文學」那裡看到，彼此對話的空間值得開拓。

「臺灣文學」一度有意識與中華文學相區隔，尋求自己的獨立空間，然而身居「民國」卻是寫作者不能不面對的事實，「民國」與「臺灣」在現實中相互糾纏，在歷史中前後延續、滲透、轉化、變異，無論從哪一個方向來看，離開「民國文學」的歷史與現實，都無法清晰道出現代「臺灣文學」的脈絡與底蘊，這一理念，似乎已經為越來越多的臺灣學者所認可，臺灣文學研究者如陳芳明、黃美娥都多次出席兩岸舉辦的「民國文學研討會」，發表了梳理民國文學與臺灣文學關係的重要論文。

「華語語系文學」（Sinophone literature）是當今華文文學界的最有代表性的命題。儘管其倡導者史書美、王德威、石靜遠等人的具體觀念尚有不少的差異，但是突破華文文學的「中國中心」立場，在類似於英語語系、法語語系、西班牙語系的多樣化格局中建立各華人世界的文化獨立性和主體性，確實是他們的共同追求：「中國內地各種討論海外華文文學的組織、會議、出版，其實存在著一個不可摒除的最後界限，即要歸納在一個大中國的傳承之下，成為四海歸心的一個象徵。很多海外學者會覺得這種做法是過去的、老派的、傳統的帝國主義的延伸，於是提出華語語系文學，使之成為對立面的說法。」〔註7〕擺脫「西方中心主義」來談論「全球文學」，去「中心」、解「權力話語」，不再將華語文學當作某種「中國」本質的「離散」，而是始終在流動性、在地化、變異與重構中生成，這是「華語語系文學」的基本追求。應當說，「民國文學」的研究理念剛好可以與之構成有趣的對話：作為文化主體性與學術主體性的建構，兩者顯然有著共同的意願，

不過，在不斷表述擺脫西方理論模式束縛的同時，「華語語系文學」卻將主要的批判矛頭對準了「中國性」與「中國文化」，史書美甚至為了執著地對抗「中國」，將中國文學排除在「華語語系文學」之外。這裡就產生了一個需

〔註7〕 李鳳亮：《「華語語系文學」的概念及其操作——王德威教授訪談錄》，載《花城》2008 年第 5 期。

要認真探討的問題：阻擾現代華語世界精神主體性建構的力量是否就主要來自「中國」，而非實力更為強大的歐美？或者說，在普遍由歐美文化主導的「現代性」格局中，各種現代中華文化形態的經驗更缺少相互啓迪、相互借鑒與相互支撐的可能？如果考慮到「現代性」的言說模式迄今基本還是為歐美強勢文化所壟斷，「大華文區域」依然共同承受著這些文化壓力之時。以「在地」華文世界各自的經驗獨特性構製各自的「主體性」固然重要，在華文世界與其他世界的比照中尋找我們共同的經驗、重建華文文學本身的認同和主體價值，同樣不可或缺。而「民國文學」的經驗梳理，也就是華文世界的「現代認同」的基礎，也是華文文學主體性的主要根據，「作為方法的民國」需要在這樣共同的文化經驗的基礎上加以提煉。

這裡具有中華文化的共同傳統與民族記憶，又都在不同的條件下融入了全球現代化的過程。文學發展的背景同樣經歷了農業文明到工業文明、後工業文明的歷史過程，同樣遭遇了從威權專制到現代民主的轉變。

就文學本身而言，同樣具備了中國古典文學的修養和基礎的積澱，同樣進入到現代白話文學的時代，雖然因為政治意識形態的介入，中國新文學傳統的理解和繼承方式有別，彼此有過對新文學傳統的不同的認識──大陸以左翼文學為正統，臺灣等區域可能更認同以胡適為代表的自由主義，但是作為大的現代文學經驗依然具有相當的同一性。〔註8〕

對主體性的任何形式的尋找最終都不是為了將自身的族群從周遭的世界中分裂出來，而是為了更深刻地認識自我，發現自我的價值，最終也可以與「他者」更好地溝通與共存。大陸「中國中心」意識值得警惕和批判，但是與其徑直將大陸中國的華文文化視作對立的「他者」，毋寧將其當作既挑戰自我又激發自我的「他者」，而且這樣的「他者」也不能取代我們從歐美強勢文化的「他者」中承受的壓力，換句話說，大陸中國的華文世界並不是包括臺灣在內的華文世界的唯一的壓力，各區域華文文學的成長同時也不斷感受著來自其他文化力量的持續不斷的擠壓和挑戰。如果我們能夠面對這樣的事實，那麼，就會發現，華文文學世界的「共同經驗」的分享依然有效，依然重要，依然值得進一步挖掘和發揚，而在民國──這樣一個由華人所建立的現代意義的文化形態中，存在著值得我們共同珍惜的精神遺產。正如王德威

〔註 8〕 參見李怡：《命運共同體的文學表述──兩岸華文文學視野中的「民國文學」》，《社會科學研究》2013 年 6 期。

所意識到的那樣：「在我看來，將海外與中國內地相對立，是另一種劃地自限的做法……如果只強調海外的聲音這一面，就跟大陸海外華文文學各種各樣的做法沒有什麼兩樣，只不過站在反面而已。」「對於分離主義者來說，我覺得華語語系文學這個概念也適用……如果你不知道中國是什麼樣子的話，你有什麼樣的能量和自信來聲明你自己的一個獨立自主的自為的狀態（不論是政治或是文學的狀態呢）？〔註9〕

〔註 9〕 李鳳亮：《「華語語系文學」的概念及其操作——王德威教授訪談錄》，載《花城》2008 年第 5 期。

自　序

　　作爲草民的我雖然混跡於城市近 30 載，今日卻扮演城巴佬、鄉巴佬混同的角色。二十世紀末葉在品嘗錢鍾書文雅式的刻薄、中西合璧的古奧後，我遂思考著「民國文學史」話題，至此已有十六、七年。只是凡事、瑣事纏身，新世紀開端我才圍繞「民國文學史」話題間隔性撰文，直至 2004 年拙作才開始定稿。2014 年春節裏，李怡先生邀約擬於寶島臺灣出版有關民國文學史方面的圖書，我遂結集先聊以自娛。

　　碼字工投稿是自由的，但並不能確保自由的投稿短時段內發表，就像金童玉女戀愛自由，而男方若遭遇對方虎媽或狼爸無邊的勢利眼、設置苛刻條件不能結婚登記一樣，我的幾篇文章在幾個雜誌社流浪著。對於編佬們，我只能無語。怨不得他人，我只怨自己人緣的底氣不夠。其實不就是一個薄薄本子幾篇文章，何必撩開大陸紙質媒體尤其是刊物臭薰薰的屁股？難道他人就不明白內幕要我多舌？而且訴說這些又有在證實本人爲「民國文學史觀」開山祖師之一的嫌疑，不就是個史觀嗎？何必搶奪這個金燦燦的帽子使勁往自己頭上扣呢？也正是這個薄薄的本子，本人更不必列舉得到張炯、李怡等先生幫助云云，以顯示自己與權威的親近；也沒必要矯情將此獻給有關人士，萬一對方不領情，豈不自討沒趣、浪費感情？在此只將它呈給辛勤養育我的父母親，書雖薄但親情重，很有性別歧視的「世上只有媽媽好」唱得有些膩了，於我而言，爸爸與媽媽一樣好，祝願他們在天堂同樣幸福！

於帝豪種植養殖園——湖南衡陽道山

2016 年 9 月 19 日晚 9 時

目
次

論開展「民國文學史」研究的
必要性與可行性

　　「民國文學史」是指 1912 年 1 月 1 日至 1949 年 10 月 1 日（此處不含偏安臺灣的中華民國）這個時期中國版圖上所有文學作品、作家、思潮等文學事件的總稱。對其加以客觀、公正、科學研究乃勢在必行。

一、中國文學譜系完整化的需要

　　明末清初之前對中國文學史的研究多為散論，之後才有專論。梁啟超在《中國歷史研究法・中國歷史研究法補編》中稱「今日所需之史，當分為專門史與普遍史之兩途。專門史如法制史、文學史、哲學史、美術史……等等」〔註1〕可惜的是我們的文學專門史沒有寫出，老外搶先一步以「中國文學史」冠書籍之名，如俄國的瓦西里耶夫 1880 年的《中國文學史綱要》〔註2〕，英國翟理斯 1901 年、德國古怒伯 1902 年出版的《中國文學史》，又如日本的兒島獻吉郎編寫的《中國文學史》，在同文社出版的《中國文學》雜誌第 1～9、11 號上連續發表，時值 1891 年的 8 月至 1892 年的 2 月，古城貞吉、笹川種郎分別於 1897、1898 年出版的《支那文學史》，後者是由上海中西書局翻譯出版最早的中譯本——《歷代文學史》，對國人影響頗深，遂有「北林（傳甲）南黃（人）」分別於 1904、1907 年印發的《中國文學史》。當然之前有竇警凡（1897 開始寫但學界不承認為文學史）的《歷代文學史》〔註3〕。隨後各種版

〔註1〕梁啟超，《中國歷史研究法》〔M〕，上海：上海古籍出版社，1987 年。
〔註2〕李明濱，《中國文學在俄蘇》〔M〕，廣州：花城出版社，1990 年。
〔註3〕周興陸，〈竇、林、黃三部早期中國文學史比較〉〔J〕，《社會科學輯刊》2003年第 5 期。

本行市，甚至有泛濫之感。不過我們從作者文本發現了一條「歷時」敘述方式──王朝分期法。如「笹川本」用九章論述「春秋以前的文學」到「清朝文學」；「林本」的第十二至十四章的集部論述「漢魏」、「南北朝至隋唐」、「唐宋至今（清朝）」文體，也就是學者以歷史的、社會的演變爲基礎，以朝代更替作爲文學分期的依據解剖中國文學。

但時至今日，我們發現自 1912 年 1 月 1 日至 1949 年 10 月 1 日這段中華民國文學史在中國文學史找不到座次，而代之以「新文學」、「現代文學」、「二十世紀中國文學」等等，形成以朝代分期突兀式的斷裂。其原因一是歷史分期說多元化使然，如學者拿來老外的理論對王朝分期顛覆一番，把 1840 年鴉片戰爭前稱古代史，而清朝被血淋淋地一刀卸爲古、近代二塊，之後便是現代史了；或者學理與權力結合化如 1940 年毛澤東發表的《新民主主義論》以「五四」運動爲界標，對中國近、現代史予以決定性的劃分，然後跑馬圈地，成爲指導新中國半個多世紀以來現代文學研究的一元話語；二是一些追求純文學的學人紛紛譴責王朝分期法爲「簡單搬弄政治史的模式」，雖然他們在文學史分期上並沒有實質的突破，也沒有令人非常信服的分期法取而代之，就連自己的文學史觀也會混同，如 1840 年之前使用王朝分期法解說，但此後續貂各種說法，「民國文學史」觀被粗暴放逐了如此等等。

爲使中國文學觀不嘎然而斷，建立完整的中國文學譜系就有必要召回被超越的「民國文學史」，以此上接清文學、下銜新中國文學，這樣首先可以鍛造各代文學歷史之間的參照、繼承關係，形成文學史觀的連續性與同一性；其次是文學史研究徹底唯物論使然，因爲唯物論者承認古代社會的秦漢至清文學史觀的存在，那麼也不能規避「民國文學」史實；再次激活文學研究空間，樹立與其它解剖此段時間（1912～1949）諸類分期法平行的文學史論，同時辯證其優缺點。

二、「新文學」、「現代文學」、「二十世紀中國文學」等分期說失誤 急需「民國文學史」的建立

對於 1912 年 1 月 1 日至 1949 年 10 月 1 日的文學解剖方法至今有「新文學」、「現代文學」、「二十世紀中國文學」等等，這些論調有的完成了自己的文學研究使命，有的還在吃力地操作文學機器，有的則自身謬誤叢生。

第一，三者的上、下限非常混淆，尤其是「新文學」常被「現代文學」取代，形成連體的雙胞胎。一是不同學者提法不同。如周作人《中國文學的

源流》（1932 年）主張「新文學」的白話是與明末公安派的「獨抒性靈，不拘格套」，「信腕信口，皆成律度」一致，只是隔幾百年時間，外加科學思想而已。跨度委實太大。其它上限有 1895、1898、1900、1907、1915、1916、1917、1918、1919，下限有 1949、1977、1984 與繼續延伸之說；二是即使同一學者的提法也不同，如朱德發對中國現代文學史分期就創造上、下限分別爲 1917、1977 年，1900、1977 年與「現代中國文學」論三種說法。

　　第二，三者的命名方式沒有眞正的生命力。貼「新文學」之標籤引起時間上的混淆，正如唐代把隋唐以前的詩歌冠名爲古體，把自己朝代興盛起來的稱爲近體、今體，而我們今天統稱之爲古典詩歌。如我們繼續使用新文學這個概念，1 個、2 個……10 個世紀及其以後的來人如何辦呢？由於我們掠奪式地使用新文學詞語，後人要麼爲文化界愚忠孝子，認可這個被非禮乃至多次被輪暴的「新」字，繼續在我們現今新文學跑道上前行，那麼他們只能一代代稱自己文學爲新新文學、再新新文學、又新新文學、新新平方文學、新新立方文學、新新 N 次方文學了；或者後人棄之不用，改用其它詞語替代。可見新文學之說的生命力是有限的。

　　而現代文學時限大部份定在 1919～1949 年，這短短的幾十年在歷史長河裏微不足道，而把它稱爲現代，難道就沒有「以後」、未來了嗎？用進化、發展眼光來檢視，再過 100、200……1000、10000 年，把這幾十年稱爲現代也不合適，管胡適、魯迅、錢鍾書等爲現代作家，那麼我們後代湧現的文學名家，同時代的人們難道稱自己時代作家爲後現代、又後現代、再後現代……作家？

　　若把 1919～1949 年時限的文學劃入「二十世紀中國文學」有以偏概全之嫌。以世紀爲單位解剖文學就不倫不類。我們以此來推算中國文學，可以改寫中國文學歷史爲：前三世紀至二世紀的爲秦漢文學……七世紀的爲唐文學……但《詩經》歸入何時？先民的民間文學如何排隊？而唐韓愈、白居易、皮日休等不就被抓捕，充當學者們自圓其說的「八世紀文學中國文學」的壯丁了嗎？又黃子平解剖「二十世紀中國文學」時說它不是物理、而是個文學史概念，它上限定在戊戌變法，下限也「不一定就到二〇〇〇年爲止」。〔註 4〕依照黃先生邏輯，則有「二十一世紀中國文學」佔用二十二世紀時間，更有

〔註 4〕陳平原、錢理群、黃子平，〈二十世紀中國文學」三人談：緣起〉〔J〕，《讀書》1985 年第 10 期。

「二十五世紀中國文學」搶劫二十六世紀年份……世紀被黃先生的邏輯衝得支離破碎，看來這是一個胡亂絞合的時間線團，時間話語成為玄語。而力挺「二十世紀中國文學」的錢理群卻在《插圖本中國文學史》〔註5〕第一至第七為按朝代陵替來敘述，第八部份則依照其「世紀文學」理論來解說，說明了其理論的蒼白。

前述觀點反映學者們對學術執著，但證明對王朝分期法全部否認是失誤，或者反證了王朝分期法具有生命力；相對其它學者所言，「民國文學史」能夠克服上下限時間分野不清的困惑，而且避免「新文學」遮蔽此段時區優秀文言文（如舊體詩詞）等。

三、中華民國史體系完美化需要建立「民國文學史」

現在處於和平而非戰亂的年代或衰世，被魯迅稱為滿紙寫上「吃人」的歷史要寫，而明殺暗殺的歷史也要修。中華民國充滿血腥、災難，其相應的斷代歷史研究已經初具規模，如中國社會科學院民國史研究室、南京大學民國史研究中心等機構都在努力做縱深挖掘，且分體史也有所進展如「民國科技史」、「民國思想史」、「民國政治史」、「民國軍事史」等紛紛登場，如作為其分支的「民國文學史」不加以建樹並向縱深維度拓展，則無疑拖了這一領域的後腿。

同時「民國文學史」不是一塊貧瘠的黃土，而是一座學術金礦，其自身的魅力是其它王朝文學無法比擬的。從時間向度考察它承前啓後，前承從先秦至清的傳統文學，後啓中華人民共和國文學，使被粗暴超越的38年的文學——「民國文學史」結束被放逐的悲慘生涯，而大中國文學史鏈條也因此沒有斷裂；從形式、內容上看「五四」新文學革了古文學的命，許多「新文學」派視優秀文言文為異端加以排斥，但「民國文學史」給後者以席位，也就是說白話文與文言文優秀作品、作家、流派在「民國文學史」都能安家落戶；從創作個體看人才輩出，30多年時間產生600多位作家〔註6〕，年均人數史無前例，而其作品數量也很驚人；從話語方位看出現在野與執政激烈爭鋒的格局，執政的國民黨有一批御用文人，在野方面既有走中間路線的自由主義作

〔註5〕董乃斌，錢理群主編，劉揚忠等著，《中國文學史：第一部全彩插圖本中國文學史（彩色插圖本）》〔M〕，貴陽：貴州人民出版社，2004年6月。
〔註6〕李立明，《中國現代六百作家小傳／中國現代六百作家小傳資料索引》〔M〕，香港波文書局，1977／1978年。

家，又有與執政者唱反調的共產黨紅色作家，毛澤東本人就身兼政治家、軍事家、文學家，其麾下的作家群及其作品是各代起義軍無法相比的，並且國共兩黨在共抗日本強盜上文藝路線走在一起，此點也是空前的，還有繁榮的外強佔領區文學……如果我們不加以研究，一是造成大中國文學體系的脫節，二是 19 世紀末與 20 世紀初老外搶先編寫「中國文學史」的悲劇即將重演，等到他人搶在我們前面而向世界推出「民國文學史」，我們再遺憾、再慚愧又有何用？

對「民國文學史」加以研究不僅是必要的，而且還具有可行性。

（一）學術自由為「民國文學史」研究提供了良好的土壤

毛澤東說「中國特點就是沒有民主，應在所有領域貫徹民主。」〔註7〕根據民主是魂自由是形即「民主之善在於自由」，「民主是對自由事業的起誓，歷史上為民主而戰就是為自由而戰」〔註8〕等理念，中國是少了或無自由。然而「五四運動」掀起的民主、科學風暴雖成過眼煙雲，畢竟「獨立之精神，自由之思想」樂聲迴蕩在特立獨行的學人頭頂，被杜維民看成是中國最寶貴的資源之一。這些成為走出威權主義陰影的文學研究的基點或「元自由」。如文學從「一為」（文藝為工農兵服務）到「二為」（為人民服務，為社會主義服務）再到「創作自由」最後到達「重寫文學史」小站等，雖映現文學與政治二律背反，但自由女神降臨文學領空的彩虹畢竟飄晃幾次。胡錦濤的在中國「沒有民主就沒有現代化」之論斷為如今和諧社會現代化建設釐定基調，更為文學自由修築了更寬的路基。

因故開展「民國文學史」研究有了良好的分娩氛圍，它可與「新文學」、「現代文學」、「二十世紀中國文學」等和平精進。如「元話語」雖被「現代文學」佔用，「民國文學史」至少可位居「次話語」；又如與「新文學」的「直線進化性」、「二十世紀中國文學」的「現代性」相應的是「民國文學史」標舉的斷代完整性、豐富性、順接歷代文學的連續性。

（二）研究主體逐漸龐大

學界自林傳甲、黃人等開了中國文學史研究法門，王朝斷代分期法成為

〔註 7〕 毛澤東，《答中外記者團問》〔N〕，北京：解放日報，1944 年 6 月 3 日。

〔註 8〕 〔美〕查爾斯‧林德布洛姆（C. E. Lindblom），王逸舟譯，《政治與市場：世界的政治——經濟制度》〔M〕，上海：上海三聯書店、上海人民出版社，1994 年中文版。

研究者解剖文學史的飛刀，文學史線條穩健、明晰、理性。但近幾十年來，學人們單相思的追逐異邦情調，用社會經濟形態觀、精神分析、存在主義、現象學、結構主義、解構主義、原型批判、後現代主義與女權主義等把中國文學肢解得面目全非，文學史模糊、蒼白乃至萎瑣與盲目跟風。在文學研究困惑中只響起幾句提出建樹「民國文學史」的羞答答的、微弱聲音，雖然這是對幾十年來中外文學研究界的諷刺——美國夏志清、香港以中國新文學救世主自居的司馬長風等的觸角極為有限——人們在「民國文學史」操場迅跑了幾十年竟然沒有發掘「民國文學史」，但我們也看到了「民國文學史」萌芽、尖尖角、含蕾待放的朦朧狀態，星星之火即將燎原文學的經典版圖。

當然在「民國文學史」隊伍逐漸壯大，其它派別內部可能反戈、瓦解，拉出隊伍匯入「民國文學史」是受歡迎的，這畢竟是現有條件下增加力量較好途徑，但收編、改編不是簡單地壯丁擴編，也不是門面字、號樸素替換從而導致局面俗與濫，如 1985 年，錢理群、黃子平等的「二十世紀中國文學」出籠，馬上應者雲集，到處飄揚「二十世紀中國文學」杏黃旗，而應該是用「民國文學史」理念予以泰式洗腦革面後並潛心耕耘。施蟄存先生曾說「寫文學史，從來沒有『專利權』」，「每一部都是獨立著作，表現了作者自己的文學史觀，誰也不是對另一作者的『重寫』」。〔註9〕施先生所說「每一部都是獨立著作」是否正確筆者持保留意見，但其拒絕「重寫」思維為「民國文學史」之殷鑒，「民國文學史」也會拒絕「重寫」，因為「民國文學史」是處女地，是原生態，需要科學開墾。

對中國文學研究在一些人看來有過美好歲月，但用懷舊眼光來頻頻回首，有些已是笑話與悲涼手勢。事實上每次對文學的思考都是在新的起點上重返歷史事件原點，對隱蔽的空間細心挖掘、激情拓展，無疑對於「民國文學史」有益無害，這種態度對於其它學科的建立亦然。

（2004 年 11 月定稿　原載於《當代教育理論與實踐》2010 年 6 月第 3 期）

〔註9〕《文學史不需要「重寫」》〔C〕，施蟄存七十文選，上海：上海文藝出版社，1996 年。

On launching the necessity and feasibility study of Literary History in the Republic era

Currently popular *New Literature, Modern Literature, Twentieth Century Chinese Literature* has made some achievements in the deconstruction of the Chinese literature, but the existence of their own limitations is also very obvious. This article describes the deficiencies of the aforementioned views on Literary History, and recommends studying *Literary History in the Republic era* strongly from the necessity and feasibility point of view. In order to make up for over half a century, *Literary History in the Republic era* is banished, resulting in historical pity that pedigree of Chinese literary history has broken up.

論開展「民國文學史」研究的迫切性

　　中華民國歷史經歷了中華民國南京臨時政府（1912 年）、北洋軍閥政府（北京政府 1912～1928）、南京國民政府（1927～1949）三個階段歷時 38 年。按照文學自身發展過程、規則即「文學標準」，同時以文學要受到政治、經濟等其它因素有形或無形制約的文藝社會學的「歷史標準」，尋找被遮蔽的文學與時代關係的因果律，對前述時域內所有文學現象、事件等的有機體加以研究即「民國文學史」，目今對這一課題加以研究顯得刻不容緩。

一、從文學與政治關係考察建立「民國文學史」的合理性

　　學者們吃力地尋覓文學規律，揮舞的利刀把文學這隻沙田柚破解為大小不等的幾十瓣。但文學與政治關係話題目今乃至未來也無法理清，學人似乎千方百計要摧倒政治這隻閻王，解救文學這個小鬼。其結局如何？首先我們從國內層面來看，唐弢在《中國現代文學的編寫問題》中指出：文學史具有單一性，它就是文學史，而不是什麼文藝運動史、政治鬥爭文史、也不是什麼思想鬥爭史。王瑤主張文學史「不能生硬地套用通史的框架」〔註1〕。但發佈宣言容易，貫徹落實維艱。他們文學史作品與理論始終未走出毛澤東在《新民主主義論》中對包括文學在內的中國歷史圈定的跑道，仍然未能超越政治、社會歷史，即使激進的自由主義學者如錢理群者也不例外。錢與黃子平、陳平原於 1985 年推出了「二十世紀中國文學」的神話，而錢與吳福輝、溫儒敏編寫的、1987 年出版的《中國現代文學三十年》卻把文學木椿打在

〔註 1〕 王瑤，〈中國現代文學史的起訖時間問題〉〔J〕，《中國社會科學》1986 年第 5
　　　　期。

1927、1937年，最後10年延至1949年，距其「二十世紀中國文學」論出世近兩年。為何錢等人沒有用自己「現代性的」、危機感、焦慮感之「世紀文學觀」手術刀解剖文學？我們只能推測要麼此書早已完稿因學術業務繁忙，作者沒有或忘記按其看好的理論予以修正，要麼錢先生對「二十世紀中國文學」的完整性、科學性心存膽怯不敢貿然加以實驗。但時過9年出版的《插圖本中國文學史》〔註2〕第一至第七按朝代陵替來敘述，而第八部份則依照其「世紀文學」理論來解說，這又作何解釋？錢在此把理論應用於實踐，不過實踐得彆扭——不古不今，或者說王朝更替與「世紀文學」古今合璧，當然從中我們可以悟出學人千方百計擺脫政治對文學研究的羈絆，其結果並沒有釐清文學史論和政論之間的分界，傳統的王朝分期法具有生命力，學者們的「現代性」刀鋒似乎太鈍無法將其削掉。

其次從外來文化舶來角度看，很多學人單相思追逐異國的最新學術話語，照搬其最新的學術圖案，念念有詞地唱誦西方的子曰詩云，中國文學界遂啪啪長出許多洋式庵堂廟宇。很多人指責王朝分期法是「政治概念的簡單搬弄」，並對文學「去政治化」、人性化等進行不懈努力，將黑格爾的文學類型演變法、勃蘭兌斯文學主流思潮變遷法等如同阿斯匹林注入中國文學肌體，但效果不太顯著。究其實際是因為從外國找到的並非金鑰匙，如勃蘭兌斯《十九世紀文學主流》雖高唱「文學史研究人的靈魂，是人的靈魂歷史」之牧歌，但他還是以1848年暴風雨革命為分水嶺，他把此一時區文學主流分為「流亡文學」、「德國浪漫派」、「法國反動派」、「英國自然派」、「法國浪漫派」、「青年德意志」，可見勃蘭兌斯的主流思潮沒有超越政治。當然洋藥還需洋藥解，美國人吳‧韋斯湯斯所說的「近百年的大多數重要文學的運動名稱很少來自文學本身」，〔註3〕被奉如神明的雷‧韋勒客與奧‧瓦農也說：文學變化部份是由於「文學既定的規範枯萎」，部份是由外在原因「由社會的、理智的與其它文化變化引起的」〔註4〕等被拿來，如同銀針扎入中國文學研究界的幼稚病患者病穴才起到一點鎮靜功能。

〔註2〕 董乃斌、錢理群、劉揚忠，《中國文學史：第一部全彩插圖本中國文學史（彩色插圖本）》〔M〕，貴陽：貴州人民出版社，2004年。

〔註3〕 （美）吳‧韋斯湯斯著，劉象愚譯，《比較文學與文學理論》〔M〕，瀋陽：遼寧人民出版社，1987年。

〔註4〕 （美）雷‧韋勒客，奧‧瓦農，《文學理論》〔M〕，北京：北京三聯書店，1984年。

由此可見，文學與政治、社會史膠著，即使標舉「爲藝術而藝術」大旗如郭沫若者的人品與文本也折射政治光芒。丁望說新文學「總是與時局的變化和民族的禍福密切相關。感時憂國的時代精神，貫穿了整個新文學發展史」。〔註5〕那麼統轄中國 38 年之久（此處沒含 1949 年逃往臺灣的）中華民國作爲一個政治的歷史單位，相應的文學史──「民國文學史」也有存在的合理性。一是政治、社會制約文學，名爲「民國文學史」立論成立；二是縱向來看，它上承元明清文學，下接新中國文學，成爲中國文學譜系中一員，任何粗暴的超越即爲歷史虛無；三是從橫向審視，它爲中國傳統的斷代文學史的繼續，文學事件極爲豐富：「五四」新文化運動、各種文學思潮、作家流派等風起。其飽滿複雜性空前絕後。

二、各種文學史分期法舛誤亟待「民國文學史」的分娩

對 1912 年 1 月 1 日～1949 年 10 月 1 日中國文學予以解剖的工具有「新文學」、「現代文學」、「二十世紀中國文學」、「中國現代文學三十年」等等。這些論說在一定歷史時期完成了相應文學解構使命，取得了一些實效。有的卻釋放與耗盡其儲備的僅有的能量，呈現對文學研究的吃力狀。對於各派的指弊已有很多，如「新文學」狠心地排斥文言文的古體詩詞、小說，「現代文學」在一定程度上其實是與（共產黨）黨史相應的一元化文學史，追求純文學、純藝術、現代化的「二十世紀中國文學」其實只描繪了文學史研究的烏托邦等。本人不必爲此多舌，在此主要指謫其命名的謬誤。

貼「新文學」之標籤純爲時間觀上的混淆，正如唐代把隋唐以前的詩歌冠名爲古體，把自己朝代興盛起來的稱爲近體、今體，而我們今天統稱之爲古典詩歌，誰如稱之爲近體、今體，則稱呼者乃新時代的怪物，而我們如繼續透支使用新文學，那麼 1 個、2 個、幾十世紀及其以後的來人如何辦呢？由於我們過多地使用新文學詞語，使「新」字在文學跑馬場三班倒奔命，精疲力竭而不整治，最後暴死成爲野外孤魂，屍體發臭，後人要麼文字沒有進化，繼續在我們現今新文學跑道上前行，其文學無限地附驥於我們現在的「新文學」之後；要麼爲文化界愚忠孝子認可這個被用累、用臭的「新」字，稱自己文學爲新新文學、再新新文學、又新新文學、再又新文學、新新立方文學、新新 N 次方文學；要麼棄之不用，改用其它詞語替代，那麼這種論調生

〔註5〕丁望，《文學史話·序》〔M〕，臺北：臺北聯合報社，1981 年。

命力何在？

　　而現代文學時限大部份定在 1919～1949，這短短 30 多年在歷史長河裏彈指一揮，而把它稱為現代，難道就沒有「以後」、「未來」了嗎？而我們用進化、發展眼光來檢視，再過 100……1000……10000 年，把這 30 多年稱為現代也不合適，把魯迅、沈從文、錢鍾書等稱為現代作家，後人會罵我們霸道、霸權：專制的祖宗們抽空了文學精華、霸用了我們要用的現代詞語，我們如何稱自己時代名家？而且現代文學研究者還給其學科貼個「合法性」護身符，如葛紅兵者，有的還在努力重建其「合法性」，如羅崗，又有 2005 年 5 月 27 日中外學者如日本千野拓政、尾崎文昭等與國內黃子平、陳思和、洪子誠、南帆、徐中玉、錢穀融、王曉明、陳子善等齊聚華東師範大學召開「中國現代文學研究：重建學科的「合法性」國際學術研討會……學人在忙碌地給其學科注射活力激素，這些說明人們在進取，但是我們要請問的是學科合法性屬於自己單戀式追求的外號還是哪個立法部門通過的立案？就憑教育行政部門大學課程建設的現代文學科目就具有合法性？又假設此說——「現代文學」具有合法性成立，其它稱呼豈不非法了麼？非法者如何處置？……其實學者們只是簡單套用一個「法」字使自己學科神聖化，本人也可以合法的研究人員自居，樹立自己的正統地位。此舉從法學學理上來看實際是犯了一個常識錯誤，即錯把「合理性」、「正統性」等誤為合法性了，學者言行有點急躁孟浪。

　　若把 1919～1949 時限的文學劃入「二十世紀中國文學」除無法體現中國政治上的變化外，更有引發時間亂麻之嫌。以世紀文學觀解剖文學有其新意，但我們以此來推算，可以把秦漢文學改寫為「前三世紀至二世紀文學」……唐文學為「七世紀文學」……而唐韓愈、柳宗元、孟郊等被學者們鏽刀慢慢地剮成兩塊，一塊放在「八世紀文學」的砧板，另一塊丟在「九世紀文學」的稱盤上。又黃子平解釋「二十世紀中國文學」時說不是物理、而是個文學史概念，它上限定在戊戌變法，下限也「不一定就到二○○○年為止」。〔註6〕依此邏輯，可有「二十二世紀中國文學」佔用二十三世紀時間，更有「三十五世紀中國文學」搶劫三十六世紀年份……世紀被黃先生的邏輯捅得支離破碎，這點在此不議，但作為某某世紀文學名稱就沒有王朝斷代那樣幹練、明

〔註6〕陳平原、錢理群、黃子平，〈二十世紀中國文學」三人談：緣起〉〔J〕，《讀書》1985 年第 10 期。

晰，此其一，其二是「世紀文學」是由年代構成，那麼每個世紀的 0～10 年（比如說 1900～1910 年）文學如何稱呼？其三，學者們如堅持自己之說科學，就應該把世紀文學觀堅持到底，並用之改寫文學史建立宏大的世紀文學大廈，事實上，如前所述，力挺此說者闡釋戊戌變法之前的文學使用的依然是王朝分期法，其世紀文學觀觸角插入得不夠深刻。劉再復稱 20 世紀 80、90 年代「思維方式上又回到兩極擺動的簡單化評論」，「現在真需要對 90 年代大陸的文學批評與文學史寫作有個批評性回顧」。〔註 7〕作為曾在中國文學理論界弄潮兒的劉先生在國外進行「批評性回顧」吧，而筆者則對症下藥以「民國文學史」替換世紀文學觀，因為它不會出現時間上下限的混同，至多其下限有人會移至偏安臺灣的民國政府，但如有人發明個「新新民國文學史」、「半民國文學史」、「二十世紀四分之一多一點文學史」⋯⋯此人不是天才就是無知。

三、當今學術自由不能繼續放逐「民國文學史」及其研究

「民主之善在於自由」，民主是魂，包括學術在內的自由是形。林德布洛穆說「民主是對自由事業的起誓，歷史上為民主而戰就是為自由而戰。」〔註 8〕中國國情歷史久自由少或者無，正如毛澤東所說「中國特點就是沒有民主，應在所有領域貫徹民主」。〔註 9〕意即沒有自由。這種虛無縹緲的東西在「五四」運動中雖沒有掀起巨浪但泛出幾絲水紋，胡適主張獨立精神爛照青史，他辦的《獨立評論》標舉一「不依傍任何黨派」，二「不迷信任何成見」的彩旗飄蕩。胡的自由主義雖遭受現實的無情摧毀，留下無限遺憾、無可奈何的忍耐，但對演繹知識分子口頭禪——「獨立之精神，自由之思想」功不可沒。

在文學史研究中，對 1912 年 1 月 1 日～1949 年 10 月 1 日的文學事件相關分期的黃葉漫天飛揚。那麼根據自由這一普世學說，「民國文學史」的提出與建立也有其天賦權利。在大中國文學譜系中，先秦、兩漢、魏晉南北朝、

〔註 7〕 劉再復，《評張愛玲的小說與夏志清的〈中國現代小說史〉》，轉引自李陀、陳燕谷主編，《視界》第 7 輯〔M〕，石家莊：河北教育出版社，2002 年。

〔註 8〕 （美）查爾斯・林德布洛姆（C. E. Lindblom），王逸舟譯，《政治與市場：世界的政治——經濟制度》〔M〕，上海：上海三聯書店、上海人民出版社，1994 年中文版。

〔註 9〕 毛澤東，〈答中外記者團問〉〔N〕，北京：解放日報，1944 年 6 月 13 日。

隋唐、宋、元明清等文學成爲完整的體系已鍥入人們意識近 100 多年，受眾耳朵幾乎被磨繭了，那麼民國政府（狹義上的蔣家王朝）也應有自己一席之地——「民國文學史」；胡適、周作人等有提出「新文學」的自由，王瑤等有主張「現代文學」的權力，黃子平、陳平原、錢理群等有標舉「二十世紀中國文學」的民主，我們亦有建樹「民國文學史」的自由。

李慎之將「自由」解釋爲一是自己要自由（不要做奴隸），二是尊重他人自由（不做奴隸主），三是反對他人之間的奴役（廢奴運動）〔註10〕，也就是爭取自由的自由主義與維護自由（即哈耶克預防的「回到奴役之路去」）的自由主義。將其應用於研究中，則是我們不能做學術的奴隸——無法挖掘「民國文學史」，要自由地提出、構思、建構其學科體系，此其一；其二，尊重他人的自由即在建構「民國文學史」的同時，不妨礙他人在「新文學」、「現代文學」、「二十世紀中國文學」，哪怕是「新新文學」、「後現代文學」、「後後現代文學」、「二十一世紀半中國文學」等方面的研究，當然後者爲學術界前輩，也不要做學術的「奴隸主」，學術大道朝天，各有自由走一邊。至於學術領域的「廢奴運動」需要大家努力，只要我們謹記「我不贊成你的主張，但我誓死捍衛你提出主張的權利」之名言並以此切實規範自己言行，文學研究界的「廢奴運動」就希望在前。

具有開放性的自由是學術討論的「元自由」、「元信仰」，自由地建立「民國文學史」並眞正修得眞經，取得成傚之路漫漫，正如曼德拉所說「自由之路無坦途」。如接過胡適手中漸進研究法木棒——研究並解決「層出不窮的社會問題」，在「民國文學史」建構的路上自由奔跑，比「高談主義」確實要好得多。因此召回被放逐的「民國文學史」是目前學術自由的體現。

四、中華民國史不可空缺「民國文學史」席位

至今對中華民國史的研究已經有 30 多年的歷史，研究機構逐漸增加，如有中國社會科學院民國史研究室、湖南社會科學院中華民國史研究中心、南京大學民國史研究中心等，人員正在不斷擴大；科研成果如論文、專著與教科書、專題研究出版不少。但除中國社會科學院從 1978 年開始編寫出版的《民國人物傳》具有文采外，總體上看爲避免章學誠所謂的「舊史家失去活力」的悲劇重演而再現司馬遷、班固史學精品之輝煌，作者打通「史部」、「集

〔註10〕秦暉，《實踐自由》〔M〕，杭州：浙江人民出版社，2004 年。

部」能力有待於提高；而國外費正清的《劍橋中華民國史》被學術界視爲精品，但其中謬誤不少（如史料引用不正確等）。

作爲中華民國史專門史的「民國文學史」在內容方面被現代文學史替代，而在形式即以「民國文學史」命名方面處於空白狀態；所謂名不正言不順，如不正名且加以研究就不能與時俱進，單科的滯後將妨礙中華民國史整體發展。而更爲重要的是開展「民國文學史」研究是由其本身具有的特質決定的。從時間維度考察它承前啓後，上繼從先民至清的傳統文學，下接中華人民共和國文學，使被粗暴超越的38年的文學──「民國文學史」結束被放逐的悲慘生涯，而大中國文學史鏈條也因此沒有斷裂；從形式、內容上看「五四」新文學革了古文學的命，但「民國文學史」也給一些被革命的優秀文言文作品以席位，也就是說白話文與文言文優秀作品、作家、流派不管南北東西在「民國文學史」可安家落戶；從創作個體看人才輩出，38年時間產生600多位作家〔註11〕，年均人數史無前例，而其作品數量也很驚人；從話語方位看出現在野與執政激烈爭鋒的格局，執政的國民黨有一批御用文人，在野方面既有走中間路線的自由主義作家，又有與執政者唱反調的共產黨紅色作家，毛澤東本人就是一位文學家，其麾下的作家群及其作品史無前例，並且國共兩黨在抗擊日寇上文藝路線走在一起，此點也是空前的，還有繁榮的外強佔領區文學……那麼「民國文學史」不加以研究豈不讓有黃金蒙塵，良馬無櫪，西施無衣之憾？

以「中國文學史」冠名的專門史最早編寫者不是中國人，而是日本的古城貞吉與西方的瓦西里耶夫等，中國林傳甲、黃人等雖急起直追，但充滿惆悵，胡小石就爲此慚愧地說：中國人所出的「反在日本人與西洋人之後」〔註12〕，這是文學領域痛心的事！如我們現在不開展「民國文學史」研究，難道等外國人在此領域打孔、鑽洞進入縱深拓展後，我們才被迫開始？我們難道只配做撿老外口裏吐物或屑物的孬種？

（2015 年 12 月定稿　原載《衡陽師範學院學報》2010 年 4 月第 2 期）

〔註11〕 李立明，《中國現代六百作家小傳／中國現代六百作家小傳資料索引》〔M〕，
　　　　 香港：香港波文書局，1977／1978 年。
〔註12〕 胡小石，《胡小石論文集續編》〔M〕，上海：上海古籍出版社，1919 年，轉引
　　　　 自戴燕，〈怎樣寫中國文學史〉，《文學遺產》〔J〕1997 年第 1 期。

The study of Literary History in the Republic era: a significant and urgent task

Literary History of the Republic of China (*Literary History in the Republic erafor short, the after is the same*) has been grossly ignored and should not be forgotten half a century. The author analyzed this phenomenon from the relations between literary and political, the existing periodization errors of literary history, academic freedom,the achievements of the history system of the ROC and so on, and called for the study of *Literary History in the Republic era* to make up for gapsthis area at home and abroad.

「合法性」：「現代文學」蒼白的
文學囈語

　　「中國現代文學史」（簡稱「現代文學史」，後同）一說在中外文學研究界流行已久，但上世紀末以來其地位受到挑戰，一些學人紛紛爲此惶惶然提出維護或重建其「合法性」。那麼這種論調如何產生？「現代文學史」始於「五四」是否值得推敲？「現代文學史」之合法性是否具有法律依據？或者說力挺此說者是文藝＋社會學＋法學家還是有待於法律常識普及的未社會化角色？如此等等從另一視角說明「民國文學史」的建立刻不容緩。

一、現代文學史「合法性」的出籠及原因剖析

　　「現代文學史」在20世紀末遭遇了前所未有的衝擊，由於人們青睞「二十世紀中國文學」，猶如宮廷嬪妃很少得到皇上雲雨之恩，久生鬱悶，快要窒息一般，「現代文學史」因爆光亮相幾率銳減，有危象叢生的大廈傾倒之虞，遂有人在自己文章中喋喋不休重複昔日學人「現代文學史」的合法性之論調並加以發揮，有的索性直截了當撰寫專文吼出「重建中國『現代文學史』合法性」的高音，如羅崗〔註1〕、葛紅兵〔註2〕等，更有甚者是2005年5月27與28日「中國現代文學研究：重建學科的合法性」國際學術研討會在華東師

〔註1〕倪文尖、羅崗，〈重建中國「現代文學」的合法性〉〔J〕，《文藝理論研究》1999年01期。
〔註2〕葛紅兵，〈二十世紀中國文學史命名的合法性及其功能〉〔J〕，《文藝爭鳴》1997年第1期。

範大學召開〔註3〕，據說這次會議在對過去「現代文學史」的「合法性基礎正遭遇不同程度的質疑乃至根本的動搖」之危機進行回應，通過國際會議形式聲張「現代文學史」之合法性算是本世紀初一大創舉，而與會的中外「大腕」雲集陣營可謂空前。當然人們還有欣慰的是聽到會議在歡迎晚宴開幕上活力四射的文明碰杯聲，嗅到參加會議者乘坐「盤灣方舟」海吃「現代文學史」之合法性歡送晚宴之佳肴香味……如此之眾的學者如此焦慮地執著於「現代文學史」合法性之建樹，其原因安在？

　　首先從提出的主體來看，我們暫不要清算「現代文學史」自身存在的弊端，應該佩服提出者學術上敬業精神：執著而不騎牆——保護自己所從事的學術菜地而不隨波逐流；悲涼而又極端——不忍心「現代文學史」斷氣而給予「合法性」的「灌氣」，可歌可泣！此其一；其二，學者們的聲音典型性反映「現代文學史」界普遍憂慮，此舉不排除飯碗問題。「現代文學史」被撞貶了，滅頂之災怒濤般湧來，學科不存，依附其上的其它東西焉附？嗅覺靈敏者改弦掛其它時髦文學名稱，遲鈍者日子就不好受，絕大部份「現代文學史」專業本學生、研究生、博士後流動站要黃，對於研究者來說可爲慘無人道，課時費、科研費、稿費、外出演說費灰飛煙滅，此時不橫刀怒喝：給「現代

〔註3〕華師新聞網「中國現代文學研究如何重建學科的合法性？2005 年 5 月 27 日，中外著名學者齊聚我校，就此展開研討。上個世紀 80 年代，現代文學研究和社會變化緊密聯繫在一起，到了 90 年代，文學逐漸從社會中心地位退出，現代文學研究也越來越成爲一種學院活動，喪失了介入當代社會的能力；現代文學研究因此也喪失了活力。正是在這樣的背景下，我校中國現代文學資料研究中心發起主辦了此次國際學術研討會。哈佛大學李歐梵教授、日本早稻田大學千野拓政教授、東京大學尾崎文昭教授、香港浸會大學黃子平教授、復旦大學陳思和教授、北京大學洪子誠教授、福建社會科學院文學所所長南帆，以及我校中文系徐中玉教授、錢穀融教授、王曉明教授等海內外著名學者參加了研討。今天的開幕式由王曉明主持，徐中玉、錢穀融先後作簡短致辭，李歐梵就「現代中國文學與文化研究：重思與重繪創造性的領域」作主題演講。兩天的研討，與會學者將主要圍繞「文學性與當代生活」、「文獻學與世界觀」、「文學史、知識生產與文學教育」三個話題充分對話與交流。」5月 26 日下午 18：00 新逸夫樓餐廳歡迎晚宴拉開帷幕，到 28 日 18：30 在「盤灣方舟」歡送晚宴中結束，歷時近 49 個小時，與會的另有胡志德、阪井洋史、王曉明、陳子善、吳曉東、郜元寶、薛毅、鄭國慶、張寧、王堯、欒梅健、張新穎、姜濤、練暑生、敬文東、劉小新、郭春林、文貴良、倪文尖、蔡翔、林建法、吳俊、張業松、高恒文、羅崗、王宏志、殷國明、雷啓立、金宏宇、張煉紅、董麗敏、夏中義、袁進、程凱、湯惟傑、魏泉、耿傳明、王鴻生、賀桂梅、葉誠生、俞兆平、孫曉忠、劉志榮、陳建華等。

文學史」合法之口號更待何時？可見其中有爲稻糧謀的因素。

再從文化語境來看，隨著政治高壓往低壓移步，傳統文學觀念受到來於自身的狙擊乃至謀殺，19世紀70年代「工具論」、「從屬論」破產，之後有劉再復的「文學本體論」，陳平原、黃子平、錢理群的「二十世紀中國文學」，《上海文學》的「重寫文學史」等等或對接「五四」以來的人本精神，或取消政治標準，塡平雅俗溝壑，或追求文化碎片……且應者如雲，引起文學界暴動。尤其是陳、黃、錢的主張及一批文學實踐對「現代文學史」震撼最大，差點全面顛覆「現代文學史」正統的地位，致使其充斥著對天哀歎與無法奈何的惆悵，如不加以衛權就有全軍覆沒之悲。

最後從被保護的客體來看，被陳平原、黃子平、錢理群等人揍得鼻青眼腫的「現代文學史」的本身也包含著致命的缺陷。從全局觀「現代文學史」像個由無限的糠殼做成的龐大的二窩頭，先是政治第一，後有人學、現代性等等；從單個觀點來看，政治性唯一排除了人本、多元的外來文化、生動的民間文學與精品式的舊體詩詞等，從而文學成爲一潭政治污水。除此以外，還要深刻檢討「五四」開端說與現代文學史分期問題。

二、對「五四」開端說與「現代文學史」分期法檢討

現代文學論調大多數開源於「五四說」，作爲具有政治神話與文化神話的「五四運動」成爲中國現代文學開端說，現在有必要歷史性退場。其原因如下。

（一）是「五四」運動中，白話文口號最爲宏亮，陣營、規模最爲壯觀。胡適的《文學改良芻議》、《歷史的文學觀念論》、《建設的文學革命論》等，陳獨秀的《文學革命論》，周作人的《人的文學》，李大釗的《〈晨鐘〉之使命》等對舊文學摧毀幾淨。老多烘林琴南稱「吾輩已老，不能爲正是非」，並預言悠悠百年後白話文必失敗，然而「正是非」豈要悠悠百年？就那麼幾年就替代了文言文，1920年當時教育部以行政命令規定先從小學一、二年紀起逐漸使用白話文，白話文得到推廣應用。爲何有如此成效？除當時言論自由外，一）是革命者高舉「民主」、「科學」旗幟；二）是胡適、陳獨秀等人提倡改良與革命；三）是白話文的口號最爲響亮，並得到民眾擁護。但這些並非胡、陳、李、周等人的首創。首先，他們反封建的核心——孔子思想來自前代的思想沉澱，尤其受20世紀初在反孔上出爾反爾的章太炎影響很深，章1906年在《諸子學略論》中扒光了孔子身上神聖的外衣，才有後來吳虞「隻手打

倒孔家店」壯舉；其次他們的改良與革命是梁啓超的「三大革命」即「文界革命」、「詩界革命」、「小說界革命」翻版；而白話文則淵源於提倡「我手寫吾口」的黃遵憲，「崇白話、廢文言」的裘廷梁。胡、陳、李、周只是集大成者而已。由此看來，把功勞全部耙在他們頭上則算錯了歷史帳，而把「五四」運動作爲現代文學的開端值得商榷。因此有人把「現代文學」的開端移至晚清，此點有失偏頗。因爲萌芽與成氣候有別，如堅持萌芽爲開端說，則中國文學功勞全爲倉頡的，歷史學業績也非董狐或司馬遷莫屬了。從歷史變遷來看，一個王朝的毀滅或來自政變，或由於外來侵略，或是被義軍推翻，或是幾種合力衝擊結果。推翻清朝的武器有正面戰場的肉搏，也有思想武器，如章、梁、裘等炮製的思想，他們是封建的（含部份殖民地的）清朝異端臣民，如因爲他們輕易地給晚清貼個「現代文學」開源標籤一是近代如何界定？沒有近代劃分而奢談現代豈不是沒有父母卻有了兒女？難道要對近代超越或者給現代、近代賦予新的解釋麼？二是此說陷入古代、短暫的近代、現代共同宰割清王朝之局面；三是現代時間過長，有些名實不符，那些古氣刺鼻的東東、那些男人長髮、那些磕頭禮節……統統劃入現代範疇，現代豈不成爲一個伸縮性無限大的鯨魚子宮容納各種物品與所謂的學術觀點？因故與其把「現代文學」的開端前置晚清，不如把晚清萌芽的革命文學視爲對「五四」的影響或者「民國文學史」的前夜。

（二）開源於「五四」運動另一個依據是 1940 年毛澤東發表的《新民主主義論》。毛澤東說中國革命分兩步進行，第一步是民主主義革命，第二步是社會主義革命，以「五四」運動爲界標，將前者分爲舊的、新的兩個類型。他一槌定音，對中國近、現代史予以決定性的劃分。然後跑馬佔地，成爲指導新中國現代文學研究的一元話語。這就是中、外文學史界所依據的中國現代文學史分期的理論來源。

除別有用心者妄貶毛外，毛的文采、政治智慧是空前絕後的，但永放光芒的毛澤東思想有待於豐富，其中之一則爲「五四」分期說。一方面毛先生是把馬克思列寧主義與中國實踐結合的成功人士，他的現代史觀與馬克思的古代、近代史觀一脈相承。但馬克思對東方社會的分析存在一些缺陷。首先馬克思囿於對東方國家尤其是中國研究資料的限制，只是沿用黑格爾《歷史哲學》中的觀點從政治經濟學角度探討資本主義社會以前的社會形態，其理論明顯具有「歐洲中心論」的痕跡。而馬克思所說的「亞細亞的、古代的、

封建的和現代資產階級的生產方式可以看成是社會經濟形態演進的幾個時代」中的「亞細亞的生產方式」〔註4〕很少被人提起，「現代資產階級的生產方式」意為資本主義社會就是現代社會，而其中「現代」二字被忽略，且馬克思理論經過蘇聯傳入中國後與原味有所差異。毛以「五四」運動作為中國現代史的發生，外來文化在中國是否水土相符嗎？也就是說，毛的現代史開源論是否絕對真理？這還有繼續釐定、探討的必要。

　　另一方面遮掩了歷史，對「五四」運動的作用有抬高之嫌。如前所述，「五四」運動的思想、文學主張由來有自；而從當時歷史方位看，「五四」運動震撼了神州，但此後的中國社會還是毛所主張的半殖民地、半封建社會，「五四」運動只是毛主張的無產階級「已經迅速變成一個覺悟了的獨立的政治力量」，成為民主革命的政治指導者，這個指導者是否是真正無產階級在此不多舌，但「五四」至少前有1912年中華民國成立、後有北伐戰爭導致北洋政府覆滅。這些大事被毛的現代史觀所包含了。之所以如此，是因為國、共兩黨逐鹿國家權力，蔣派視毛為匪加以剿滅，毛除反唇相譏外不承認蔣的正統等等，否則雙方攻擊不就出師無名麼？中華民國政府在毛看來雖為草頭將軍政府，但也殘喘至1949年10月1日毛宣告中國人民站起來時，且後來殘存臺灣等地，這段歷史不能擦掉，也是我們不能超越的。

　　同時，毛為智慧很高的政治明星，政治掛帥為其終生的信條，通過各種學習、整風運動樹立了其在黨內、軍內絕對權威，透過《在延安文藝座談會上的講話》等強調文藝界與政治步調一致。在戰爭年代對於統一思想、團結力量摧翻對手是不可缺少的，其中有些內容今天乃至未來也有合理性，但致命的是以政治干預乃至窒息文學就扼殺了文學的個性。值得深思的是把文學視為自己生命、把真理追求作為自己理想的學者們並沒有真正認識文學是政治家的玩偶，「維天下文人不足觀」等真諦，奉毛的欽定的現代文學史「五四」說為聖旨。王瑤稱從「五四」到新中國成立的三十年間的中國現代文學研究是從建國才開始的〔註5〕，而且今日亦然。這些無不證明建國以來現代文學研究是圍繞著毛的偉大勇猛的手勢移動的歷史軌跡。同時文學研究者只記得毛的《新民主主義論》，而毛澤東在新中國建立之際曾給中國社會科學院近代史

〔註4〕馬克思、恩格斯，《馬克思恩格斯選集》第2卷，人民出版社，1972年版，頁38。

〔註5〕王瑤，〈關於中國現代文學研究工作的隨想——在中國現代文學研究會學術討論會上的發言〉〔J〕，《中國現代文學研究叢刊》1980年04期。

研究所三項任務「一是寫一部中國革命史；二是寫一部帝國主義侵華史；三是寫一部中華民國史」〔註6〕之史實卻隻字不提，是學識限制還是故意遮蔽？還是恐懼大「中華民國史」之下建立了「中華民國文學史」從而摧毀其「新文學史」、「現代文學史」神話體系？

現代文學時限大部份定在 1919～1949，這短短的幾十年在歷史長河裏是多麼的微不足道，而把它稱為現代，難道就沒有「以後」、「未來」了嗎？在此我們懷疑取名者是有點心懷叵測，他們不會要地球在幾十年內毀滅，人類全部嗚呼以免再出現以後的現代之說吧？看來要麼叫停，要麼繼續使用讓後人佩服我們的狠心；而我們用進化、發展眼光來檢視，再過 100、200……1000、10000 年，把這幾十年稱為現代也不合適，管胡適、魯迅、錢鍾書等為現代作家，後人會罵我們霸道、霸權：專制的祖宗們抽空了文學精華、霸用了我們要用的現代詞語，我們如何稱呼自己時代名家？

三、「合法性」：刺耳的囈語

被「二十世紀中國文學」等花拳打得需要合法性，或恢復合法性，說明學者們吃飽了原合法性方面帶來的好處，在今日文學界自由無序中多麼沒落、軟包、太荣。那麼其合法性有法律依據？

首先從各國立法機構來看，只有立委（中國為人民大會代表）在立法會上投票公決的可為法律，一些國家行政機關依法制定的規章政策亦有法律效力。××作家協會、××文化界聯合會、××現代文學研究會中可以選舉人大代表，後者在立法會議上可以就救活××文學形成提案呼籲、投票，還未聞未通過立法就有××文學合法性之說，也未有前述民間組織可以頒佈何為合法何為非法的奇聞，現代文學要合法化，表明中國學者也太會想像了，這不是病態者的文學囈語嗎？

其次學者個人所持的「現代文學史」合法性一說是否正確？有此說的學人一方面反對以權代法，對人治深惡痛絕，另一方面在自己飯碗面臨被敲碎時就自己推出「現代文學史」合法性的宏論了，就在家杜撰出個「合法」標籤。研究別人的劣根性者自己也劣跡一次，世界多麼豐富多彩，人性多麼變色龍啊。

再次「現代文學史」合法的法律條文如何操作？這種「合法性」的法律

〔註 6〕楊小川，〈彭明教授談民國史編撰及其它〉〔J〕，《學術月刊》1995 年 06 期。

效力在哪裏？全民遵守則有違專家們追求的百家爭鳴、百花齊放的境界，與獨立、多元化學術品格南轅北轍，文學研究界不成了死角？部份人遵守又不與法無特權的嚴肅相左嗎？有人間或在文章中發出一、二句異類聲音不就輕則違法、重則刑事犯罪嗎？如何處治？拘留？徒刑？嚴重者死刑？還是拉到野外幾十大棍來頓暴打？抑或附加刑罰金多少？這筆錢流向何處？又請問誰審判？筆墨官司由文學審判庭還是仲裁所操作？判決書或仲裁結果如何公正呢？「法律，法律，有多少醜陋事情伴你而行」的醜聞誰能確保不再重演？

因此我們有必要對研究者們予以普法——合法性的涵義——教育以啓無知之蒙。德國波恩大學顧彬指出研究二十世紀中國文學，「不要相信中國作家」。因爲作家作品經常修改，而且言行不一。而中國文學研究者更甚。其根源在於基本功鬆軟，在此須對其最簡易最基礎普法教育。所謂合法性（英語：*Legitimacy*）又譯正統性、正確性、合理性或正當性〔註 7〕，是一個被廣泛使用的政治概念，通常指作爲一個整體的政府被民眾所認可的程度。在英文中合法性（*Legitimacy*）是一個詞，而在中文中，其主要部份由「合」與「法」組成，單從字面意思講，中文的合法性暗含的意思是「對某一個『法』的符合程度」。但事實上由於中國正式的、法律意義上的、政治意義上的「合法性」是由「*Legitimacy*」翻譯而來，所以中文「合法性」中的「法」並不特指某一個「法律」或「法規」。

中文「合法」（對應於英文中的 *LEGAL*）一詞在被用來描述某件事物沒有觸犯法律。「合法性」並非指「合法」的程度，而是對法律或者政府機構權威性的來源的討論。鑒於這種語義理解的混亂，也有學者提出中文應當用「正當性」來描述。那麼學者們還要法來法去否？假使其理論具有合理性，那些言必西方深奧術語者應該改「合法性」爲「合理性」或者「正統性」了吧？當然糾纏 *Legitimacy* 一詞可多譯，認定其合法性沒有錯誤，那麼依此類推：英國哲學家 *Bacon* 不叫培根而改爲「火腿」爲妙。

文學研究資源被掠奪式挖採繼而浪費，現在枯竭了，學者們用完了精神分析、存在主義、現象學，榨盡了結構主義、解構主義、原型批判，掏空了後現代主義與女權主義等……現在要套用法學的了。文學的綜合開發眞前無古人後無來者，老外更望塵莫及！學者們孜孜不倦打通文學與其它領域，問

〔註 7〕劉毅，〈「合法性」與「正當性」譯詞辨〉〔J〕，《博覽群書》2007 年 3 月 7 日。

題是朝哪裏打？打通後借用啥東東？如拿來高度酒與自己明火摻合則引發火災，如搶來菠菜與烏龜清燉則食物中毒，食客豈不害了卿卿性命？有道是無知便無畏，才如同初生牛犢不怕虎，但無知到做不應該的犧牲沒有必要，為此筆者呼籲速建「現代文學史」等學科研究者的安全保障系統以防其法盲而引發學術上大面積自殺！

研究者鼓譟聲張學科合法性之風愈演愈重，如詩界有之﹝註8﹞、通俗文學有之﹝註9﹞等等，我們納悶的是：這是研究者無病呻吟？還是追求搶眼效果？而重建「現代文學史」合法性提出者如何回答吳亮等提出的：假定「目前的『中國現代文學研究』已經非法，然後所謂『重建學科的合法性』的呼籲才具有合法性」。「如無合法性解體在前，又何來重建合法性在後？」等問題？﹝註10﹞

落到如此地步的「現代文學史」則氣數快斷，我們則須人道主義化、「合法性」的人性化同之情之！但鼓譟者用意何在？是以法兇狠嚇人企圖在迴光返照之時弄個合法性對持異議者重拳一擊？還是其它不可告人的目的？毒蛇在暈死蘇醒時毒液最為劇烈，歹徒在絕望中被抓捕時會拼命反撲。畢竟司馬光與王安石互為政敵但文學上互相尊重才華，周作人、葉聖陶等「文學研究會」與郭沫若、郁達夫等的「創造社」雖觀點不同激烈爭辯但當時未借政治武力進行爭鬥等等傳為鮮有的佳話。但像借刀殺人、除異己的林琴南之類齷齪小人不少。我們要防之備之！

文學史分期不能像新年鐘聲敲響後馬上生成，這裡有個耙梳過程，但死頂著千瘡萬孔的「現代文學史」破帽，無視「民國文學史」的建樹，莫非待帽子的毒液傳染頭部，引起腦衰才猛回頭？為「現代文學史」被拳擊而外強中乾無所感覺狀不應該，而為此惶惶然也沒有必要，不必借助合法二字，更不必滿口胡話、囈語！

（定稿於 2007 年冬）

﹝註 8﹞ 陳友康，〈二十世紀中國舊體詩詞的合法性和現代性〉〔J〕，《中國社會科學》2005 年第 6 期。

﹝註 9﹞ 楊春時，〈中國感性現代性的缺失與通俗文學合法性的不足〉〔J〕，《文藝爭鳴》2007 第 9 期。

﹝註 10﹞ 吳亮 http://bbs.99read.com/dispbbs.asp?boardID=18&ID=14201。

Legitimacy: Modern Literature
pale of literary raving

The appellation of *History of Modern Chinese Literature* (*the modern literary history* for short, the after is the same) has long been popular in Chinese and foreign literary research community, but since the end of last century its status was being challenged, some scholars have put forward to maintain or rebuild its *legitimacy*. Then how the argument is produced? That whether the *Modern Literary History* begins from *the May Forth movement* is worthy of scrutiny? That whether the legitimacy of *Modern Literary History* has legal basis is really for true? And even is the contender a literary scholar and sociologist and jurist or a role without socialization and waiting for the diffusion of legal common sense? All of the above affirm the urgent need for the establishment of *Lterary History in the Republic era* from a different perspective.

論各類文學史觀的終結與
「民國文學史」的建立

　　本文即是醫治當今文學研究領域的一個病案——反思半個多世紀以來我國乃至世界吃文學研究的所謂「學術」飯者對中國歷史區域 1912 年 1 月 1 日至 1949 年 10 月 1 日（下限可能後延）也就是中華民國時期文學史（簡稱爲「民國文學史」）定名問題，作者認爲「新文學」、「現代文學」、「二十世紀中國文學」等派別顯得不合時宜，從而宣告它們應該終結，建立「民國文學史」研究體系勢在必行。

一、諸類論調的崩裂

　　文學作品是一股泉水，不同的個體提水製造產品相異，如高手製造文壇五糧液，而傻冒可能將其弄成薰鼻穢物……產品高下與泉水無關。而文學作品歸入哪個時期，如把它推入古代籮筐還是丟進近代竹籃，抑或不入某時期，對文本本身來說沒有多少刺激、意義，但它與文學史攪合在一起時，對其分期就顯得重要了，因爲要便於受眾把握，要建立文學體系，更要爲一批自以爲文人的人提供飯碗養活一批紅光滿面的文學史家。

　　在文學史領域中國人又比老外慢了半拍。20 世紀初英國翟理斯、日本的笹川種郎等的中國文學史傳入中國，胡小石曾爲此汗顏地說「中國人所出的，反在日本人及西洋人之後」是多麼慚愧的事，遂有林傳甲、黃人等的仿行，自編中國文學史，開了近一個世紀來中國文學史著述法門。此時到 20 世紀 80 年代，老外各種文學理論尤其是強調「文學獨立」、以「純粹的文學標準來書寫文學」等理念傳入中國以後，文學界分期方法熱乎起來。關於 1912 年 1 月

1 日至 1949 年 10 月 1 日這段時間的文學分期成為是非之地，很多人端著學者的架子又自以為有文學華佗之才給其開出處方。

一是「新文學」派

周作人在《中國文學的源流》（1932 年）中主張新文學的白話是與明末公安派一致；胡毓寰《中國文學的源流》認為新文學的開山祖是梁啟超；周揚在《中國文藝運動史》認為新文學起於 1919 年「五四」新文學運動；香港的司馬長風認為新文學始於 1915 年；陳思和把從 1917 年開始的五四文學作為新文學的開端；

二是「現代文學」派

王瑤認為「現代文學」起點是「五四」，訖止點為以十年浩劫的結束，即以 1919 年到 1976 年間的文學歷史作為考察與研究的對象；宋劍華的觀點為中國現代文學從詩界革命、小說界革命開始，19 世紀末到 1917 年為「中國現代文學的發生期」；刑鐵華則主張中國現代文學史「開源於 1894 年中日甲午戰後，『五四』並非它的發端」；

三是陳平原、錢理群、黃子平等人的「二十世紀中國文學說」

其它有楊匡漢的二戰分期說，陳學超的「中國近代百年文學史」說，具有精彩演技的朱德發對中國現代文學史分期開發成果斐然，一人竟創造上、下限為 1917、1977 年，1900、1977 年與「現代中國文學」論，雷掉了準備在這方面提出論點的後來人，在數量上可為中國現代文學史分期法方面的巨無霸。

持論者都以為自己挖掘了文學規律，取得了文學真經，用自己的標準去理順文學現象建立自己的體系，如極為自信的司馬長風在感到「同類書太貧乏」情況下，扮演文學救世主，毅然改行從事中國新文學研究，兩年時間草就了三卷本的《中國新文學史》；陳平原、錢理群、黃子平等用強烈的「焦慮感」、「危機感」來行文，一大批「二十世紀中國文學」書籍橫空出世，令人信服：黃、陳、錢真為文學王，口號一出應者如雲……但是他們找到文學價值體系了嗎？又真正地理解、運作以「純粹的文學標準來書寫文學」了嗎？他們手頭的文學真正獨立了？我看未必吧。

先就他們分期方法來理論吧。文學史的分期實際是一種人為鋸割，這種方法無法避免歪曲或篡改歷史資料，但我們最大目的是把損失降到最低

程度。

命名的標準不可能爲百分之百絕對準確，但須約定俗成，具有生命力。貼「新文學」之標籤純爲時間上的混淆，正如唐代把隋唐以前的詩歌冠名爲古體，把自己朝代興盛起來的稱爲近體、今體，而我們今天統稱之爲古典詩歌，誰如稱之爲近體、今體，則稱呼者豈不有上著西服下穿長袍、行走於北京市中關村電子城「文化木乃伊」之嫌？同理，我們如繼續透支新字過多地稱新文學，1 個、2 個……10 個世紀及其以後的來人如何辦呢？由於我們掠奪式地使用新文學詞語，使「新」字在文學跑馬場三班倒奔命，精疲力竭而不整治，最後滴膿，臭味刺鼻，後人要麼爲文化界愚忠孝子認可這個被非禮乃至多次被輪暴的「新」字，繼續在我們現今新文學跑道上前行，稱自己文學爲新新文學、再新新文學、又新新文學、新新平方文學、新新立方文學、新新 N 次方文學；要麼棄之不用，改用其它詞語替代，那麼這種論調可走多遠？

而現代文學時限大部份定在 1919～1949，這短短的幾十年在歷史長河裏是多麼的微不足道，而把它稱爲現代，難道就沒有「以後」、「未來」了嗎？

若把 1919～1949 時限的文學劃入「二十世紀中國文學」有以偏概全或無法體現中國政治上的變化之嫌。其「現代性」、「焦慮感」、「危機感」等此處不議，其以世紀爲單位解剖文學就不倫不類。我們以此來推算中國文學，可以改寫中國文學歷史爲：秦漢文學爲前三世紀至二世紀文學……唐文學爲七世紀文學……但《詩經》歸入何時？先民的民間文學如何排隊？而唐韓愈、白居易、皮日休等不就被抓捕，充當學者們自圓其說的「八世紀中國文學」的壯丁了嗎？又黃子平解剖「二十世紀中國文學」時說不是物理、而是個文學史概念，它上限定在戊戌變法，下限也「不一定就到二〇〇〇年爲止」〔註 1〕黃先生果眞偉大，不愧是北京大學高材生與工作人員，在他眼裏把 21 世紀時間驅入增加 20 世紀年份，也算東方耶穌了。不過依照黃先生邏輯，我們不妨再推算一次，可有「二十一世紀中國文學」佔用二十二世紀時間，更有「二十五世紀中國文學」搶劫二十六世紀年份……世紀被黃先生的邏輯衝得支離破碎，看來這是一個胡亂絞合的時間線團，時間話語成爲玄語，稍不留神，黃先生也爲此找不到北。

〔註 1〕陳平原、錢理群、黃子平，〈「二十世紀中國文學」三人談・緣起〉〔J〕，《讀書》1985 年第 10 期。

　　他們理論上沒有熟讀或忘記或者不懂得美國人吳・韋斯湯斯所說的「近百年的大多數重要文學的運動名稱很少來自文學本身」〔註2〕之名言，實踐中他們在文學山巒上自由舞蹈時是尷尬戴著鐐銬的。一方面他們學習老外的理論是師夷長技為己服務，圓自我之說，如他們崇拜的、力舉文藝思潮分期的勃蘭兌斯文學實踐則為他們所拋棄，後者的《十九世紀文學主流》雖高唱「文學史研究人的靈魂，是人的靈魂歷史」之牧歌，但以1848年暴風雨革命為分水嶺，他把此一時區文學主流分為「流亡文學」、「德國浪漫派」、「法國反動派」、「英國自然派」、「法國浪漫派」、「青年德意志」，可見勃蘭兌斯的主流思潮離不開政治，其文學思想還是在以政治為河床流出的主流。

　　另一方面有些文本在學者們建構的價值體系中找不到合適位置，造成文本缺席。如挖掘沈從文、張愛玲的文學成果對「新民主主義文學」派是一次炮擊；而范伯群等人對通俗文學的開墾無疑是對現代文學與「文學現代派」演示了一次溫酒鬥華雄的文學悲劇。

　　同時他們尋找了真正超越政治的文學了嗎？否！一是很多人本身就是吃政治飯者，依靠權力階梯爬上所謂學者、專家的寶座。為了生存，沒有本事吃其它途徑飯而只能吃政治飯者是值得同情的理解的，因為在中國辦事如與政治脫鉤是寸步難行！關鍵是這些政治飯吃得肥頭大臉的人士還要給自己貼金，把自己打扮成在時下文學首陽山上從事文學研究的、與執政者話語不合拍的伯夷叔齊，比如他們提出把文學還給文學，從政治約束下解救文學；二是他們尋找文學的獨立，但結果還是沿著政治跑道奔走，是在新的政治意識形態下產生的各種花環，雖然有的是曇花等等。如即使被稱為文學研究大家的自由先鋒的錢理群也承認受到列寧「二十世紀是亞洲覺醒的開始」才確定魯迅的歷史地位，才催生其「二十世紀中國文學」之奇想。

　　最後我們從文學歷史編寫效果這個維度來看，所謂的「現代文學」、「新文學」、「二十世紀中國文學」在具體操作上弊端叢生。如《插圖本中國文學史》〔註3〕第一至第七為按照朝代陵替來敘述，但第八部份則依照其「世紀文學」理論來解說文學。此種編撰方法無異為向社會推出頭戴秦朝帽、身穿新潮花裙的文學乾屍，從而昭告我們：持此論者沒有功力按「世紀中國文學」

〔註2〕　（美）吳・韋斯湯斯，《比較文學與文學理論》〔M〕，遼寧人民出版社，1987年。

〔註3〕　董乃斌、錢理群主編，劉揚忠等，《中國文學史：第一部全彩插圖本中國文學史（彩色插圖本）》〔M〕，貴州人民出版社，2004年。

觀全部重寫或另寫中國文學，此其一；其次他們對傳統文學史編寫的顛覆也不徹底，具有妥協性，沒有全部斬殺其它如王朝分期法；再其次反證出按朝代更迭編寫文學歷史具有可操作性，而一種文學史編寫法還有人口頭理論反對但實踐沿用，這說明其生命力之強大。我們何不以「民國文學史」上承接明清文學下銜中華人民共和國文學？何必強撐自己所謂的理論神話而拒絕使用「民國文學史」呢？難道這五個字是文化砒霜令所有學人望而生畏、心寒，從而要拒之萬里麼？

二、對「民國文學史」被放逐與召回的歸因分析

中國文學史從先秦至清均依朝廷更迭時間座標建構，唯獨沒有「民國文學史」這一斷代，1912 年 1 月 1 日至 1949 年 10 月 1 日的文學被文學化妝師們塗成「新文學」、「現代文學」、「二十世紀中國文學」等花臉，至今被殘酷地放逐，無論是在大陸政權看來別有用心的國外學者如夏志清之流，還是自恃很高的港澳學人如司馬長風之輩，連李敖稱為被國民黨手淫多年的臺灣彈丸之地的學人也無人對其加以建樹，只有大陸陳福康等羞答答地提出。這個令人「焦慮」問題由來有自。

（一）學術界並無多少新創

無論美國、法國還是港臺的學者如夏志清、司馬長風、周錦等人製作了一些有影響的著作，但注重於文學觀點標異立新的他們也對民國文學史視而不見，在分期上也是人云亦云，說明他們不過爾爾；而如前所述國內外一些學者對其分期較多，也未真正跳出政治，只是一種「鳥籠文學」有限地飛翔，不是故意遮蔽或者超越「民國文學史」，就是沒有或者口頭上有但行為無「獨立之精神，自由之思想」，沒有發現並鼎力主張之。在文學醬缸裏泡著，無論何派何人不會沒有「五四運動」這根筋吧？那麼當時陳獨秀他們拿來德國產的尼采「重估一切價值」的武器難道他們就不能繼續使用，還是不知道操作？胡適提出「大膽假設、小心求證」思維方式就不能運用於自己學術視域？難道活生生的中華民國歷史就隨後來「整理國故運動」遭批而真的蒸發了？莫非這些研究者們打的是學術花拳？

（二）「去民國化」政治氛圍使然

現、當代文學的名字來自毛澤東《新民主主義論》的演變，與新民主主義、社會主義新中國對應，以威權方式進入政治化的學術成為學者們注經的

指南，再推廣應用於學校教育，使之根深蒂固。毛先生的理論是以馬克思歷史觀爲基礎，而後者具有濃厚的「歐洲中心論」成分，這裡姑且不談，關鍵是毛的新民主主義革命遮掩了毛的對手——民國政權。兩黨相爭，無能的民國政府失敗後不但偏安一角，且成爲破碎政治泡沫簡直沒有存在過，享受「去民國化」待遇，學者們沿著毛指引的道路走了幾十年。而毛澤東在新中國建立之際曾給中國社會科學院近代史研究所三項任務「一是寫一部中國革命史；二是寫一部帝國主義侵華史；三是寫一部中華民國史」〔註4〕之史實卻隻字不提，學者們是學識限制還是故意遮蔽？

近來有人對毛的現代史觀質疑、顛覆，我們也不必深究在毛的一元化、專制威權網住全國時，包括學者在內的率土之濱的王臣們沒有誰出來提出歧議，待毛的威權神秘色彩從權力重心逐漸剝離時，才有所謂的學術爭論而引起的學術品格問題；但我們看見了學者們對這對那的分析、指責、質疑，最後非但沒有把民國文學史挖掘、整理，還是回歸原路玩起維護現代文學「合法性」的把戲了如羅崗等。學者們雷霆萬鈞突圍最後是暈眩、徒勞而歸！如同花貓咬著自己尾巴原地猛跑一般。而近來隨著《中華民國史》母課題開展得熱鬧，作爲子內容的「民國文學史」不走出「去民國化」疑陣就很難看見眞正文學的迷津，既與其它學科不合拍，又展示歷史虛無之庸俗觀。

「民國文學史」被粗暴超越幾十載，請不要繼續；召回被放逐的「民國文學史」是作爲一個學者的訴求，有其合理存在的理由。

首先避免資源浪費

張大春在《小說稗類》稱：批評家尤其喜歡借用不同學術領域的理論來解釋小說，「甚至簡單的敘述性的話都能解釋的東西，偏偏用非常抽象的術語或者套話，挾學院所謂的權威來宰割作品。」目前包括與「民國文學史」內容相關的文學研究妖魔化了，術語滿紙飛，晦色蓋文章，沒有胡適論文的清麗、簡潔。學院派拿著閹豬刀宰割1912年1月1日至1949年10月1日這段作品，出現奇觀爲潘岳拿個抽象武器、武大郎用印象扁擔、劉姥姥挂著「現代性」的拐棍……對準文本上猛挫幾下，血淋淋的文學產品上遂有張三貼「新文學」、李四黏「現代文學」、王五麻子不甘落後焊個「二十世紀中國文學」等標記。其功勞不能一概抹殺，如給文學界撒了點激素灰，對一元化的文學

〔註4〕 楊小川，〈彭明教授談民國史編撰及其它〉〔J〕，《學術月刊》1995年第6期。

分期顛覆一番，尤其是「二十世紀中國文學」爲追求口頭上的自由與時髦的現代對「左翼」文藝衝擊、貶斥了一頓；

其次學科橫向空間大，闡釋力寬

已經行世的「新文學」不讓舊詩詞、文言文有瞌睡之床，難道把這時段的這樣作品提前劃入漢唐或清明元文學嗎？而很多現代文學派對通俗文學視而不見，害得范伯群瀝血作《中國現代通俗文學史》插圖本〔註5〕爲晚清以來的通俗文學爭得個現代文學的這樣正夫人名份而勞神、而奔忙，而強行擠入正統位置。其實有價值的文本何必在乎「現代文學」這個標簽？或者說有了「現代」這個標簽范先生研究的通俗文學就高雅了？就更有價值？我們又能無視收編通俗文學的、黏了「現代」二字的文學本身外秀內陋嗎？

「民國文學」凸現古代文學向新文學的中國過渡，又能顯現「新文學」浪湧天門的氣勢。它是一個文學容器，化解新文學、現代文學、「二十世紀中國文學」之間名實之爭，也可以消弭不同視角對此斷代衝突，它具有寬闊的闡釋力度，將此時期作家作品文學思潮溶合一爐，建樹一個有機整體，顯示其空間與闡釋的張力。

再次繼承傳統史學編撰方法，生命力強大

當下的文學似乎擺脫了政治纏繞而準備回歸文學的本位，學術研究也進入相對開放與空前自由態勢。這就爲「民國文學史」學科體系建立提供了學術空間，「民國文學史」承接清文學，延續後來。它沒有歷史的預設，沒有「能指」與「所指」分離的命名遊戲，而是兩者溫情重合，因故，建樹「民國文學」及其體系可以承擔個人的、社會歷史責任，不會出現強悍的命名與無力反抗。因爲誰可以否認民國存在？誰又可以說民國無文學？假設有人在概念上出奇，聲言創造一個「後後民國文學史」，此人眞可以手提自己頭髮與「神州七號」比翼而飛了。從時間維度考察它承前啓後；從形式、內容上革了古文學的命，同時還給一些優秀文言文作品以席位；從創作個體看人才輩出；從權力話語看出現與在野與執政激烈爭鋒的格局……這可是沒有前例的！

如前所述，「民國文學史」生命力強大，是否如此？筆者所說不算，還是讓歷史與後人檢視。不過自從中國文學史作爲專史研究以來，無論學者們

〔註5〕 范伯群，《中國現代通俗文學史（插圖本）》〔M〕，北京大學出版社，2007年。

思潮多麼新銳，觀點多麼前衛，先秦兩漢魏……斷代文學等等還是走在他們筆尖，他們口頭沒有前衛新銳到稱《詩經》爲「前××世紀中國文學」，也沒有把「建安文學」稱爲其它什麼的。他們意識裏不會簡單到如此程度沒有「中華民國」！這就是本人執著民國歷史包括「民國文學史」研究的原因所在。

　　唐弢在 1985 年曾說「現在出版了許多《當代文學史》，實在是對概念的一種嘲弄」。〔註 6〕時隔二十餘年，這種嘲弄並未停止，此語成爲檢查各種文學史派別的鑒定器。其實「現代文學」何嘗不是如此？「二十世紀中國文學」亦莫例外。它們嘲弄的對象又何止是「概念」？還有論述的主體、跟風的受眾，更有甚者是中華民族博大的文學產品。那麼各種標籤不終結難道還有繼續存在的必要？

（2008 年夏於長沙）

〔註 6〕唐弢，《當代文學不宜寫史》〔N〕，文匯報，1985 年 10 月 29 日。

To Literary History in the Republic era alternative New literature research

Until now, the Chinese and foreign scholars have labeled the Chinese literature from January1,1912to October1,1949 this time zone a variety of labels, such as *New Literature, Modern Literature, Twentieth Century Literature* and so on and have considerable results in quantity from excavating it depthly. But the author contended that though the above mentioned has its rationality, there are a variety of defects and that competes with and even replaces them is the literary history of the Republic of China period (*Literary History in the Republic era* for short).

「新文學」：崩塌的文學神話大廈

　　中國文學界對 20 世紀尤其是前半世紀文學史研究的各種提法如「新文學」、「現代文學」、「百年中國文學」、「二十世紀中國文學」、「現代中國文學」、「中國新文學 60 年」等等充分顯示學術多元化與學者的辛勤勞作，但每個新概念的吃力出籠，亢奮的作者都自以爲激活了學術，梳清了思路，但結局是文學史這團麻更亂，非但在乎其外的受眾暈頭，而且自稱入其內的學者本人也轉向。

一、各種論調時間界限混沌及其解剖工具鈍鏽

　　晚清新思想的傳播與「三界革命」的提倡、實踐是「新文學」思想源泉，錢玄同稱梁啓超是中國「新文學」與「現代文學」的第一人〔註1〕，從此「新文學」與「現代文學」在同一個體身上同時出現開了以後混用的法門。那麼新文學上、下限如何劃定？各人說法就五花八門了。第一是 1922 年胡適在《五十年來之中國文學》說「1916 年以來的文學革命運動，方才是有意的主張白話文學」。「起初只是幾個詩人討論，到民六（1917）才正式在雜誌上發表」。可見其發育不良，出生時間混淆；第二是趙景深在《中國文學史》，陳子展在《中國近代文學之變遷》、《最近三十年中國文學史》分別於 1926、1929、1930 年將其上限說爲 1915 年；第三是 1934 年伍啓元在《中國新文化運動概觀》認爲文學革命開端是 1916 年；第四是 1939～1940 年周揚〔註2〕認

〔註1〕 錢玄同，《中國新文學運動史料，寄陳獨秀》〔M〕，上海：上海光明書局，1934年。

〔註2〕 周揚，〈新文學運動史講義提綱〉〔J〕，《文學評論》1986 年第 1、2 期。

爲是 1919～1921 年。此時毛澤東的《論新民主主義》發表，隨著中國近現代史分期法出現，「現代文學」進入文學研究領域，大面積地形成「新文學」與「現代文學」混用；第五是 1951 年王瑤〔註3〕雖認爲新文學是在「『五四』前一二年」，但以 1919 年作爲開端；第六是 1985 年黃子平、陳平原、錢理群提出打通近代、現代、當代文學的「二十世紀中國文學」〔註4〕；第七是 1987 年陳思和〔註5〕把 1917、1942、1978 年作爲新文學的分段，且下限沒有確定；第八是 1989 年謝冕提出「百年中國文學」概念〔註6〕時間爲 1895～1995 年；第九是主張「中國新文學 60 年」的朱德發上下限有 1917～1977 年〔註7〕，1900～1977 年〔註8〕之說，後又在《批判與建構：現代中國文學史學》一書裏拋出「現代中國文學」之說。還有上限 1907 年之說。不同研究者的時間圈定界限不一、同一學人又自相矛盾使文學史成爲剪不斷、理還亂的麻線。幾十年的中國文學被學者們的飛刀砍得支離破碎，血肉淋淋，尤其是朱德發先生最爲過癮，文學成爲其手頭捏掐的、隨其意的變形金剛。

君欲善其事，必先利其器。這種器與事的因果律在幾十年的中國文學如何體現、運用？

胡適先生薦賢不避己，最先把自己寫入文學歷史。1922 年他在《五十年來之中國文學》中，主張白話文「乃是文言之進化」，講述自己在新文學運動中的作用，聲稱他「對於文學的態度，始終只是一個歷史進化的態度。」與其 1918 年的《文學進化觀與戲劇改良》等所持觀點媾合爲「五四」時期文化進化論。其實際是由舶來品——達爾文生物進化觀、直線進化觀、社會進化觀與中國文化爆炒而成。這一觀點在當時有巨大當量，但是被後來者把玩、肢解犯了「歷史性謬誤」之錯，滑入「進化唯一病」陰溝——時序居後者爲

〔註3〕 王瑤，《中國新文學史稿·緒論》（上冊）〔M〕，北京：開明書店，1951 年。

〔註4〕 黃子平、陳平原、錢理群，《論「二十世紀中國文學」》〔M〕，北京：人民文學出版社，1988 年。

〔註5〕 陳思和，《中國新文學整體觀》〔M〕（第 2 版），上海：上海文藝出版社，2001 年，頁 8。

〔註6〕 孟繁華，《想像的盛宴》〔M〕，昆明：雲南人民出版社，2001 年。

〔註7〕 朱德發、刑富君，《中國新文學六十年》〔M〕，瀋陽：春風文藝出版社，1996 年；許志英、鄔甜，《中國現代文學主潮》〔M〕，福州：福建教育出版社，2001 年。

〔註8〕 朱德發，〈現代文學研究的困境與對策〉〔J〕，《中國現代文學研究叢刊》1997 年第 1 期。

優秀者；文學新樣品的出現就是舊形式的消亡。這種抄刀解文學之牛法明顯單一，因爲新舊盤根錯節，且形式新的不一定是進步的，舊的也全非反動的或退步的。如被敵僞捧紅的張愛玲作品是新的，有格入文學神位吃供奉的冷豬頭，與此對照的是無名氏的「萬里長城十億兵，國恥豈待兒孫平；願提十萬虎狼旅，躍馬揚刀入東京」是古體詩歌則與文學研究無緣。此詩作者可能不在乎後世負心的讀書人如何評說、處置，作了「仗義屠狗輩」式的好漢，但從社會效益、文學社會學角度來核算：漢奸得勢，愛國揹運！

具有深厚舊文學功底的陳、胡、周（樹人、作人）、錢、劉（半農）們從舊營壘裏衝出，爲新文學命名不遺餘力，其思維方式陷入新與舊簡單的二元對立模式。胡適在《新文學運動之意義》記述 1925 年在武漢演講時說：「文學本沒有什麼新的舊的分別，不過因爲作的人，表現文學，爲時代所束縛，依次沿革下來，這種樣子的作品死了，無以名之，名之爲舊文學」。梁實秋也說：「文學並無新舊可分，只有中外可辨。」〔註 9〕我們看到新文學一路高歌之後冷靜自省，但此舉無補新文學理論體系完整建樹。

將一些作家作品文本圈在「新文學」範疇，則有時間上的混淆之嫌，比如唐代管隋唐以前的詩歌爲古體，把本代興盛的稱爲近體、今體，而我們今天卻統稱之爲古詩，誰如仍然沿用之稱唐詩爲近體、今體，則無疑會被目爲當下古怪。而我們透支稱 1917～1949 年爲新文學，那麼一個乃至幾十個世紀及其以後的來人如何解構他們的新文學？要麼爲文學界愚忠孝子認可這個被我們非禮乃至多次輪暴的「新」字，繼續稱自己文學爲新新文學、再新新文學、又新新文學、新而新再新文學、新新 N 次方文學；要麼他們進化，棄新不用給其認同的新文學另外命名，那麼這種論調壽命幾載？

20 世紀 50 年代後期，「新文學」位置經常被現代文學擠兌，有時混用，但二者內容重合，正如嚴家炎所說「名爲『現代文學』，卻只講新文學等等」〔註 10〕。特殊國情、特殊意識形態下「新文學」或「現代文學」不是單純的學術，而是一種革命史乃至「黨史」式的文學，很長時間內文學史上只剩下一個孤零零的魯迅。80 年代以來，解放被政治牢籠的文學呼聲潮湧天門，學人借用西方的理論來肢解「新文學」，企圖用純文學、去政治化、現代性繮繩

〔註 9〕 梁實秋，《現代中國文學之浪漫的趨勢，梁實秋自選集》〔C〕（第三版），臺灣：黎明文化股份有限公司，1981 年。
〔註 10〕 嚴家炎，《從歷史實際出發，還事物本來面目》〔M〕，北京：北京大學出版社，1983 年。

來馴服中國文學的野性，以黃子平、陳平原、錢理群的「二十世紀中國文學」派影響爲最。但 1987 年即在出籠「二十世紀中國文學」後兩年，錢理群、吳福輝、溫儒敏在《中國現代文學三十年》中把文學木樁打在 1927、1937，最後 10 年還延長至 1949 年，證明其理論並沒有眞正實踐，是理論不適應？還是喊出口號讓別人操練？或者說明其理論沒有實際性突破？黃修己稱作者「都堅持從文學與社會生活關係的視角去考察新文學。而只要承認文學的發展演變是受社會生活變動的影響、制約，則無法迴避新文學與中國政治革命步調相近的關係」。〔註11〕如果說錢當時認爲理論不成熟，那麼《插圖本中國文學史》〔註12〕第一至第七按照朝代更替來敘述，但第八部份則依照其「世紀文學」理論來解說作何解釋？說明實踐自己理論的不徹底性。因故龔鵬程指責其強調現代化「是挪用現代化的意識形態」，實際是借用的工具——現代化爲政治口水，沒有眞正擺脫現實政治的糾纏。王瑤也指責道：「你們講 20 世紀爲什麼不講殖民帝國的瓦解？第三世界的興起，不講（或少講或只從消極方面講）馬克思主義、共產主義運動、俄國與俄國文學的影響」。〔註13〕這些說明此派的實踐狹隘化。學者們努力擺脫政治羈絆的文學研究，並沒有釐清文學史論和政論之間的分界，且理論上的鼓譟與盲目的跟風使其成爲新的教條、本本。

而他們要打通近、現、當代的結局如何？依筆者之見也只是一個美麗口號或理想。學者因爲自身知識功力不足、學養儲備半桶，致使只能對淺薄層面的概念、範式、術語作淺面的詮釋、比附、勾兌，無法插入理論的深處得到深層的審美愉悅。企圖打通也只是抽掉一批文化工駕駛幾輛挖機三天打魚兩天曬網在文學一端施工，至於主脈在何處？精髓在哪裏？只有事先預設，沒有眞正鍬得。施工者在剛掘開的洞口撿塊石頭錯以爲挖了一塊金磚，自戀起來，歌唱起來，舞跳起來，結果貼在文化牆壁上打通的廣告發黃，施工者並未捅入幾段文學的核心，也只好拿出幾堆石頭與泥土來展示，結果是遠處的待打物在招手嘻笑其無能，打通者器物的低劣與技術的原始。而學者們對自己的打通理論疑團漂浮，即使繼續施工也枉然，帶著勞師草草休兵。錢先生兩本讀物就是例證。

〔註11〕黃修己，《中國新文學史編纂史》〔M〕，北京：北京大學出版社，1985 年。
〔註12〕董乃斌、錢理群、劉揚忠等，《中國文學史：第一部全彩插圖本中國文學史（彩色插圖本）》〔M〕，貴州：貴州人民出版社，2004 年 6 月 1 日。
〔註13〕錢理群，〈矛盾與困惑中寫作〉〔J〕，《文學評論》1999 年第 1 期。

二、「新文學」對其它文本粗暴排斥呼喚「民國文學史」的產生

「新文學」有了近一個世紀的沉浮歷史，對文學歷史解構功不可沒，但成敗蕭何，它造成了歷史性盲區或遮蔽。

除錢基博以外，「新文學」主張者是新文化運動的參與者、支持者、領導者，他們歷史功績如火炬照青史，雖有人稱其革的是形式上的命，寫的還是歐化了的「才子佳人」，更有林紓稱使用白話文行文則京津裨販可為教授，這位狠心的翻譯家還企圖借執政者武力來撲滅「新文學」……為粉碎敵對攻擊，尋求生存發展，他們回擊的槍法有的合理，有的激情四射，淩厲突兀，而後來「新文學」者及其研究人員走得更遠，少了冷靜客觀。一方面那些與新文學不同道者——民國以來形式上的舊文學屬於其遮蔽對象。舊體詩詞、文言文很難進入文學歷史視區，形成文學盲區。即使「新文學」陣營內部有人發出給舊文學一席之地的呼聲，也遭到同行的反彈。如姚學垠在給茅盾的信中，提出現代文學研究的內容應包括舊體詩、詞與張恨水的章回小說〔註 14〕，王瑤就投了反對票。原因在於文學史研究對象應該是「在社會上公開發表過並且得到社會上一定評價的作品，不包括沒有產生社會影響的個人手稿。」〔註 15〕在這樣一個前提下，魯迅、郁達夫、朱自清、吳宓，共產黨一些領導人的舊詩歌就被拒於「文」門之外。

這可是一個有趣的引人噴飯話題。「在社會上公開發表過並且得到社會上一定評價的作品」未必是精品，那些沒有發表的或者發表的沒有「得到社會上一定評價的作品」未必就是次品，包括王瑤在內的所有研究者應該明瞭這個常識。魯迅、郁達夫、朱自清等人舊體詩作為其「業餘愛好，沒有公開發表」就不列入研究對象，那麼我們又如何能夠全面認識一個豐滿的魯、郁、朱呢？以此為標準推而廣之，李白、柳永、蘇軾等人鑒於當時媒體落後也「沒有公開發表」作品也就很難入文學譜了。且不說到處以歷史唯物主義者自居的王瑤犯了歷史虛無主義錯誤，就憑他這番宏論，就可知道他那些文學史產品的粗陋。為補缺，我們只能編寫這個時區的《舊文學史》或《舊體詩詞史》了。當然我們對王先生不要要求過高，因為他是「隨想」，隨便想想

〔註14〕 姚雪垠，《中國現代文學史的另一種編寫法——致茅盾同志的信》〔N〕，新華月報（文摘版），1980 年 5 月。

〔註15〕 王瑤，〈關於中國現代文學研究工作隨想——在中國現代文學研究會學術會議上的發言〉〔J〕，《中國現代文學研究叢刊》1980 年第 4 期。

而已！

「新文學」佔據了文學話語的重心，坐穩了文學交椅，舊文學有時進入文壇亮一下相，但也僅是扮演陪襯的丑角至多是個如夫人式的配角。然而舊文學並未因為「新文學」主張者強槍利炮而全部丟盔棄甲，有的而是還堅挺過一段時間。如蘇曼殊的詩歌還暢銷過，又如「南社」到1923年才壽終，再如「同光體」到20世紀30年代才正寢，更有新文化運動參與者後為給現代文學定調鑄規的毛澤東所作詩詞古香撲鼻……本人不是為舊文學還魂、復辟鳴鑼開道，倒是要質問鼓搗新文學及其研究者們為了自己的「新」對舊文學不但不 FairPlay，而且將其趕入另冊讓其自生自滅，這種文明式的消除法是公正的文學史學者所為？作為學人的史品、史德何在？不奢望文學的全貌，這樣的文學史能提供概貌嗎？只讓自己到處風光，不讓對方露面未必太本位主義了吧？

另一方面，新文化運動者力倡打倒貴族文學，建立平民文學，而張恨水的言情小說，激流南北的武俠文本如此等等的通俗文學也被「新文學」派們邊緣化了，而當時的臺島文學、少數民族文學付諸厥如。這樣的平民文學平在哪裏？民在何方？革命口號多麼響亮，革命的腳步多麼緩慢。這不是開端是民間創作（表現為新文學之平民文學口號），發展是文人加工，結束是遠離民眾的亙古以來的貴族文學翻版？

新文化運動勝利了，但勝利之後需要寬廣胸懷，而我們這些吃「新文學」飯者打「新文學」牌者把握文學權力時，布道自己主流，不要文學沙文主義粗暴排他，而要讓相異的聲音、相別的文學事實有個座次，否則應了革命在實踐中的成功就等於理論上的失敗。黃修己曾說為寫出真實的、真正的中國文學，作者須注意「多品種性」、「多民族性」、「多地區性」〔註16〕，這就是新文學研究者們對自身存在問題的夫子自道。

同時按照「新文學」的進化理論，只要「新」、只要進化，就可以入「新文學」譜，那麼「新文學」容器究竟有多大？像東北人亂摔一鍋燜的烹調法，啥東西都可以往裏面塞？現今的網絡文學等是新的，可以放入這容器嗎？「器官文學」、「下半身寫作」也是新的，放入其內可以成為它一個新的「器官」、「下半身」？這個包羅萬象的文學帆布袋伸縮的空間到底多大？

近來洪子誠創造了「歷史批判」的方法即「不把任何概念、現象看作是

〔註16〕黃修己，《中國現代文學簡史・緒論》〔M〕，北京：中國青年出版社，1984年。

『本質化』的、『終極化』的概念、現象，而是看作歷史性的範疇」〔註17〕與其說是這種「對後設性的反省意識和對批判的批判意識遠比指出一個概念的缺陷並加以終結重要」，〔註18〕還不如說是學者對學界、學問科學性含量的反刺或者是為自己學問未能、無法到達科學性位置的失職開脫。試問一個概念不能穩定、不能植入事物的本質而只能相對有效，這也叫學問？請問任何概念、現象不能終極化，而只是歷史性的範疇，我們是在玩家家還是在胡鬧？世界的本質何時能夠被認識？假如其立論正確，我們如何解釋物質永恆、火車、飛機乃至衣食住行⋯⋯？未必大米饅頭麵條，詩歌散文等等也沒有本質化、終極化還要來一次科學甄別？假如立論不對，我們何必還頂個學者歪帽？莫非學術界真的妖魔鬼怪化了嗎？

20 世紀 70 年代的思想解放運動，給文學研究鬆綁，話語多元化了的 80 年代文學研究界在一片重寫、重建、重構、重審、重繪，重、又重、再重，狠狠的重思維蘑菇雲中，學人喋喋不休，說其創新沒錯，視其自言自語也行，筆者認為各類論調出世的底因是缺乏共同的歷史思維或文學定力，有了歷史思維平臺或文學定力就能建立一棟風雨交加中永不倒的文學史精舍。它就是取代「新文學」等的「民國文學史」。這是由後者自身特點決定的。

從時間方位來看，「民國文學史」解構 1912 年 1 月 1 日至 1949 年 10 月 1 日這一時段的文學，其時間觀念特指專一，毫不含糊，絕對不會出現「後民國」、「後後民國」文學之爭；且上承清朝、下銜中華人民共和國文學，使歷史鏈條沒有斷裂，從而避免粗暴超越一段文學史之弊；從研究角度考察，雖然文學史的分期是一種人為鋸割，這種方法無法避免歪曲或篡改歷史資料，但我們以「民國文學史」替代「新文學」等能是把損失降到最低程度，因為它以全局性多元（最起碼二元）、客觀方法研究各種文學現象、作品等，既不會以任何本位姿態放逐任何一方，也不會抬高任何一家，使「民國文學史」成為一個有機整體；從創作個體看中華民國時期人才輩出，為有史以來年均作家作品最多的一代；從權力話語看出現在野與執政激烈爭鋒的格局⋯⋯這是沒有前例的！

程光煒說「始終沒有將自身和研究對象『歷史化』，是困擾當代文學學

〔註17〕洪子誠，《問題的批評》，么書儀、洪子誠，《兩意集》〔M〕，北京：學苑出版社，1999 年。

〔註18〕邱煥星，〈「二十世紀中國文學批判」及其反思〉〔J〕，《青島職業技術學院學報》2006 年第 19 卷第 4 期。

科建設的主要問題之一。」〔註 19〕其實「新文學」等也同樣被困擾了，無顏「新」下去，為挽救文學二平方釐米的面子，我們在此有必要把文學按「民國文學史」、「中華人民共和國文學史」時序「歷史化」，使中國文學譜系完美無缺。

薩幾與伍爾頓在《新經濟史研究》中曾說真正的檢查一個學者所作出的貢獻，不在乎其名聲，而在於其思想所具有的力量。這標尺實在太高，可以劈掉一大批人頭頂的學者帽子。那麼作為「學者所作出的貢獻」則在於能否促進新的研究，在於這種研究是否具有生命力。我們以努力探索「民國文學史」作一次文學實驗吧。

（2007 年 8 月定稿　曾以《「民國文學史」替代「新文學史」考》發表於《湖南社會科學》2010 年第 1 期）

〔註19〕程光煒，〈當代文學學科的認同與分歧反思〉〔J〕，《文藝研究》2007 年第 5 期。

New Literature: the collapse of literary myth building

New literature, popular for nearly100 years in the Chinese cultural community, one of the literary myth building, has the glory of being recognized and the course of being nibbled and challenged and even distorted. From the author's perspective, building had collapsed because of the *new literature* their itself; we should scrutinize the history and literature from the internal and external perspective and deconstruct and interpret the Literature between January1, 1912～October1,1949 year, it will be found that *Literary History in the Republic era* should replace the *New literature*.

文學史觀的失誤與拯救
——以 1912～1949 年文學史爲例

一、遮蔽「民國文學史」在時空上的絕對性

　　唯物論認爲時間與空間是無窮盡的，從而粉碎了唯心論者在此領域爲上帝爭奪地盤之玄學企圖，但絕對的時空觀又有其相對性，這點連被唯物者指稱爲片面的、形而上學的牛頓之時空觀也有合理內核。牛頓認爲「……相對的、貌似的或平常的時間……在日常生活中用來代替眞實的數學時間，例如時、日、月、年」。〔註1〕具體的，以年、月、日、時乃至分秒表述是對絕對時間觀的相對性的解說。但這種相對性表現在民國文學史這一特定時空上具有絕對的唯一性。

　　首先民國文學史在時間座標上是唯一的，具有絕對性。學人訴求的中國文學史寫作，指向是以朝代、時間爲經，以史料、史識爲緯編織而成的，如下表所示。

文學史稱呼	朝　代	時間區間	主　　要　　內　　容
上古到戰國的文學	夏、商、周	？～公元前221	上古文學（《淮南子》、《山海經》、《莊子》）；《詩經》；先秦歷史散文；先秦諸子散文；屈原和楚辭
秦漢文學	秦、漢	公元前221年～公元220年	秦及西漢前期的散文和詞賦；司馬遷；西漢後期即東漢的散文及詞賦；漢代樂府民歌；五言詩的起源和發展

〔註1〕 牛頓，《自然哲學之數學原理》〔M〕北京：商務印書館，1957年，頁8。

魏晉南北朝	三國、晉十六國、南朝、北朝	公元 220年～公元589 年	建安和正史文學；西晉文學；陶淵明；南北朝樂府民歌；南北朝詩人；南北朝的駢文和散文；魏晉南北朝的小說；魏晉南北朝的文學批評
隋唐五代文學	隋、唐五代十國	公元 581年～公元960 年	隋及初唐詩歌；盛唐山水田園詩人；盛唐邊塞詩人；李白；杜甫；中唐前期詩人；白居易和新樂府運動；古文運動和韓愈、柳宗元的古文；中唐其它詩人；晚唐文學；唐代傳奇；唐代通俗文學和民間歌謠；晚唐五代詞
宋代文學	宋、遼國、大理、西夏、金	公元 960年～公元1279 年	北宋詩文革新運動；北宋前期的詞；蘇軾；北宋後期的詩詞；南宋前期的文學；愛國詩人陸游；愛國詞人辛棄疾；南宋後期文學；話本和宋代民間歌謠；遼金文學
元代文學	元	公元 1271年～公元1368 年	元雜劇崛起和興盛；關漢卿；《西廂記》；元前期雜劇其它作家和作品；元雜劇的衰微；元末南戲；元散曲和民間歌謠；元代詩文
明代文學	明	公元 1368年～公元1644 年	《三國演義》；《水滸傳》；明前期詩文；明代的戲劇；湯顯祖；《西遊記》；明中葉後其它長篇小說；明代的擬話本；明代散曲和民歌；明中葉後的詩文
清初到清中葉文學	清	公元 1644年～公元1840 年	清初詩文詞；清初戲曲作家；洪昇和《長生殿》；孔尚任和《桃花扇》；《聊齋誌異》；清初至清中葉的長篇小說；《儒林外史》；《紅樓夢》；彈詞鼓詞和民間歌曲；清中葉的詩文

上表根據游國恩主編，《中國文學史》（人民文學出版社，2002 年 1 月修訂本）編寫。

　　而民國文學史的界樁立在 1912～1949 年（後者存在後續空間），其所指毫不含糊，具有不可替代性。設如把民國時間上限移至 1911 年或者更早，則爲歷史常識的無知。其界碑不可移易，時間界定的清晰度是其它文學史觀無法可比的。所謂的「其它文學史觀」有周作人、胡毓寰、周揚、司馬長風、陳思和等的「新文學」派；王瑤等的「現代文學」派；陳平原、錢理群、黃子平等人的「二十世紀中國文學」；還有陳學超的「中國近代百年文學史」說、朱德發的「現代中國文學」論等。他們或多或少詮釋一些問題，但所持論調存在的紕漏赫然。

　　比如「新文學」之說有時間上的混同之嫌。其一，「新文學派」主張從1915、1917、1919 年開始，那麼 1912 年至 1915、1917、1919 所空缺的文學事件放何處？尤其是持 1919 年開始說者如何處置《新青年》雜誌 1918 年 5月 15 日發表的第一篇白話小說《狂人日記》？莫非新得不認可自己的新文學同類？還是我們杞人憂天不知他們另有巧妙安排的玄機？其二，從意義上

看，新與舊、老相反，但新具有相對性。它只能用於某一階段，隨著時間的延續，原有的新就變爲舊，即爲過去的新。如周揚在《中國文藝運動史》認爲新文學從 1919 年「五四」新文學運動開始的文學爲新文學，處於 2007 年代的我們還可以勉強接受，但此舉有違時間的前進步履，按照中國學者套用國外觀點而推出「中國造」即是古代、近代、現代文學中的時斷劃分，1840 年前爲古代文學，以時間跨度計算，那麼我們今天就可以稱 1919 年文學爲古代文學了，2 個、4 個⋯⋯10 個世紀及其以後的來人稱我們爲古代人了，他們還能稱 1919 年開始的文學爲新文學嗎？

而「現代文學」時限大部份定在 1917～1949，有其合理一面即強調現代性，但此詞其實是科技、政治演變在文學領域的再現，此其一；其二，「現代」二字相對性較強，變易性大。昨日、今日的現代必將成爲明、後天的近代、古代，從時間無限走向來看，「以後」、「未來」是沒有邊際的，再過 100、200⋯⋯1000、10000 年⋯⋯，未來的人們把這幾十年稱爲現代也不合適，而稱胡適、老舍、張愛玲等爲「現代作家」則不能與時俱進，即使未來人們認可胡、老舍、張等爲「現代作家」，又如何稱自己同代名家？

又「二十世紀中國文學」論者身懷「現代性」、「焦慮感」、「危機感」解剖文學，其勇氣確實可貴，但我們以此來推算中國文學，可以把中國文學史改寫爲前二世紀至三世紀的爲秦漢文學⋯⋯七～十世紀的爲唐文學⋯⋯但《詩經》歸入何時？先民的民間文學如何排隊？而唐代的韓愈、白居易、皮日休等不就被抓捕，充當學者們自圓其說的「八世紀文學」的壯丁了嗎？而且黃子平還說「二十世紀中國文學」不是物理而是個文學史概念，它上限定在戊戌變法，下限也「不一定就到二〇〇〇年爲止」。〔註 2〕也就是說他蒼涼手筆一揮把 21 世紀時間驅入 20 世紀。依此邏輯，我們不妨再推算一次，可有「二十四世紀中國文學」佔用「二十五世紀中國文學」的時間，更有「三十世紀中國文學」搶劫「三十一世紀中國文學」之地盤⋯⋯世紀被黃先生的文學史觀衝得支離破碎，看來這真是一個胡亂絞合的時間線團。

對上述論調的出現予以歸因分析，筆者認爲一是作者們對自我所持觀點的嚴謹性欠缺推敲。如前所述，「新文學派者」只著力解構文學如何新，而不顧及「新」的相對性；「現代文學派」者僅自圓自己「現代」體系建樹之說，

〔註 2〕陳平原、錢理群、黃子平，〈「二十世紀中國文學」三人談·緣起〉〔D〕，《讀書》1985 年第 10 期。

而忽視自己觀點是否無隙可擊。其底因是急於在文學領域創立門戶，張掛千孔百瘡的學派橫幅；二是受外來文化影響。梁子民認為「古代、近代、現代和當代，是中國所有人文學科分期的基本思路，這可能是受日本學界的影響」。〔註3〕不能否認外來文化的先進性，但削中國文學之足而適外來理論之履，痛苦、悲慘的是我們自己，如現代文學派揮舞鋼刀，很多文學如舊體詩詞被血淋淋削掉就是明證；三為政治注經使然。如王瑤的《中國新文學史稿》就是貫徹毛澤東《新民主主義論》的思想，將1919～1949年文學設定為中國現代文學，從而形成顯學，全身烙上紅色的政治意識印跡。為毛澤東語言注經本無錯誤，關鍵在於現代文學立論是否經得起歷史考驗。從時間的相對性角度檢測，現代文學之說顯得不合時宜了。

而「民國文學史」之稱具有時間穩定性特點，首先在於它跨度明晰，它起於1912年，止於1949年。而同為「新文學派」者就有1915、1917、1919年開始說；「現代文學派」的起點有「五四」，詩界革命、小說界革命開始即19世紀末到1917年為「中國現代文學的發生期」，還有「開源於1894年中日甲午戰後，『五四』並非它的發端」之說。下限有以十年浩劫的結束，即以1919年到1976年間的文學歷史作為考察與研究的對象；甚至1997年說；而朱德發先生一人創造上、下限分別為1917、1977年，1900、1977年與「現代中國文學」論。所有這些說明學術爭鳴盛況空前，學者們為此投入了不少精力，但其觀點顯現理論零亂、無序、隨意性。而「民國文學史」鎖定在1912～1949年，不存在上、下限的人為改易等缺陷，同時沒有為後來者命名此段文學設計障礙，人們可以將中國文學排列為先秦——秦漢……元明清——民國——中華人民共和國文學，不會像新文學、現代文學一樣給後人留下尷尬，也就是說後來者沒有人會因為「民國文學史」這個概念而苦惱地取其名為後民國文學史、再民國文學史。

其次空間上看，民國文學史囊括了中國版圖的所有文學如「五四」新文學，鴛鴦蝴蝶派，言情、武俠的通俗文學，古詩詞，淪陷區文學等，地不分南北宗不分東西，各種文學作品、人物、事件都被裝在民國文學史之壺中予以探究，從而克服有些文學派別對言情、武俠的通俗文學，古詩詞粗暴地放逐。

〔註3〕 梁子民，《學術史分期的當代意義》〔D〕，中國青年報，2006年12月6日第10版。

二、丟失傳統的名實觀，放逐「民國文學史」

　　我國傳統的「名實觀」對應現在學術上流行的指稱論。孔子聲張「正名」（所謂「名不正，言不順」）、「文質彬彬」；老子主張名生於道，「有名，萬物之母」；荀子「名實觀」……尤其是王夫子「名實兩相稱」的名實統一論，力挺名稱、概念與事物、實在內在聯繫，名從屬於實，反映實。這種正確的思辯方式被有關人員丟失，從而造成 1912～1949 年中國文學研究的渾濁，使其「名」與「實」相怨甚久，也就是說存在的實尚無與其相稱的名。如前所述，各種學派馳奔於 1912～1949 年中國文學領域，將後者做成了冰糖葫蘆式的拼盤，時間區間任意劃定，其名與歷史之實牴牾。

　　前述的錯誤即是荀子認爲名實「三惑」之一的「惑於用名以亂實」，其致命傷痕是抹殺風雲際會的民國歷史、民國存在的文學事實，放逐「民國文學史」。當然荀子提出的製名原則即「同實同名」、「異實異名」、「二者一致則用共名」與取名「徑，易，而不拂」等可以補救，也就是說，名稱能直接、平易又不違反事物的實際，就是好名字。而「民國文學史」不存在以名亂實之誤，民國所有的文學事實決定「民國文學史」這一形式的穩健性，此乃其一；其二，「民國文學史」命名直接、簡潔，準確解構 1912～1949 年中國文學內涵與外延、覆蓋力與文學史實擁抱得沒有縫隙，無絲毫違背歷史存在的嫌疑，更非克羅齊所主張歷史是「自由的故事」、「巧妙的神話」，而是以文學史實爲依據加以解剖。

　　或許其它觀點持有者自以爲尋找了文學自身發展規律以迴避「民國文學史」這一話題。筆者嘖嘖欽佩其學術偉績的同時，感歎能夠眞正地挖掘文學自身發展規律不愧爲文學領域一大創舉。本人身揣愚陋，請問文學規律究竟在何處？是研究者們叼在嘴頭極品中華煙以炫耀的文學研究功績？抑或是不負責任的口頭禪？還是賜予文學莫須有的功力？倒是撩開他們的文學發展規律光鮮外衣，可以檢測其駕駛的文學手扶拖拉機組合零部件：持古代、近代、現代說者或者「二十世紀中國文學」，其古代部份仍按照王朝編排。如《插圖本中國文學史》〔註4〕第一至第七爲按照朝代陵替來敘述，但第八部份則依照其「世紀文學」理論來解說文學。此種編撰方法昭告我們：持此論者沒有功力按「世紀中國文學」觀全部重寫或另寫中國文學，此其一；其次他們對傳

〔註4〕 董乃斌、錢理群主編，劉揚忠等，《中國文學史：第一部全彩插圖本中國文學史（彩色插圖本）》〔M〕，貴州人民出版社，2004 年。

統文學史編寫的顛覆具有妥協性，沒有全部斬殺王朝分期法，從而反證出按朝代更迭編寫文學歷史具有可操作性。

「名實觀」是我們指稱、建構乃至闡釋「民國文學」思維武器。過去我們已經耽誤了一段時間，目今可是急起直追的最佳良機。

錢基博 1932 年提出「現代中國文學史」，而不稱「民國文學」。錢之理由為「維繫民國，肇造日淺」。〔註 5〕意為民國建立不久，當其時人們公認的作家在清末就知名度頗高，故他堅持「現代中國文學史」之說。

但是 1928 年，周群玉在《白話文學史大綱》（上海光華書局）將白話文學分為「上古、中古、近古、中華民國文學」，卻先於錢基博 4 年、後於民國成立 16 年，橫空提出中華民國文學之說，雖其論述不詳，但開民國文學之端，只是後世學人沒有接過周群玉手頭賽力棒精進，導致此說沉沒多年，現在有必要恢復、光大之。我們假設錢基博以離 1912 年民國成立只 20 年為由，避用民國文學，提出「現代中國文學」之說成立，但今天的我們距民國成立近 70 年，離國民黨逃往臺灣也半個世紀了，很多文學事件已經解密，作家很多人已作古，後人對其作品研究積澱日久，是我們援用傳統的、也是普世的名實觀，召回被驅逐的「民國文學史」加以解構的時機了。

《羅密歐與朱麗葉》（第二幕第二場）中，朱麗葉說「名字本來沒有意義，比如玫瑰花要是換了名字，它的香味還是同樣的芬芳。」意即「名」無所謂，關鍵是「實」。但如劇中的朱麗葉手頭玫瑰種類多了，就要加以區分，準確的名稱顯得很有必要。同理，1912～1949 年中國文學被諸類名稱塗成花臉的當下，借鑒歷史，遵循正確的理性思維，建樹「民國文學史」勢在必行。

三、從語言學角度檢視「民國文學史」命名的合理性

「民國文學史」這一命名相對於「中國現代文學史」、「現代中國文學史」、「二十世紀中國文學」以及「新文學」等稱呼來說，有其從內涵、外延等方面進行概念界定的優勢，同時也承沿了朝代更迭的文學分期方法，具有其相對穩健性。而從語言學方位分析，其合理性也非常充分。

首先從語義學角度看，利奇認為語義的類型包括概念、內涵、社會、情感、反映、搭配、主題意義七種，其中概念意義是最核心的，主要表現在它

〔註 5〕錢基博，《現代中國文學史》〔M〕，中國人民大學出版社，2004 年。

所關注的是一個詞彙和它所指的事物之間的關係；內涵、社會、情感、反映、搭配意義共同歸屬於聯想意義，屬於文化的一部份。〔註6〕「民國文學史」的概念意義非常明確，專指 1912 年 1 月 1 日至 1949 年 10 月 1 日（此處不含偏安臺灣的中華民國）這個時區中國版圖上所有文學作品、作家、思潮等文學事件；該名稱確證了處於這一特定文化語境中的人們概括自己對客觀世界的感性認識和情感體驗，其聯想意義豐富。

從語言學命名角度來看，「民國文學史」是一個名稱、專名，即名稱的一種特殊類型，根據維特根斯坦關於名稱的指稱對象觀點，名稱沒有獨立的意義，因爲名稱的意義在於指稱對象，而對象不是世界的獨立成分，它只能存在於事實中。要眞正地表示對象，就應該表現對象與其它對象的各種關係，只有用名稱之間的聯結才能表達對象之間的聯結，名稱也只有同其它名稱一起構成命題時，才有意義，才能指稱對象。〔註7〕「民國文學史」與先秦、秦漢、魏晉南北朝、隋唐、宋元、明清文學等沿襲朝代更迭法，符合人們的邏輯思維定勢，它所指稱的 1912～1949 年這一時期文學內容與其它朝代指稱的某一時期文學內容之間有聯結關係，因而這一指稱對象能約定俗成。維特根斯坦還認爲「一個詞的意義即它在語言中的用法」，指稱是意義的一種，指稱由用法所決定。維特根斯坦的「指稱使用」觀念讓指稱由語義學概念變成了一個更複雜、更豐富的語用學概念。〔註8〕專名是語言共同體因對某一對象的意向而用一語詞標記語境中的某一對象而形成的。「民國文學史」的語用價值已經超出了人們的想像。只要我們潛心研究、媒體兼容並蓄宣傳而非封殺、再加被學人辯證，使得這一專名的使用頻率越來越高，使用範圍愈來愈廣，不能不說明「民國文學史」更富前景的語用價值。

從純語言學角度看，「民國文學史」是一個語言符號，連接的是概念和音響形象。索緒爾用所指和能指分別代替概念和音響形象。〔註9〕「民國文學史」的所指是概念意義，此處不再贅敘；能指是它的聽覺性質，在時間上展開的帶有感覺的聲音的心理印證，包含五個音節，從現代讀音看由四個平聲和一個仄聲組成，平聲字拉得長、送得遠，音感強烈，比較宏亮，最後用一個仄

〔註6〕 傑弗里・利奇，《語義學》〔M〕，李瑞華，王彤福等譯，上海外語教育出版社，2005 年。
〔註7〕 郭向陽，《現代專名指稱理論初探》〔D〕，河南大學碩士論文，2007 年。
〔註8〕 郭向陽，《現代專名指稱理論初探》〔D〕，河南大學碩士論文，2007 年。
〔註9〕 索緒爾，《普通語言學》〔M〕，高名凱譯，商務印書館，1980 年。

聲收尾，既有變化又顯乾脆利落；從音響角度看，五音節的「民國文學史」相對於七音節、九音節的「中國現代文學史」、「現代中國文學史」、「二十世紀中國文學」來說，語言更爲簡潔凝練，雖然「新文學」三音節更簡練，但因其概念意義無法經受長久時間檢驗而直接影響表意的準確性，不能充分表達 1912～1949 年這段時間的文學內涵而顯不合適。

（2008 年春定稿於北京天橋　原載《求索》2010 年第 7 期）

The mistakes and save of the views on literary history
——The history of literature from 1912~1949 as an example

The contemporary studies of literary history have made some success, but the shortcomings in the views on literary history begin to show some cracks, one of which is the banishment of *Literary History in the Republic era*, undermines the perfection of the system of Chinese literature history. One reason for such a situation is that the scholars obscure the absolute nature in time and space of *Literary History in the Republic era*. The second is the loss of the traditional views on actual name, and the cruelt degradation of *Literary History in the Republic era*. In this paper, the author had corrected the past errors and demonstrated the correctness of achievements of *Literary History in the Republic era* from the point of linguistics.

民國文學史特點研究

一、短暫「王朝」的文學盛世

　　民國文學（1912～1949 年）跨越短短的 38 年，但是意義非凡。從舊文學蛻變而來的文學從此發生了根本性的轉變，人們的精神生活和審美觀點隨之變遷，加之新的階級、政府出現，形成歷史的轉折點。在此選取我國有代表性的朝代加以對比、印證。

　　魏晉文學創作趨於個性化。魏晉與民國的相似之處在於四分五裂、戰火紛飛的社會現實。在思想相對自由的時期，文學也得到了自覺充分發展。張振龍認為「建安時期代表作家的詩賦總數為 498 篇，人均詩賦量為 27.67 篇」。〔註 1〕建安時作品數量明顯多於先朝，但遠遠少於民國時期；從創作風格來看，建安時期最大的貢獻是改變了詩風，追求個性化，這與民國時倡導的個人本位同出一轍。不同的是民國深陷內、外爭鬥尤其是民族危難之中，因此作品主題更加深刻，具有沉重的民族危難感。

　　又隋朝（公元 581～618 年）與民國非常巧合的是 38 年。從數量方位考察，如表 1 所示，38 年中隋出現的作家僅 26 人，年均才出 0.6842 個，遠遠少於民國；再論作品數量，隋作品 280 餘篇，創作最多的才 40 篇，而民國作家的作品以百位數計；從作品的質量上看，隋朝詩歌創作遺傳了南朝細膩、柔媚文風，並沒有產生力作，而民國文學各種體裁紛呈，風格各異，名家迭出，其對前朝的揚棄，予後世乃至國外影響是隋文學無法比的。

〔註 1〕　張振龍，〈文學史上真正開宗立派的文學家產生時代——以建安文人的創作實績與明清文論為例〉〔J〕，《河南理工大學學報》2005 年第 6 卷。

表 1　隋朝作家作品一覽表〔註2〕

作　家	作品數	作　家	作品數	作　家	作品數	作　家	作品數
李德林	10	李孝貞	7	楊　素	27	王　胄	21
王　劭	2	魏　澹	9	李巨仁	5	許善心	6
盧思道	40	辛德源	14	尹　式	2	明餘慶	2
諸葛潁	6	孫萬壽	9	王　貞		孔德紹	12
岑德潤	4	薛道衡	30	虞世基	20	劉　斌	4
何　妥	11	牛　宏		潘　徽	3	楊　廣	43
祖君彥	3	李百藥	33				

　　再如文學最爲繁盛的唐朝，《全唐詩》總共收唐五代 2200 多位詩人，49800 多首詩；《全唐文》總共收唐五代 3042 位作家，18488 篇文章。因《全唐詩》與《全唐文》的作者有重合之處，如韓愈、柳宗元等人，又包括五代的一些作家，故年均出的作家數少於直接計算出來的 18 位，人均作品數則多於 12 篇。與之相比，民國作家總數雖遠少於唐朝，不過 38 年出現 700 多位作家（李立明認爲是 600 多人）〔註3〕，年均作家數大約是 18.421 位，平均作品數在 12 篇以上。就作家和作品的平均數目來看還是可以與唐朝媲美的。

　　以上比較的絕對量爲各朝的始終、作者、作品數，雖有些作家縱跨幾代，此比較法具有不完全性，但我們可知民國文學之繁榮在歷史上不可多得；年均作家作品在歷朝中當數一數二，特別是在幾十年內，文言文和白話文並存，成績豐碩，實乃史無前例。

二、思想自由與流派衆多

　　辛亥革命徹底動搖了封建統治，儒家思想在民國遭到攻擊甚至拋棄。政治上軍閥割據、國共搏擊，國民黨形式上統一中國，但始終沒有如漢唐一統江山。面對外敵侵略，知識分子將社會本位與個人價值緊密聯繫在一起，吸收、傳播複雜多元的外國文化，因此出現了思想自由、文學流派眾多的局面。

〔註 2〕 錢仲聯等編，《中國文學大辭典》〔M〕，上海：上海辭書出版社，2000 年。
〔註 3〕 李立明，《中國現代六百作家小傳／中國現代六百作家小傳資料索引》〔M〕，
　　　　香港波文書局，1977／1978 年。

（一）反孔潮流洶湧

春秋末期以孔子思想爲核心的儒家思想形成。但「焚書坑儒」予儒家以重大打擊，漢武帝時，董仲舒提出「罷黜百家，獨尊儒術」，從此確立孔子思想的正統地位，遂有後來隆世的玄學、理學，孔子思想成爲神聖不可侵犯的教條。然孔子也受到反擊，如李贄指責儒家經典並非「萬世之至論」；龔自珍、林則徐等提倡「經世致用」，引導人們掙脫「程朱理學」的枷鎖，奠定新思想萌發的基礎。

至民國，反孔成爲知識分子撕破封建舊禮教秩序的突破口。吳虞在《家族制度爲專制主義之根據》中稱儒家學說的毒害不亞於「洪水猛獸」，「遺禍及萬世」；陳獨秀在《孔子之道與現代生活》中說：孔子「提倡的道德是封建之道德，所垂示之禮教乃封建之禮教」與多數國民之幸福無關。〔註4〕魯迅在《狂人日記》中尖銳諷刺虛僞的儒家文化「歪歪斜斜的每頁上都寫著『仁義道德』幾個字」，其實「滿本都寫著兩個字『吃人』！」由於儒家思想代表了整個封建舊秩序，要進行精神上的革命，反孔就成爲新文化運動的鮮明旗幟。「五四」時期用民主與科學的新思想反對以孔子爲代表的舊文化，啓蒙了人們的思想。

（二）外來文化的影響較深

文化交流是促進雙方或多邊文化發展的重要動力。各代受外來文化影響的程度取決於其自身存在空間。如唐疆域遼闊、軍事強大，在對外宣傳文化的同時，也非常注意吸收他國文化，唐文學外來因素特多。宋朝自身發展舉步維艱，而明朝後期禁海，使得國家很少受到外來文化的影響。而「五四」的發生就是西學東漸的結果。流行於西方的人本主義思潮爲中國開啓了理性主義之門，進化論、唯意志論、人道主義等新名詞紛紛傳入，將孫中山的「三民主義」推至追求「民主」和「科學」爲要義的人的解放及其現代化本位。外來文化影響表現在社會上的是眾多西洋商品的湧入，紛紛被冠以「洋」字；表現在文學上的是眾多作家作品的西化，許多作家致力於外國作品的介紹工作。在接受西化的程度上，有全面西化的如劉半農，他徹底拋棄舊格律詩的形式，大膽嘗試將散文詩引入中國。還有中西合璧的「中學爲體，西學爲用」派。胡適在《中國哲學史大綱》卷上（1919 年）指出中國所面臨的就是中西

〔註4〕陳獨秀，《獨秀文存》〔M〕，合肥：安徽人民出版社，1987 年。

這兩大哲學系統的「互相接觸、互相影響」。他主張中西兩種文化相互吸收、融會。魯迅在《拿來主義》中主張「取其精華，去其糟粕」，而不是什麼都拿來。外來文化的多元與複雜讓各種思想在中國彙聚，而知識分子在國家內憂外患的境況下引進西方先進文化，決定了思想啓蒙與民族救亡緊密聯繫，且後者隨著革命的發展不斷升級。

（三）政府的鉗制較鬆

歷代統治者都推行集權制，表現之一爲思想的統治，這就包括控制文學。秦朝「焚書坑儒」；西漢「罷黜百家、獨尊儒術」束縛了人學；明朝「八股取仕」抑制文學發揮的空間；清朝的「文字獄」就是集權制達到頂峰的體現。

殆至清末，孫中山提出「三民主義」口號，實踐政治民主的理想，建立民國然而勝利的果實被袁世凱竊取後，全國陷入軍閥割據時期。各軍閥忙於爭奪政權，對政治思想的控制相對放鬆，形成了「五四」社團流派或爲人生或爲藝術的「百家爭鳴」的文學盛世，這與戰國時代群雄爭霸、百家爭鳴的境況頗爲相似。南京國民政府形式上統一全國（處於弱勢的共產黨積蓄力量，陸續建立蘇維埃革命根據地），從此政府加強了對思想文化領域鉗制。「當某一政黨試圖用其意識形態來干涉和操縱文學創作時，它必然會首先從本黨意識形態的角度出發，對文學的目的、性質、作用和地位重新予以規定和解釋，企圖以此來規範作家的創作。」〔註5〕因此，隨著大革命的到來文學也區分成「左右」兩個方向：國民黨所倡導的民族主義文學和共產黨所領導的左翼文學，另有自由主義者或附驥、游離前述兩派尋求自己文學生存土壤。

（四）派別最多

處於某一時期的作者由於審美觀點、創作風格類似，自覺或不自覺地形成文學集團和派別，如魏晉南北朝中的建安文學、「竹林七賢」；後世文學評論者將創作內容、風格相似的作者定爲同一流派，如唐朝邊塞詩派、花間詞派，宋朝的豪放詞派、婉約詞派等。但與民國文學派別相比則爲小巫見大巫耶。

民國文壇上出現的流派有人生派、藝術派、自由主義者、學衡派、自我抒情派等。南京政府成立後，大的派別爲「左」、「右」。其一是御用的，國民黨首先樹立了「三民主義」在意識形態領域獨尊一統的地位，近代很多舊派

〔註 5〕倪偉，《「民族」想像與國家統治》〔M〕，上海：上海教育出版社，2003 年。

文人進入民國後擔任要職，如閔爾昌擔任北京總統府秘書；于右任官至監察院院長；葉楚傖任國民黨宣傳部長、中央政治會議秘書長等。「左聯」興起後，上海的國民黨文人也緊鑼密鼓的籌組「前鋒社」，將民族主義文學推上前臺，此乃御用文人所爲；二是革命紅色的，共產黨主導的紅色革命文學集成另一股文學，在國民黨號召「民族主義」時，共產黨將階級鬥爭置於首位，紅色歌謠、戲劇成爲宣傳革命的有力武器，左翼文學也在共產黨意識形態影響下以革命爲主題，將革命文學擴展到人民大眾中去。三是中間路線團體，在國、共兩黨政治主導文學方向的同時，還存在中間路線團體之自由主義者，此派以胡適、羅隆基等爲代表的一批海歸的知識分子從西方引進，持此者既反對國民黨的專制統治，又譴責中國共產黨的主張，宣揚個性解放、人權自由與獨立的價值觀。從當時社會的時局背景來看，自由主義倡導的漸進、改良措施沒有也不可能成爲時代主流。

　　整體看來，民國各種思想的碰撞和西方文化的引入讓文學十分活躍，無論哪個朝代都沒出現如此多的文學流派，如表2所示。

表2　民國文學流派一覽表〔註6〕

文體	流　派	代表人	文體	流　派	代表人	其它	流　派	代表人
詩歌	同光體	陳三立	小說	鴛鴦蝴蝶派	徐枕亞		桐城派	姚永樸
	漢魏六朝派	王闓運		新感覺派	穆時英		學衡派	梅光迪
	新月派	徐志摩		鄉土文學	臺靜農		論語派	林語堂
	小詩派	冰　心		京派	老　舍		戰國策派	陳　銓
	民歌體詩派	李　季		海派	張資平		甲寅派	章士釗
	現實主義詩派	朱自清		問題小說	許地山		人生派	葉紹鈞
	浪漫主義詩派	郭沫若		自我抒情派	郁達夫		藝術派	郭沫若
	現代詩派	戴望舒		山藥蛋派	趙樹理		民族主義	潘公展
	七月詩派	胡　風		荷花澱派	孫　犁		現代評論派	胡　適
	九葉詩派	穆　旦						
	象徵詩派	李金髮						

〔註6〕　陸耀東等編著，《中國現代文學大辭典》〔M〕，北京：高等教育出版社，1998年。

三、反抗者文學成果斐然並與執政者在抗擊外強時結成統一戰線

首先從歷來的起義首領文學作品方位檢視。歷代義軍頭領被誣稱為盜、賊、匪首……朝廷千方百計對其予以剿殺，致使義軍失敗如跖、張角、白郎等；而建立政權者卻最終慘敗麥城者有黃巢、李自成、洪秀全等；起義成功坐穩天下者只有劉邦與朱元璋。在所有起義首領集合體中，能馬上殺敵，馬上、馬下行奇文並運籌帷幄取得成功者僅毛澤東一人。

從創造文本主體看，李自成沒有文學作品，僅項羽、劉邦、黃巢、宋江、朱元璋、洪秀全有幾首詩詞傳世，項羽的《虞兮》；劉邦的《大風歌》；《全唐詩》卷 733 載黃巢有三首即《題菊花》、《不第後賦菊》、《自題詩》，而後者被稱為「偽託」之作；《水滸傳》第三十九與七十一回載宋江有詞 2 首、詩 1 首；朱元璋有《詠菊》、《無題》、《詠竹》《罵文士》等 10 餘篇；洪秀全有《誡曾玉璟》、《定乾坤詩》、《述志詩》等 6 篇；而毛在民國時期大約有 100 篇〔註 7〕。

從中我們可以探究起義首領拿起筆寫文章者只有這麼幾個，毛澤東的文本數量首屈一指；而劉邦是流氓皇帝，項羽是莽夫，宋江是有名的投降派，黃巢也有乞降言行，朱元璋詩霸氣不少詩味則少，毛澤東卻具有很深的人文修養與徹底革命、鬥爭精神。

從文章的品位來看，項羽的《虞兮》行文於前 202 年 12 月垓下之圍，「力拔山兮氣蓋世，時不利兮騅不逝。騅不逝兮可奈何？虞兮虞兮奈若何。」英雄末路悲歌古今；劉邦《大風歌》寫於公元前 195 年，詩云「大風起兮雲飛揚，威加海內兮歸故鄉，安得猛士兮守四方」。朱熹吹捧其為「人主」中千載未有的「壯麗」「奇偉」，而劉辰翁認為懺悔詩歌。

黃巢的《題菊花》「颯颯西風滿院栽，蕊寒香冷蝶難來；他年我如為青帝，報與桃花一起開。」映現孤高傲世、知音難覓的寂寞與反抗精神；另一首《不第後賦菊》「待到秋來九月八，我花開後百花殺；衝天香陣透長安，滿城盡帶黃金甲」。詠菊而不著菊字，盡得風流，氣勢磅礴；而《自題詩》「記得當年草上飛，鐵衣著盡著僧衣；天津橋上無人識，獨倚欄杆看落暉」假設是黃巢所寫，詩裏顯現悲涼與落脫，假設是偽託則少了一篇與毛的作品數量相比較的詩歌。

《水滸傳》第三十九回中，宋江潯陽樓題詞《西江月·自幼曾攻》道：「……

〔註 7〕陳國民，《毛澤東詩詞百首譯注》〔M〕，北京：北京出版社出版，1997 年。

恰如猛虎臥荒丘，潛伏爪牙忍受……他年若得報冤仇，血染潯陽江口。」又他題詩「心在山東身在吳，飄蓬江海漫嗟籲；他時若遂凌雲志，敢笑黃巢不丈夫。」無限傷感與狂妄，其志高遠，但奴才本質難移，第七十一回有其詞《滿江紅・喜遇重陽》「……頭上盡教添白髮，鬢邊不可無黃菊……望天王降詔早招安，心方足」便是很好的注解。

朱元璋的詩雖張揚帝王的豪氣，但反映出他粗魯、低俗，如《罵文士》云「嘰嘰喳喳幾隻鴉，滿嘴噴糞叫呱呱。今日暫別尋開心，明早個個爛嘴丫」放射出這位和尚皇帝從最低層走上金鑾殿歷程中手提打油詩中沉澱的油膩味。

洪秀全詩歌或壯志四溢、志向遠大如《定乾坤詩》、《述志詩》，或告誡部屬《誡曾玉璟》、《毀馮雲山書館中偶像》……但風騷稍遜，理（宗教色彩）濃情無，可謂膽大才平識少，其「帝王體」總無法遮蔽他作為一位落第秀才學僅半車的形象。

而毛澤東的詩詞具有創新性。如他一改《沁園春》歷來的婉約為豪放等，具有目空一切英雄主義、樂觀主義精神。其作品一掃群雄，毛的勇氣與政治智慧是他人無與倫比的，最後《七律・人民解放軍佔領南京》吹散了形同灰塵的南京國民政府。當然毛那凌厲、通俗政論文更是他人不可同日而語的。

其次，從起義軍同一戰壕的同行來看，皮日休曾參加黃巢起義軍；而與毛共同戰鬥的瞿秋白、寫詩詩味不濃的陳毅、小說作者蕭華、文學評論者成仿吾文武雙全，尤其郭沫若、丁玲、艾青、臧克家、何其芳、田漢等組成紅色陣營，形成了反抗敵對勢力（執政的蔣介石與外敵日本）的龐大文藝戰線，這也是空前的。

20 世紀上半葉，國家民族焦慮上升為主要焦點。我國人民齊心協力，一致對外；國共兩黨暫棄前嫌，維持一定程度上的和諧，秉承「停止內戰，共同抗日」的方針，制定解決主要矛盾的政策。而此時的作者都圍繞一個主題，團結救國，或呼籲抗戰或譴責敵對勢力。他們為中華民族的生存結成了文藝統一戰線，共同禦侮日本強盜，並形成兩大政權共同抗戰的文學。這是特定歷史背景下的產物，也是其特別之處。

四、白話文與文言文並存

中國的語言形態到「五四」時期仍然是分離的，書面用文言，口語用白話。民國時期一個重要特點便是文言文與白話文並存，最終白話文取代文

言文。

舊體詩、文，林譯小說為文言文中具有代表性的三大部份。秦漢以降，中國文學一直奉詩歌為正宗，民國初年，舊體詩還佔據主體地位，影響最大的流派要數「同光體」詩和漢魏六朝派。它們經歷了一個漫長的從主流話語逐漸邊緣化的過程。如「同光體」詩派以陳三立、沈曾植、鄭孝胥為代表，其關鍵人物是陳衍，曾風靡一時。「同光體」詩風影響南社，開始了一場贊成者與反對者的激烈對抗，柳亞子把「同光體」的追隨者朱璽驅逐出社，然而此舉並不能使「同光體」退出詩壇。直至陳衍、陳三立、鄭孝胥相繼去世，「同光體」才告終結。此外，新一代作家如魯迅、郁達夫、朱自清等寫的舊體詩數目可觀，他們作為新文學的號召者標舉新旗幟，把舊體詩轉入「地下」，如魯迅的舊詩多半是作為書法藝術寫給友人的，其它許多新文學作家也未聞有舊詩專集出版。

漢魏六朝詩派在此時有所成就，單獨把魏晉文作為舊體文的一類的錢基博「首推湘潭王闓運」〔註8〕成績最高，此外，清朝一直居統治地位的桐城派散文在「五四」前仍持續著它的餘輝，張裕釗、薛福成、黎庶昌等衝破傳統古文的束縛，創作了一些較有現實意義的散文，民初林紓、姚永樸、姚永概等卓立文壇。隨著革命浪潮的席捲，古體散文顯示出語言的局限性，秋瑾、鄒容等進行散文的語言革新，邁出了散文根本性變革的步伐，對後來白話文的形成及文體拓展有舉足輕重的作用。

林紓將古文與現實相結合，挖掘古文內在活力，翻譯了 100 多部西方小說。「正如胡適所說，林紓替中國古文『開闢了一個新殖民地』」。〔註9〕他為中西文化搭建了一座溝通的橋梁，直接影響了「五四」一代人的發展，如周氏兄弟就一直是林譯小說的熱心讀者，更重要的是林紓很好的把握了小說與文言文之間的關係，形式上打破了中國傳統長篇小說的章回小說。

白話文在晚清時期時早已興起，由裘廷梁的《論白話為維新之本》成為晚清白話文運動的理論綱領。胡適發表於1917年的《文學改良芻議》掀起白話文運動，文言文與白話文由此產生激烈論爭。如林紓連續發表文言小說《荊生》、《妖夢》，在此前後，又寫了《論古文之不當廢》等抨擊白話文。陳獨秀、

〔註 8〕 錢基博，《現代中國文學史》〔M〕，北京：中國人民大學出版社，2004 年。
〔註 9〕 楊聯芬，《晚清至五四，中國文學現代性的發生》〔M〕，北京：北京大學出版社，2003 年。

魯迅等尖銳地予以反擊，魯迅稱之爲「瞞和騙的文藝」，劉大白把古文叫做「鬼話」〔註 10〕。文學發展規律不能逆轉，文言、白話之爭反而推進了白話文的進一步普及，「白話文運動的勢力在這一年裏突飛的發展著，反對者的口完全的沉寂下去了。」〔註 11〕其勝利的標誌是 1920 年北洋政府教育部通令全國中小學陸續採用的白話文（「國語」）課本。白話文雖眞正佔據舞臺，但這並不是說單純文言文創作就退出歷史，20 世紀 20 年代舊體文學的創作在數量上也還大於新文學，且具有一定影響力。據鄭逸梅《藝林散記》記載，1936 年英國倫敦舉行國際筆會，中國參加的代表一爲胡適之（新派）；一爲陳三立（舊派），可見當時舊體文學仍佔據一定地位。

民國時期白話、文言文共處，詩歌、小說、散文有了新的發展空間。詩歌從初期不成熟的白話詩發展到新月詩派、七月、九葉詩派，舊體詩被推到邊緣；魯迅《狂人日記》奠定了白話小說的重要地位，茅盾等人促進了白話小說的繁榮；白話文發揮著易傳播、易普及的優點，文學轉向大眾化、通俗化，出現了報告文學、話劇等新的文學樣式。

此外這一時期作品向外傳播最多。原因在於一方面民國文壇的作家大多有出國留學的經歷，吸收外國文化，對傳統的中國文學作出新的突破，另一方面向外傳播中國文學，像胡適、老舍等人具有雙重文化背景，對於中國文化的傳播作出了很大貢獻。此其一；其二是傳播媒體的助力所致。民國之前的文化傳播一方面受到統治者的控制與世界交流格局限制，如在隋唐文化就傳播到韓國、日本，宣揚的也是東土的物產豐饒與泱泱大國的文化，當時的紙質媒介發展遠遠落後民國，文學作品傳播非常有限，而長期閉關鎖國的政策如明朝禁海更阻礙了文學的對外傳播。

但民國時期傳播媒體較之前代發達，如武昌起義後半年內報紙增至 500家，總銷量達 4200 萬份，形成「報業的黃金時代」。又如 20 世紀 20 年代出現了廣播，同時勃興的出版業與自由的出版體制是前朝無法可比的，爲文學作品在中外時空的傳播起到莫大功能。

（2008 年 12 月完稿　原載於《湖南大學學報》
（社會科學版）2013 年第 1 期）

〔註 10〕王瑤，《中國文學：古代與現代》〔M〕，北京：北京大學出版社，2008 年。
〔註 11〕鄭振鐸，《中國新文學大系‧文學論爭集導言》〔M〕，上海：上海文藝出版社。

Research characteristics of Literary History in the Republic era

By the use of comparative research method, the author placed *Literary History in the Republic era* in the space of Chinese history and compared with these dynasties past, especially the literature of Sui dynasty and analyzed the characteristics as shown in the text so as to contribute for the complete Republic of literary history as well as the history of the Republic of China, with its ultimate aim building perfect system of Chinese literature scientifically.

鮮嫩的命題　庸俗的學界
——對十多年來民國文學史話題的幾點反思

　　近 10 多年來，社科領域活躍著民國文學史這一話題，從趙祖抃、周群玉等產生民國文學史意識，公開媒體記載是陳福康播下第一顆種子，而張福貴、李怡、湯溢澤、秦弓（張中良）、陳國恩、丁帆諸位先後耕耘此地，民國文學話題蓄勢不錯，慢慢地立於學術之林。民國文學史研究成果是喜人的，但外在的媒體等環境、學人治學態度給它帶來的負面制約也不可小視。

一、喜人的研究成果與映襯的問題

（一）本文切入基礎

　　周維東認爲「民國視野」囊括當今的「民國史視角」、「民國文學史」、「民國機制」〔註1〕，在概念上給人很新感覺，但是歷史（民國歷史與文學史）是死的，精神（現今思想）是活的，以民國視野也就是民國眼光解剖文學，則是以死人眼光或者歷史之刀插入統治大陸 37 年與苟安於臺灣的政權，也就是以「死」看死去一大半與活著的一小截之文學史，典型的以史治史。相對而言以今人視野研究民國文學史才是正確的，死去的民國文獻啞然失聲只有被今人的思想掃描才能放射新的光芒。人類一切歷史都是生命史，沒有爲至高的理想、至善的關懷，或者精神分裂，誰願意去死或者誰願意做死去的民國人，戴著死人眼鏡泛出陰森的民國光線看民國文學呢？當然周文強調思維回

〔註 1〕周維東，《中國現代文學研究中的「民國視野」述評》，《文藝爭鳴》2012 年第 5 期。

歸到民國，將民國文學話題推到前臺是具有一定道理的，不過用「民國視野」分析民國文學如果沒有設立參照物，這種解剖法是否會走極端導致本位主義即溢美民國文學而貶損其它？或者說是否有一套判定、約束、規範「民國視野」正確、公正的運行體系？這些是我們希望得到的答案。

　　為免歧義產生，本人則將至今所有出現民國文學說法的文章統稱為民國文學（史）話題。即使像羅執廷、熊修雨、趙勇等抨擊民國文學觀點者也在網羅行列，因為說明對方也在關心民國文學，至少可以提示我們注意立論的分寸，我們可以辯證地抽取、吸收其善意部份；另一方面主張、贊成民國文學者的研究方法雖然相異，但無論從民國機制切入，還是從民國史角度來剖析，持論者的始點與終點合一為要戴著民國文學（史）帽兒行走於治學之道，因為學人們認為它能激活對中國 1912～1949 年文學的研究，顯示出自己闡釋文學的優勢，甚至有的持有取代對文學進行了掠奪性開採的、外顯不少缺點的現代文學史、新文學史、二十世紀中國文學等論調。事實上，主張「民國機制」論的李怡關於這個話題的第一篇文章是民國文學史〔註2〕，說明李先生 2009 年前思考的還是民國文學史，他為了參加北京大學紀念「五四」新文化運動 90 週年才提出「民國機制」概念〔註3〕，而後來李先生一系列有關「民國機制」文章是在認可民國文學史大框架下對民國文學的解剖，也就是種與屬的關係問題；秦弓「民國史視角」研究的是糾正過去人們對民國歷史錯誤認識，正視民國歷史對現代文學研究的影響，而他在《三論現代文學與民國史視角》一文中才提出民國文學的生態環境、生態系統，與李怡的民國機制區別不大，研究的路徑是從整體史（民國歷史）插入分支、單列史（民國文學史），但文學研究追求的結果是透過思維方式（馬到白馬）得出白馬（民國文學史），而非馬就是白馬，也就是說我們將秦弓的「民國史視角」鑒定為民國文學史，就陷入「馬就是白馬」邏輯迷陣，就不免在生活、邏輯、哲學方位違規背道，失足於學術淺溝。所以為免於暴露學術破綻，我們認定秦弓民國史視角只是一種方法、思維管道而不是結果，從秦弓文章的目的論、結果論層面，模糊地將這位晚來的、主張民國視角者勉強納入民國文學史話題之列為宜。

〔註 2〕 李怡，《「民國文學史」框架與「大後方文學」》，《重慶師範大學學報》（哲學社會科學版）2009 年第 1 期。

〔註 3〕 李怡、周維東，《文學的「民國機制」答問》，《文藝爭鳴》2012 年第 3 期。

　　如果將民國文學史拔高爲一門學問，從學科史角度審讀，民國文學史相對於哲學、歷史學來說，則是在百歲老人鬍鬚下跳躍的稚嫩嬰孩。學者們具有考據癖，可索引出這個話題起於民國時期，或者共和國期間。20世紀30年底，趙祖抃、周群玉、王羽、胡行之、容肇祖等人在其撰寫的書籍中就提到過民國文學，比如周群玉在《白話文學史大綱》一書中寫有「中華民國文學」一章，葛留青、張占國1994年的《中國民國文學史》，本文沒將其作爲民國文學史話題的開端，這是因爲周群玉只是將民國文學附驥於其它文學史之後，最多是有點民國文學意識而已；葛與張全書只是替換說法，內容卻是當時政治色彩很濃的文學史，沒有眞正的民國特色，有巧合性地碰中或撞中民國文學史之嫌；兩者對民國文學史研究不透。筆者認爲民國文學眞正起源應該是陳福康1997年提出的《應該「退休」的學科名稱》，12年後陳福康在《中國現代文學研究叢刊》2009年第2期上發表《讀顧彬的〈二十世紀中國文學史〉》一文，對現代、當代文學之說繼續予以破執。時至今日，稍成氣候。在此輯錄已發的文章並省略文章篇名與發文媒介，將文中涉及「民國文學」的，按其時間線性記錄並做如圖1所示，而作者文章中一級標題或者副標題出現民國文學（史）的則如圖2所示。

　　1997年1篇（陳福康1）；03年1篇（張福貴1）；05年1本（魏朝勇1）；06年2篇（畢文昌、梁子民1，秦弓1）；08年6篇（【美】賀麥曉 *Michel Hockx* 的1、陳迪強2、趙步陽等5人1、楊丹丹1、張維亞等4人1）；09年5篇（李怡2、陳福康1、陳國恩與周曉明等談話1、陳學祖1）；10年9篇（湯溢澤4含與郭彥妮、廖廣莉合著各1、秦弓1、丁帆1、李怡2、張福貴談話1）；11年14篇／本（廖廣莉1、丁帆5、林衍1、王學東1、冷川1、李怡2、張福貴1、陳國恩1、湯溢澤1*）；12年41篇（秦弓2、管興平2、李怡5、蔣德均1、李光榮2、湯巧巧1、賈振勇1、周維東2含與李怡對話1篇、苟強詩1、王永祥1、黃菊1、羅執廷1、任冬梅1、李金鳳1、李璐1、盧軍1、沈衛威1、張霞1、楊華麗1、羅維斯2、張武軍2、倪海燕1、中國臺灣的張堂錡1、張桃洲1、丁帆1、李直飛1、高博涵1、姚丹1、張叢皞1、段美喬1、溫儒敏1）；13年29篇（湯溢澤1、王永祥1、周維東1、李怡7*含與李直飛合著1、禹權恒2含與陳國恩1、康鑫1、熊修雨1、王瑜2其中與邱慧婷合著1、丁帆1、王澤龍與王海燕1、賈振勇2、劉勇與張弛1、張武軍與高阿蕊1、魏泉1、管興平1、張福貴與張航1、趙學勇2、梁儀1、黃健1、楊丹丹1）；14

年 21 篇（田文兵 1、韓偉 2、李怡 3*、張中良 2*、禹權恒 1、苟強詩 1、王
曉文 1、徐詩穎 1、周海波 1、張武軍 1、周維東 1、黃群英 1、湯溢澤 1、洪
亮 1、張振國 1、武善增 1、趙普光 1）（注）

圖 1　1997～2013 年民國文學史文章柱狀圖

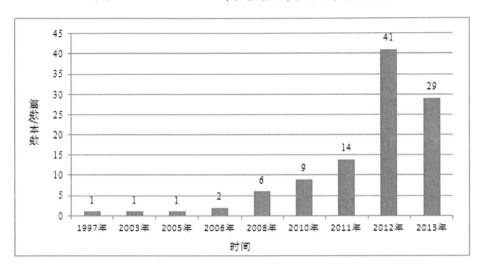

【注：1 是根據公開刊物或者微博發佈的 1997～2014 年 9 月底信息；2 是*的說明，丁帆《新
舊文學的分水嶺》一文分別發在《江蘇社會科學》（2011 年第 1 期）與《當代文壇》增刊（2011
年第 5 期），在此只做一篇計；湯溢澤等《民國文學史研究》吉林大學出版社 2011 年 12 月出
版；秦弓也就是張中良先生真正的提出民國文學概念是在 2012 年 1 月 15 日《文藝爭鳴》第 1
期發表的《三論現代文學與民國史視角》，而他的《從民國史的視角看魯迅》（《廣東社會科學》
2006 年第 4 期）、《現代文學的歷史還原與民國史視角》（《湖南社會科學》2010 年第 1 期）只
是停留在用民國眼光檢視現代文學上，為他民國文學史觀的熱身準備，因此秦弓在博導中進
入民國文學研究的次序位於張福貴之後；李怡與周維東談話一篇記在周的名下；王永祥記錄
「西川論壇」有 11 人提供民國文學相關文章詳見《社會科學研究》2012 年第 3 期；李怡等在
臺灣花木蘭文化出版社出版的各分冊書籍名稱在此沒有列舉】

（二）柱狀圖與其它相關資料說明的情況

結合其它資料，柱狀圖反映的內容如下：

1. 是至今李怡推動民國文學話題最為投入、推動力最大，除發文外，李
怡組織各項文外活動，例如策劃、筆談這個話題（4），在臺灣出版《民國文
化與文學研究文叢》1～4 編，又如作為主持人 2 次（5），再如組織研討會有
2012 年上半年的西川論壇與 2012 年 12 月北京會議。

2. 是民國文學史話題不是北京而是在外地引起火星。寫作的主體與發文
的刊物次序是吉林與香港、南京、長春、北京與商丘、瀋陽、成都、武漢、

杭州、長沙、廣州、中國臺灣等地。即使北京師範大學先有陳迪強呼籲，後有李怡精心營造，但陳迪強顯得草率，李先生當時身兼四川大學教授身份，我們暫時算他為半個京派人物，從地緣分析顯得低層甚至無聊，但我們可以看出作為話語霸權地北京無論是學者、媒體都沒有發揮學術領頭功能，在敏感、先鋒話題上顯得遲鈍半步，此其一；其二，南京的趙步陽等提出民國文學概念，是由於課題內容與歷史的外在刺激之故，再次反映有趣的規則——沒有生活體驗就沒有文學及其研究的源泉，這個論點具有一定的正確性；其三，作為最早否認現當代文學、主張民國文學的陳福康只在前述兩篇文章中提過，卻沒有繼續深入，很值得我們深思；其四，中國臺灣雖現在掛著中華民國旗，至 2012 年是在大陸民國文學話題影響下才意識到「不能再視而不見」，也就是說臺灣學人錯失歷史機遇，對其予以歸因分析有待學界做深層次考究。

（三）柱狀圖所反映的情況

柱狀圖本身反映的情況如下：

1. 是 2003 年張福貴文章 1 篇、2005 年魏朝勇的《民國時期文學的政治想像》出版、06 年畢文昌等 1 篇，而 07 年民國文學史話題為 0，說明學人正在思考這個問題，只是沒有作品公開發表；

2. 是從 2008～2013 年文章一級標題或者副標題出現民國文學（史）的為 2008 年 3 篇（趙步陽等 5 人 1、楊丹丹 1、張維亞等 4 人 1）；09 年 3 篇（李怡 2、陳學祖 1）；10 年 3 篇（湯溢澤、郭彥妮、廖廣莉）；11 年 7 篇／本（丁帆 2、王學東 1、李怡 1、張福貴 1、陳國恩 1、湯溢澤 1）；12 年 23 篇（秦弓 1、管興平 2、湯巧巧 1、李光榮 2、賈振勇 1、周維東 2、苟強詩 1、王永祥 1、羅執廷 1、李璐 1、沈衛威 1、李怡 2、張堂錡 1、張桃洲 1、李直飛 1、張武軍 1、姚丹 1、張叢皞 1、溫儒敏 1）；13 年 22 篇（湯溢澤 1、王永祥 1、周維東 1、李怡 5、禹權恒 2、熊修雨 1、王澤龍與王海燕 1、賈振勇 2、劉勇與張弛 1、張武軍與高阿蕊 1、魏泉 1、管平 1、趙學勇 2、梁儀 1、黃健 1、楊丹丹 1）；共計 61 篇。每年呈上升態勢，尤以 2011 年、2012 年數量呈飛躍狀。這說明剛開始學人對民國文學（史）這個詞持委婉、謹慎態度，此其一；其二，一開始就直率提出民國文學的以「小字輩」居多，證明初生牛犢的膽識不凡；三是 2008 年開始大陸媒介越來越關注、認可民國文學。

圖 2　標題含「民國文學（史）」柱狀圖

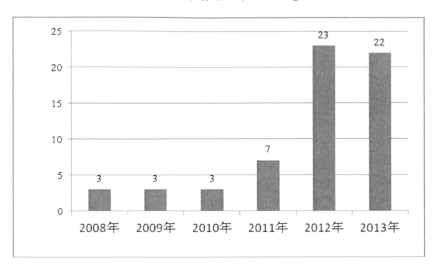

3. 是 2008 年開始民國文學史話題在慢慢升溫，頗有追趕乃至追上其它學科的趨勢。以 1997 年陳福康的 1 人 1 文爲基點到 2013 年底（2014 年 9 月因未構成一整年在此沒有計算）予以比較，我們看出：其一按照談話、發文、著作形式署名 2 篇～4 篇的爲陳福康 2、陳國恩 2、陳迪強 2、廖廣莉 2、周維東 4、賈振勇 3、王永祥 2、管興平 3、李光榮 2、羅維斯 3、李直飛 2、苟強詩 2、張武軍 3、王瑜 2、禹恒權 2、趙學勇 2，4 篇以上的爲張福貴 4 篇、秦弓 6 篇、李怡 18 篇、湯溢澤 6 篇與著作 1 本、丁帆 8 篇，湯溢澤出版了第一本眞正民國文學史意義的專著，李怡篇數最多；擁有博導頭銜的依次進入這個話題的爲陳福康、張福貴、秦弓、李怡、陳國恩、丁帆，最先者爲陳福康，最晚者丁帆；其二，2003、08、09、10、11、12、13 年每年文章、作者數量與 1997 年或者前年度相比，增加文章與新增人數如下表所示。

	1997	2003	05	06	08	09	10	11	12	13
文章數量	1	1	1	2	6	5	9	14	41	29
作者人數	1	1	1	3	8	11	7	9	31	26
新發文是 1997 年倍數		1	1	2	6	5	9	14	41	29
新作者是 1997 年倍數		1	1	3	13	10	4	3	28	16
文章比上年增加數		0	0	1	4	～1	4	5	27	～12
新增作者數		1	1	3	8	10	4	3	28	16

（此表採用文章數量優先原則：其中 1997 年至 2007 年為民國文學史話題的朦朧期，涉足人
員很少；2003、05、06、08、09、10、11、12、13 年 7 年中與前一年比較，2011 年以前新增
作者數出現在 10 位以下，說明主要是原來的如陳福康、張福貴、李怡、秦弓、湯溢澤、陳國
恩在發文，但文章篇數呈上升態勢，但 13 年下跌；而 2012 年發文數達到 41、新加作者 28
人，發文數與作者數量是 1997 年的 41、31 倍，這是非常驚人的。當然這是可喜的一面，這
一現象背後卻給給我們很多思考的元素。其中之一在於現有的民國文學史話題的文章基本上是
點射其它文學史觀的不足，也就是「破」上，那麼隨著「破」浪過去，如果學人們不在反思
自我與拷問「立」上做好文章，走勢就會跌入低谷，也就是說 2012 年很可能成為民國文學話
題的拋物線的至高點。）

4. 是出現學理上的反駁，先有羅執廷，後有熊修雨、劉勇、趙學勇、田
文兵諸人。比如熊修雨在 2013 年第 3 期《文藝爭鳴》上發表的《論「民國文
學」的概念屬性及其意義》一文中肯定民國文學史觀給過於成熟的中國現代
文學史研究開拓新的疆域、注入新的活力同時，認為它「只是一個局部性的
文學史概念」、仍然是「沿襲傳統的政治化學術思路」。趙勇在 2013 年的《廈
門大學學報》（第 6 期）、《中國社會科學報》（同年 11 月 1 日）撰文認定民國
文學史觀缺乏整體的「中國新文學」眼光、是對現代文學經典意識的背離等。
這些說明了民國文學史觀引發學界重視，此一；二是前述羅、熊、趙、田先
生反駁的立論雖然具有片面性，因為他們或者針對某單個人所力舉的觀點，
或者為自己所持的現代文學、新文學加固，但在另一方面提醒民國文學史觀
建設的拐點所在，也為民國文學史繼續完美提出了諍言。

5. 是出現了對民國文學史觀批評性即是評述性文章。如前所述除反駁民
國文學史觀外，贊成民國文學史觀的有周維東、王永祥、高博涵、梁儀、湯
溢澤先後發文對民國文學討論會議與主題、民國文學本身觀點得失、研究者
本身品質及其民國文學所處的環境給予總析，構成民國文學史觀的批評學，
可能有助於促進本立論的拓展。

二、媒體的世俗與學人治學的缺陷

歷代革命的口號非常響亮，但革命的進程、後果有些無法設想。這個套
路就在「民國文學史」破或者革「現代文學史」、「新文學史」之命時也凸顯
得淋漓盡致，驚現庸俗、世俗乃至俗不可堪。

（一）媒體的庸俗

近年來，政治稍寬鬆才致民國文學話題能夠滋生，但官方在物質或者政
策上沒有扶持以民國文學冠名的課題，不過有些學人如李怡、丁帆在相近的
國家級課題實踐著民國文學研究，在此不予評述。而 10 多年來大陸媒體在這

個話題作爲如何？只有遲鈍、謹慎、腐敗幾個詞語能夠貼切概括。比如張福貴的民國文學史文章卻是 2003 年在彈丸之地的香港，而不是在媒體如雲的大陸發表，其原因在於嚴酷的新聞審查威力，與媒體對自吹的輿論敏感之否認。歷來標榜高雅、先鋒的大陸媒體在觀望民國文學話題幾年後，開始關注民國文學史話題，但金錢至上、講究人脈的潛規則像絞繩套住很多研究者的「七寸」。

比如沒刊物媒體人脈關係的作者發文困難，筆者就深有體會。2007 年本人幾篇「民國文學史」文章就已完稿，苦於名氣不大或者不願支付昂貴版面費，一些文章在各大刊物流浪很久後才付印，如《民國文學史特點研究》一文 2008 年底完稿，2010 年在各大刊物苦旅一番後才投至湖南大學學報，2013 年初才發表。這也許算是不幸的幸運者，但我們閱讀一些作者文章發現他們投稿到發表的時間非常短促，比如丁帆《新舊文學的分水嶺》還能同時在《江蘇社會科學》（2011 年第 1 期）與《當代文壇》（2011 年第 5 期，增刊）發表，既凸顯媒體愛才如命樹立權威的努力，同時說明媒體辦事的匆忙。在版面珍貴的今天，很多作者發文艱辛，刊物卻濫發篇名與內容雷同的，再次證明媒體的世俗與勢利或者草率。

以上因素形同房屋裝飾材料中的游離甲醛、苯、放射性污染，也像外界電磁輻射導致學人思維的精子質量降低，對民國文學這樣的胎兒形成負面影響，對免疫系統尚不完善的民國文學這樣兒童造成危害。值得慶幸的是這個污染嚴重的世界還有幾立方米的原木做成的實木地板，尚有幾平方米的淨土才沒讓民國文學全部流產，但民國文學是否畸形需要以後確診。而且學界不進一步環保，含紙質媒體在內的學術環境不淨化、美化，民國文學研究前景堪憂。

（二）學人行文缺乏嚴謹

此處學人是指研究民國文學的人，屬於錢鍾書所說的兩足無毛動物。包括具有不同資歷、學歷、職稱者，具有中性、廣泛性。當然既沒有將其拔高爲學者，也沒有將其忽悠爲專家，譏諷爲專門胡說八道的傢夥，而是平凡的從事研究或者持有民國文學觀點者。那麼近 50 號人行文除思想稍前行、觀點新穎外，其文章具有哪些缺點呢？

1. 文章內容重複，行文匆忙

在所見的民國文學話題文章中內容重複時有發生，如前所述，陳迪強兩

篇文章改頭換面，核心內容相同在不同地方刊發；另有一是本人對現代文學、新文學的「現代」、「新」的內涵外延點評，證明這兩個詞的遊移不定在幾篇文章裏反覆出現，本人為此致歉；二是丁帆除一文多發外，也未免內容重複。丁在不同文中，用不同的、近似的語言表述民國文學論點，很露的重複如下：

（1）關於民國文學的終點或者下限論述——「所謂的『民國文學』是否在 1949 年就中斷了呢？……其目的也在於此」共約 816 個字除 9 處時間漢字、阿拉伯數字表述不同外，出現在其《給新文學史重新斷代的理由》（見《中國現代文學研究叢刊》2011 年第 3 期，頁 28～29）之二與《關於建構民國文學史過程中難以迴避的幾個問題》（見《當代作家評論》2012 年第 5 期，頁 11～12）之三；

（2）《中華民國臨時約法》對民國文學影響共 414 個字左右，出現在《新舊文學的分水嶺》（見《江蘇社會科學》2011 年第 1 期，頁 163）之二之 3 小部份、《關於建構民國文學史過程中難以迴避的幾個問題》（見《當代作家評論》2012 年第 5 期，頁 7）之第一部份第 8 段。

這說明民國文學史話題草創階段，作者倉促湊數上陣，與其它文學史觀鬥法，盲目追求數量。可是當代優生專家早就指出如果那女性交過頻，精子供不應求，質量也差，就會影響受精。而且，作為一種抗原物質——精子，頻繁地對女性刺激，會使對方不斷產生抗精子抗體，使精子發生凝集或失去活力，直接影響受精。可見過多的性交往往事與願違。我們這些學人在「學術做愛」〔註4〕時候也以此為鑒，如果重複地、頻繁地刺激學術子宮，弄得民國文學產生抗體，失去敏感、活力、瘋狂機能，也導致自己精疲力竭，元氣大損，武器萎縮，而且學術精子（民國文學的觀點、方法、結論）數量銳減、質量下降，所生的小孩即民國文學話題健康指數難保理想。同時研究者行文激情四射是好事，但激情之後除自己騰雲駕霧般的愉悅外，卻留給受眾些許傷害，人們抱疑的是剝離文章的虛腫，到底有多少精幹屬於作者、權威的呢？包括民國文學史話題在內的學人針砭學風浮躁時，行文是否該嚴謹？也該療治自身的浮躁通病，或者在治療他人浮躁病症時，不要交互感

〔註4〕李怡、陳國恩文章，《鄭州大學學報》（哲學與社會科學版）2011 年第 9 期；李怡、張武軍、秦弓、羅維斯文章見同刊的 2012 年第 9 期；李怡、蔣德均、任冬梅、黃菊文章見《成都大學學報》（社會科學版）2012 年第 3 期。

染？〔註5〕

2. 有些作者乃至「權威」對他人成果缺乏應有的尊重

論文的精華在於觀點的科學性與新穎性，後學引用他人已發表的、集科學性與新穎性於一體的相同觀點作為自己論據，支撐、論證自己文章的正確性，也是對後者科研的尊重。如果同一觀點發表在後而不加注前人所說，則混淆視聽，造成偽觀點、泡沫學問的假象。在對待民國文學話題上，很多學人就做得不妥。主要表現如下：

（1）是顛倒發文的學人次序，造成先發文者位居後來者之後或者蒸發。比如張桃洲的《意義與限度》開頭就稱「民國文學在秦弓、李怡等先生倡導與闡釋下」〔註6〕，民國文學史話題首倡者陳福康、張福貴在此被遺忘了；又如中國臺灣的張堂錡稱除李怡以外，「近幾年投入相關議題研究的學者還有陳福康、張中良、丁帆、張福貴、湯溢澤、李光榮、王學東、陳國恩、湯巧巧、周維東等」〔註7〕。歷來排名要麼是反映權勢如黨和政府各級主要領導人，要麼是標簽資歷、表功論勞如梁山 108 位好漢，那麼張堂錡的依據是什麼？是依據研究者的權勢？請問從事民國文學研究的誰是領導人？形成了真正的權威？那麼究竟是什麼？張堂錡既不是按姓氏筆劃，也不是依拼音，更不是依照發文的時間先後排列次序，如基於最後者，正確的排序應該是「陳福康、張福貴、陳國恩、湯溢澤、張中良、丁帆、王學東、李光榮、湯巧巧、周維東。」不用多言，張堂錡不是什麼，而是對民國文學研究狀況真正的不瞭解，是隨心所欲，治學不嚴謹；再加以上「兩張」文中一個「等」字包涵的內容比較豐富，既可以解釋為包括其它人，也可以為其漏掉或者不知其它作者找到合理的解釋，反正一個等字可以擋住，彈性很大就更顯示研究者的行為輕浮了。如果張堂錡所說正確，那麼秦瓊戰關公、岳飛殺張飛也沒錯誤的，不過對於這位臺胞學者我們以統戰、懷柔策略，不必要求太高予以過多深究了。

又楊丹丹發表在《華夏文化論壇》2014 年第十輯的《新世紀「民國文學」研究評書》一文中稱：新世紀前十年行將結束，張福貴先生提出「民國文學」

〔註 5〕 李怡、盧軍、李直飛、李金鳳等文章見《海南師範大學學報》(社會科學版) 2012 年第 4 期；李怡、羅維斯、張霞、倪海燕等文章見同刊同年第 6 期。
〔註 6〕 張桃洲，《意義與限度》，《文藝爭鳴》2012 年第 9 期。
〔註 7〕 張堂錡，《從「民國文學的現代性」到「現代文學的民國性」》，《文藝爭鳴》2012 年第 9 期。

概念開始繼續發酵，「丁帆、秦弓、李怡、陳國恩、王學東、陳學祖、張桃洲、張堂錡、賈振勇、廖廣莉等學者對『民國文學』命題展開不同視角和層次的探討」等等，除排名次序隨意性、「等」字遮蔽他人成果的不嚴謹外，值得商榷的地方還有第一，真正提出民國文學之說的是周群玉，而新中國建立以後首倡者是陳福康；第二「持續發酵」更有點令人發懵。楊先生言下之意是其它人經過張福貴先生點撥才有民國文學之研究。可能存在這種情況，雖然公開媒體證明張先生提出民國文學史觀是比較早的，但不能證明其它人就沒有先於或者同時與張先生在思考或者悶想這一話題，這就像元謀縣大那烏村山腰的元謀人據說很古老算最早了，但在北京房山區周口店有一群北京人生存著。不過這宗無法理清的秘案倒是給後來之學者提個醒：一有某種有價值的想法，等待紙質媒體實在太慢，先網絡上傳播一下吧。

（2）是權威優先，乃至亂樹權威。同一觀點小字輩即使先說，所謂的權威卻排名優先。比如李怡、周維東的對話中〔註8〕，周維東稱：最近有一些學者提出了「民國文學史」研究的問題，「例如張福貴先生、丁帆先生、湯溢澤先生等等」。周先生所說沒全錯，但正確的排序是「張福貴先生、湯溢澤先生、丁帆先生等等」。筆者不要學者這個破舊的稱呼，也不在乎名次先後，但我們不能無視短暫的史實。我們內心不想看到權威這種潛意識潛伏的威力、權威莫名其妙地後來者居上的強勢造成的當下、未來可預測的後果；

亂樹權威是目前這個領域的嚴重症狀。比如周維東在《中國現代文學研究中的「民國視野」述評》〔註9〕之注釋（1）稱「民國文學史」的提法是「2011年中國現代文學學會副會長丁帆先生連續撰文支持」，才「在此受到廣泛注意」。除時間加上 2010 年顯得更準確外，留下很不足之處，周維東言下之意沒有丁帆這個副會長連續文章，民國文學史就不會受到廣泛注意。其實民國文學史話題只有 10 多年的研究歷史，鮮嫩得如同 1 米高的金絲楠苗，還沒有權威，即使有的話也是剛開始的學科之權威，很奶香味。因故，我們渴望民國文學出現貨真價實的權威，但是目前態勢下，一方面暫時還不能給從現代文學、新文學領域反正過來的舊有學人，加冕「民國文學」權威，關鍵要看短時間內或者將來他們研究民國文學的創新與務實成果，另一方面，像周維

〔註8〕 李怡、周維東，《文學的「民國機制」答問》，《文藝爭鳴》2012 年第 3 期。
〔註9〕 周維東，《中國現代文學研究中的「民國視野」述評》，《文藝爭鳴》2012 年第 5 期。

東等人引用、抬出支持、肯定民國文學之「現代文學研究權威」來墊高、支撐民國文學，我們要肯定周維東還沒有誤走很遠使用民國文學權威之頭銜的成績，同時理解他權宜之計式的行文，但是如果不控制度，濫用、言必稱權威，將其曝光後再是拋光，以論證民國文學，那麼是否會有聘請儒將諸葛亮手握李元霸的雙錘子壯膽之嫌呢？尤其是我們在肯定凡人有專長、術業有專攻，尊重真正專家的同時，但把專長於現代文學史、新文學、二十世紀中國文學者錯誤地位移爲民國文學的專家，又不證僞或者糾誤，這與武昌首義者強迫黎元洪作元勳又有何差異？民國開國史鏡頭之一在民國文學史研究界重演了。歷來的革命果實往往被篡奪，真正的革命者被權勢、權威的強光所遮蓋。這或許是一些執著於民國文學史研究的學人憂心之一。

　　行文自由是天賦人權，但自由是建立在客觀現實上，不是淩空蹈虛的渾說，排錯時序只能說明行文者缺少嚴謹態度，這是稍有良知者不希望繼續發生的，我不能自稱多麼偉大但絕對不卑鄙，有的文章將我本人誤排在別人之前，本人心無感激只有心存汗顏與羞恥氣憤；而有些人專門點擊權威，筆者沒有吃醋之意，區區一個民國文學史專家又能如何？到底幾何？只是在此提醒公眾別忘記民國文學史觀的真正開拓者、貢獻者以免造成學術冤案。我們今天大談法律面前人人平等，但它準確的英文是 *Everyone is equal before law* 而不是 in law，不是在法律本質平等，而是站在法條面前的平等，難道認知真理乃至謬誤面前也 before 而不是 in？面對研究主體即學人的失足，行文者嚴謹不足，孟浪有餘，違背短暫的民國文學史研究真相，我們有何感慨？其實不要鬱悶糾結，只要他們糾誤，或者拒絕糾誤但沒有造成大面積燒傷，我們也就原諒了。

　　（3）是有些「權威」有遮蔽他人成果之嫌。如前所述，民國文學暫無權威，此處所說權威是民國文學外的權威，更不是勢力、學問紅得發紫的學閥，主要是指掛著博導杏黃旗招收博士的如陳福康、張福貴、陳國恩、李怡、秦弓、丁帆。那麼他們是如何對待他人的民國文學研究果實？

　　對同行成果態度主要集中在引文運用上，整體看後來的學人對同行嚴謹的尊重較少，當然除李怡、秦弓外。李怡比較尊重同行成果，比如他的《「民國文學史」框架與「大後方文學」》〔註10〕注釋部份就體現了所有先期學人如

〔註10〕李怡，《「民國文學史」框架與「大後方文學」》，《重慶師範大學學報》（哲學社會科學版）2009 年第 1 期。

張福貴、楊丹丹等成果，無教授、講師之分，沒知名、不知名之別；他在《中國社會科學》這樣被視爲權威刊物 2012 年第 2 期上發表的《中國現代文學史的敘述範式》更沒有遮掩小字輩如趙步陽等人研究之功。李先生有些文章引文雖然不很全面，但他重視草根、不忘小字輩，反映了他嚴謹的學術品格；相對而言，其它學人就顯得欠缺。比如慣用注釋或者要求學生使用注釋的陳國恩《民國文學與現代文學》〔註 11〕，通篇沒有一個注釋，是陳先生反對這種八股格式？但至今沒看到他這方面主張。而張福貴與丁帆就更有點霸氣。

張福貴先生近十年來孜孜於民國文學史的建設，也在不倦地證明自己主張的民國文學史觀短暫歷史的悠久性，比如張先生在《中國現代文學研究叢刊》（2013 年第 9 期）上《走出「教科書時代」》注釋 4 中舉證他提出「中華民國文學史」是在 2000 年西南師大召開的現代文學研究會第八屆理事會上提出的。「民國文學史」這根油條在他手裏又拉長一截，但如果有更確鑿的鐵證說明他能跨越陳富康提出民國文學史的 1997 年就更好了，否則也只能屈居民國文學史觀「副山主」位置。當然作爲民國文學的「副山主」，張福貴霸氣、傲慢還有勉強的理由，像傳說中創造漢字位居蒼頡之後者，就不知後來的篆書、隸書，遑論今日的五筆字了，不過我們在尊重這位先導的同時，也希望先導能屈駕勿忘後來者。畢竟張先生還健在，與蒼頡有所差異。

而丁帆對同行尊重不夠就沒有多少道理了。這位 2010 年才以「談片」形式提出民國文學說法的學者，剛好合七袋長老檔位，他的民國文學史觀晚於陳福康 13 年、張福貴 7 年、趙步陽等 3 年；他的國體、政體更迭說〔註 12〕遲於陳國恩、周曉明〔註 13〕2 年；他力舉辛亥革命歷史價值對文學史的影響〔註 14〕後於李怡與陳國恩〔註 15〕1 年，至於他所說的狹義現代文學應該是「中國現代文學三十七年說」，治現代文學史者面對民國文學話題衝擊，擔心自己

〔註 11〕陳國恩，《民國文學與現代文學》，《鄭州大學學報》（哲學與社會科學版）2011 年第 5 期。

〔註 12〕丁帆，《新舊文學的分水嶺》，《江蘇社會科學》2011 年第 1 期與《當代作家評論》2012 年第 5 期。

〔註 13〕陳國恩、周曉明等，《百年後學科架構的多維思考》，《學術月刊》2009 年第 3 期。

〔註 14〕丁帆，《關於構建民國文學史過程中難以迴避的幾個問題》，《當代作家評論》2012 年第 5 期。

〔註 15〕陳國恩《民國文學與現代文學》、《鄭州大學學報》（哲學與社會科學版）2011 年第 5 期。

飯碗被砸的生存問題，別人也早於他提出；但是全面拜讀丁帆文章，只有唯一一次的點擊同行就是他在《關於構建民國文學史過程中難以迴避的幾個問題》之四提到周維東。出現這種原因安在？是受發文與版面限制嗎？否。丁帆在現代文學研究圈子裏影響力很大，粉絲不少，不愁沒有地方發表。如前所述，他同一篇文章能兩次發表；而他每篇文章字數非常豐富是能簡化幾條空間注釋同仁的；是信息不靈導致他不知同仁先發的民國文學史觀點？不是。丁帆捕捉信息很敏銳，比如 2012 年 5 月周維東在《文藝爭鳴》第 5 期發表《中國現代文學研究中的『民國視野』述評》，時隔 4 個月，丁先生就在 9 月份的《當代作家評論》第 5 期發表《關於構建民國文學史過程中難以迴避的幾個問題》，說剛剛收到的《文藝爭鳴》第五期，肯定周文「很有分量」、「不乏精闢之處」，這說明除我們不知也不能界定丁帆能否透過網絡搜尋信息外，丁先生對紙質媒體觸感絕對很機靈；同時說明他的文章見刊速度是我們這些草根無法可比的，他根本沒有庫存的觀點，他的民國文學話題文章委實在很多人之後撰寫的；是英雄所見略同嗎？也不是。英雄所見略同是有時間限制的，同一不凡的話題、觀點只有同一時間提出才是英雄，後來者就不是英雄，更不是好漢，比如傳說魯班創造鋸子，今天智商一般的鐵匠、木匠也能仿造，能說後者是發明家、英雄？而第一把電鋸生產者至多只是個聰明的改進者、革新者，同理丁帆的民國文學觀點實在太晚，是首批民國文學研究者中的「晚輩」，只是後知後覺者。那麼他爲何不引用先於他發表的見解？我以爲歸根結蒂是權威的傲慢。丁帆先生是博導，而且是他文章留存的作者單位——「南京大學中國新文學研究中心」前署個「教育部」的博導，弄得蔑視權威或者權威意識不濃如我者也被嚇唬出權威來。

既然是權威，不是混跡學界「棒棒」，我們就有點說法與請教之處了。丁帆應該知曉引文條件與規範，知曉引文、獨自創作與抄襲的分野，更知曉他人觀點在前自己的在後應該如何處理的界限……可是作爲權威的智者丁帆千慮卻有六失。一失於他的「談片」【《中國現當代文學史斷代談片》、《當代作家評論》2010 年第 3 期】，二失於他的「理由」【《給新文學史重新斷代的理由》、《中國現代文學研究叢刊》2011 年第 3 期】，三失於他的「思考」【《關於百年文學入史標準的思考》、《文藝爭鳴》2011 年第 6 期】，四失於他的「風範」【《「民國文學風範」的再思考》、《文藝爭鳴》2011 年第 7 期】，五失於他的「分水嶺」【《新舊文學的分水嶺》、《江蘇社會科學》2011 年第 1 期與《當代作家

評論》2012 年第 5 期），六是他的「難以迴避」之失敗【《關於建構民國文學史過程中難以迴避的幾個問題》、《當代作家評論》2012 年第 5 期】。三年六失，兩年五失，頻率不低，小心在南京大學那美麗校園內與本該純淨、純真的學場失足摔傷貴體啊（我們應該發揮新時代的雷鋒精神幫扶他），這就是民國文學研究場地的著名的「丁帆之失」！我們在惋惜智者千慮失察、失敗繁多時候，不禁還要請教的是難道作爲權威的丁帆就可以有超越行文的遊戲規則特權？同行的博導不在他話語裏，芸芸小字輩就更不入其法眼。這種超越與傲慢則將入行不深的讀者誤導入民國文學史是丁帆首創的境界，好像丁帆就是眞正的唯一民國文學史鼻祖加專家！也就是說外行一看可能鑒定那些先發文者是抄襲丁帆的，那些先於丁帆主張民國文學的同行及其成果不就被人爲地泵吸了嗎？歷史之鑒何其珍貴。宋人或巧妙或明火執仗盜竊唐人詩歌塞入自己作品裏，既不聲明「內容雷同，非常抱歉」，又不忽悠一句「我的觀點與前人一樣不勝榮幸」，而是遮蔽、刻意或不嚴謹蒙住他人的，聲光自己的鬧劇重演，致使我們閱讀唐詩文時候產生唐人抄襲宋人的誤論。當然丁帆與宋朝一些知名詩詞作者是無可比性的。話說回來，筆者沒有鑒定丁帆文章抄襲別人，只是認爲作爲博導、所謂的權威，既然在民國文學研究方面晚於他人，就要面對現實，引用先人觀點絲毫不會有損他的形象，反而能杜絕別人誤解他抄襲，使其更加權威起來，至少證明他對同仁及其研究成果很爲關注、閱讀面很廣，是個純粹的權威、高尚的權威、脫離低級趣味的權威，總之是個不錯的權威。

　　眞正的權威不是有權就發威，是靠自己觀點、學術道德、學術胸懷服人的。包括權威在內的學人述作時少一些重複，多一些精幹內容；少一點傲慢，多一點關懷、互尊等等，這是一條包含民國文學研究在內的普世規則。本人屬於民國文學話題研究中小卒一枚，在意學術眞相，不是給嫩芽般的民國文學研究潑硫酸，而是給介入或者沒有介入此一領域的、陽光治學、精進行文者搖旗鼓勁，或許 2 個、10 個、1000 個乃至更多的 10 年後，民國文學研究之花更加璀璨。

（2012 年 12 月完稿，2014 年 9 月定稿）

Fresh topic, Vulgar academia
——The rethinks about the topic of the Literary History in the Republic erain recent years

This paper studies the progress of *the Literature History in the Republic era* and researchers' outer psychlogy towards it. The purpose of this paper is not to to judge or place the scholars in the field of literature history, but let the readers comprehend the basic and real outline of it, to tell its strongpoints and weakpoints, and finally make it proceed smoothly. Welcome any suggestions.

對目前民國文學史話題的評析

　　民國文學史話題出現在學術界至今已有 10 餘年，學人們主要透過「破」現代文學等史觀以傾力於建樹民國文學史觀，但對民國文學與現代文學、新文學等史觀吸、棄關係，民國文學史解剖方式的實質、入史標準與內容評析者較少，本文試圖對前述問題予以闡述，以求教於同仁。

　　筆者已在《鮮嫩的命題　庸俗的學界》一文裏對 10 多年來民國文學史話題進行了縱向反思，並指出其所處外界環境與學人自身的問題，而從橫斷面探究民國文學史觀的有苟強詩、周維東、羅執廷，前述學人提出了自己觀點。本文在吸收、反觀他人陳述的基礎上，對目前民國文學史觀話題中一些核心要點提出看法。

一、幾種文學史觀暫時的「共處」與「獨統」之辨

　　從現有的文本來分析，力挺民國文學史觀取代現代文學、新文學、二十世紀中國文學的有趙步陽、張維亞、湯溢澤、廖廣莉等人，如趙步陽等「天問」是現代文學還是民國文學？湯溢澤《「合法性」：「現代文學」蒼白的文學囈語》《文學史觀的失誤與拯救》《以「民國文學史」替代「新文學」史考》等等〔註1〕火藥味不少，屬於少壯的徹底派，陳福康則繫年長的鋒利派，他在《讀顧彬的〈二十世紀中國文學史〉》〔註2〕中稱現代文學史「妙不可言」又

〔註1〕 湯溢澤，《民國文學史研究》，長春：吉林大學出版社，2011 年 12 月第 1 版，頁 1～7、14～26。
〔註2〕 陳福康，《讀顧彬的〈二十世紀中國文學史〉》，載《中國現代文學研究叢刊》2009 年第 2 期，頁 200。

「愚不可及」，現代文學主張者尋找「現代性」，「只是爲了神化或玄化所謂的『現代文學』」，是企圖爲那三十年來的文學永遠霸佔「現代」二字尋找高深的理論依據；相對而言張福貴沒有赤膊上陣的露骨，婉約一些，而李怡稱「民國文學史」與其它的文學史觀不要尖銳對立﹝註3﹞，有調和風範，丁帆則屬於兩棲派，他的民國文學的主張是在現代文學、新文學框架下即他在「南京大學中國新文學研究中心」播送的文學之聲。

對前述問題加以歸因分析，筆者認爲像陳福康、湯溢澤、廖廣莉原來就不是專攻現代、新文學的，革起文學命來毫無依戀；而趙步陽、張維亞發文不多不會出現言多有失、必失；張福貴、李怡行文映現穩健、婉約、圓熟，與提倡民國文學火藥味很濃的丁帆同屬於從現代文學、新文學營壘中出來的革命先生，他們骨髓裏對原有的研究話題存在留戀、不捨、顧慮。比如同爲這個話題的「革命大炮」湯溢澤與丁帆就相異，在民國文學史觀是否衝擊其它文學史的生存問題上，湯是局外的徹底派，那麼丁是否顧慮民國文學史真的成爲「顯學」否認他原來的現代文學、新文學、二十世紀中國文學的研究成績，使其原有的成果全部爆倉？這需要非常大的勇氣。所以丁的文章總晃蕩著現代文學、新文學影子。

問題不是個人得失榮辱，而是文學史、學科建樹與真正的走向。根據目前態勢，民國文學與現代文學、新文學、20 世紀中國文學博弈中，筆者認爲存在下面的事實與可能性。

一是多方暫時共存，民國文學史觀一時難以「獨統」

第一，和諧共存，各行其道。現代文學之「現代」兩字雖然暴露不少缺點，成爲學人點射的靶子，但現代理論根深蒂固還能暫時「現代」下去；而新文學的「新」字雖被用爆了、久了，像縱橫江湖人士臉上刻滿的滄桑，不過內心還有活力，還能挺過一段時間，總之前述兩者還能暫時「承受時間概念之長」。至於二十世紀中國文學以世紀爲計算單位，只要其內容不再毫無邊際吞食其它時間段，邊界清晰，立論更穩健，在兩、三個世紀內不會顯得陳舊，至多屬於半老徐娘還能得到一些出乎意料的青眼。而且現代文學、新文學教研隊伍龐大，雖有張福貴、秦弓、丁帆等人反正，但一時難以解散，因爲要生存還希望發展，何況政府在財力、社會榮譽等方位給予不少支持，此

﹝註 3﹞ 李怡，《從歷史命名的辨正到文化機制的發掘》，載《文藝爭鳴》2011 年第 7 期，頁 61。

點讓贊成民國文學史觀的楊建華也做起希望官方支持在大學開設民國文學課程的美夢〔註4〕。其實政府扶持只是外因，學人興趣、無援鑿研也能促使學科發展。

第二，幾者互通、融合。這是因為現代、新文學所處的時區與政權是民國，二十世紀中國文學也無法繞開民國 1912～1949 年，民國時期文學具有現代、新的因素。也就是說誰也不能否認民國時期文學的形式、內容的現代與新，而現代、新文學也無法跳出民國這段歷史，尤其是沒有民國初期的政治氣候，又何來在歷史上能大寫、特寫的「五四」新文化運動？簡約地說沒有民初，何來「五四」？新文化運動洗刷了舊思想舊文化所形成的新文學、現代文學推動了民國文學發展，與舊文學（文言文學）、通俗文學組合為民國文學。

由此可見，幾個文學史觀相處即使有爭鬥也不是關公溫酒斬華雄，而有點李元霸不能殺使用鎏金鐺的宇文成都的韻味，是 *fareplay* 式的和諧共處。這些是幾種文學史觀暫時共存的道理所在。

二是民國文學獨佔話語界具有可能性

第一，民國文學史觀具有較多優勢。其一是其它史觀缺點反襯出來的，除前述陳福康抨擊現代文學缺點外，本人認為現代文學、新文學有時間混沌與對文言文學等的粗暴排斥等缺項〔註5〕。值得玩味的是假定新文學、現代文學史觀是前人從毛澤東著作中注經所得這個命題成立，但毛澤東在世時，他的古詩詞卻被現代、新文學排斥了。這點在個人崇拜瘋狂的國度應該存在沒有解開的深奧的政治密碼；其二是民國文學本身最大優點是與民國這樣政治歷史單位吻合，這是現代、新文學史觀之「現代」、「新」那種遊移不定性、很強的隨意性乃至單相思地與「現代性」拉郎配所無法可比的；

第二，理論與實踐的中國特色使然。外來的現代性能清掃中國原有的舊科技、舊方法、舊道德，但販賣現代性的英國也有 19 世紀的維多利亞時代文學之說，追求純文學的勃蘭兌斯也把 1848 年法國大革命作為文學思潮分期的標準，看來政治風味很濃的歷史劃分法在國外也沒被所謂的「現代」扼殺，

〔註4〕 楊建華，《民國文學史研究·序2》，長春：吉林大學出版社，2011 年 12 月第 1 版，頁 13。
〔註5〕 湯溢澤，《以「民國文學史」替代「新文學」史考》，載《湖南社會科學》2010 年第 1 期，頁 138。

反而被我們用很厚的膩子灰嚴實地蓋住了，我們在追求「現代」這位洋女時，忘卻、遺棄了斷代劃分法這位年邁的父親；而且科技、道德、方法等領域現代化並不等於文學也要全部洋化，在各種東洋、西洋理論注入中國體內，文學理論的中國特色與本土化之一就是 1912～1949 年文學民國化即建樹民國文學；

　　第三，建立完整的中華文學史體系需要。這種體系形成先民原始文學——秦漢魏晉南北朝——隋唐五代十國——兩宋——元明清——民國——「共和國文學」及其並行的 1949 年後的臺灣文學這一鏈條，多一環則荒誕，去一節則散架，恰如其分修整則綿延幾千年，一瀉幾萬里，歷史深厚，氣勢磅礴，虎視東方傲慢全球。民國文學嵌入整體文學之中，民國文學與大中華文學史關係絕不是廚師刀切黃瓜，殘酷地分解出鮮綠液泡的幾段，也不是刀客劉沉香力劈華山，轟然斷裂，而是藕絲、筋骨相連。

　　因故隨著時間滲透與新文學的「新」、現代文學的「現代」被後人鑒定為礙手礙腳的東西棄而不用，隨著人們心理上慢慢接受，民國文學將成為非常貼切、準確的、具有強烈排他性的學術概念與學術事實。

二、對民國文學史解剖方法「中性」、「意義」、「價值」之思

　　主張民國文學史者認為以民國文學史替代現代文學、新文學史，這種以朝代或者政權更迭標誌是中性敘述法，如張福貴稱：「『中華民國文學史』作為一種時間概念具有多元的屬性，而相對減少了文學史命名中的意識形態色彩和先入為主的價值觀」。〔註 6〕其實主張回歸文學分期的中性敘述只是學人檢討其它文學史觀被政治過份滲透而標榜自己所說的清純。民國作為朝代、政權本身就是政治概念，具有政治色彩。學人明知民國是個政治，意識中存在民國政權實踐中要手寫民國文學史，這本身不是政治價值觀，難道是經濟觀或者其它？未必像華佗給病入膏肓者治病但聲言不是治人病，而是治狗病？或者像庖丁解牛卻否認腦裏、眼中有牛？從實踐方位來看，一是民國文學史之說產生於政治土壤，是大陸政治寬鬆的產物，是慢慢注入人、人性、民主的結果，尤其是大陸統戰實現一個中國，某些方面對國民黨示好，民國、國民黨不再成為禁忌；二是研究的內容也無法中性。即使在很多話題上

〔註 6〕張福貴，《從「現代文學」到「民國文學」——再談中國現代文學的命名問題》，載《文藝爭鳴》2011 年第 7 期，頁 68。

中性，那麼如何處理「延安」與「西安」（南京）文學？尤其是這一時間段政治色彩濃厚的、愛國的正義文學與賣國的漢奸文學？所以中性之說怎麼也不可能全部中性起來。在非主流的民國文學對於主流形態的現代文學、新文學的革命中，會被革命的實際難題撞中腰部與頭部，在烏托邦大戲院唱出敗走麥城悲歌。因故，這種主張要麼非常實用主義，予以修正，索性放棄中性之說，或者理論層次中性、實踐裏行不中性之實。否則這個中性倒有點像 30 歲左右的剩女假扮清純，更像少男少女的中性髮型，固髮效果不好，風一吹就倒向一邊。

與張福貴相異的是，李怡認為民國文學既是時間概念，又是新文學、現代文學、二十世紀中國文學所不能表達的「意義」概念，此處的「意義」概念就是作者所稱的「『民國』作為以特定政治形態為基礎的歷史單位」〔註7〕，也就是說只是「民國」而不是其它；這點與秦弓的民國史視角相同。而丁帆直截了當，他直言「文學的存在永遠離不開政治文化背景的制約，所以，這既是文學的表述，也是政治的表述」〔註8〕。

那麼李怡、秦弓、丁帆的「非中性」、「價值」、「意義標準」到底是什麼？這些理論武器會發揮多大影響力、威力？我們不要、也不必擔心他們對中華民國有何特別感情，純屬一幫書生閉門理論，能反攻大陸復辟民國遠遠超過他們的能力範圍，真正能紙上調度千軍萬馬、文人及其作品排列組合就算是偉大的工夫了。我們最擔心的是包括這些學人在內的人們遭受現代文學、新文學政治價值侵泡日久，積澱的價值、意義因素潛伏在民國文學研究中是否會以另一種方式出現、發作，像 20 世紀末，一批學人挖掘文學產品時候，他們追求的純藝術、純文學卻異化為與主流的政治意識抗爭的另一種政治意識之產兒。何況民國文學論者很坦誠承認自己的論點具有價值、意義標準呢？

與其圓說民國文學史概念的「中性」、「意義」、「價值」，筆者認為還不如說民國文學史是具有中國特色的斷代文學史之復活、復出。學界使用新文學、現代文學與二十世紀中國文學等日久，產生審美疲憊也就是厭倦「現代」、「新」、「二十世紀」等，或者懷著學術突破的野心、抱負在尋找鮮活刺激即

〔註 7〕 李怡，《從歷史命名的辯正到文化機制的發掘》，載《文藝爭鳴》2011 年第 7 期，頁 62。

〔註 8〕 丁帆，《給新文學史重新斷代的理由》，載《中國現代代文學研究叢刊》2011 年第 3 期，頁 31。

新穎的解剖文學法，目前暫時只獵取到「民國文學」而已；同時前學們雖在現代的、新的、二十世紀中國文學領域取得不少成果，但無法插入老生常談的文言文、通俗文學等內容而取得學術愉悅，學術的局限、盲區與阻礙向我們敲響警世鐘，猛回頭發現國產的王朝斷代法庫藏太久，便擦拭其面上灰塵，將其請出冷宮；尤其是在西洋、東洋理論與中國實際撞擊中，中國特色化、本土化呼聲此起彼伏，1912～1949 年的文學也不局外。因此民國文學史是外來文化與中國實踐碰撞結晶，更是學人們運用中國傳統的斷代方法，刷新這個時段文學的具體運用。如果鑒定前學所主張「新的」尤其是「現代的」是西洋、東洋研究法，洋為中用，那麼民國文學則是過去王朝劃分法的再現，是古為今用，這種古香古色斷代法如何穩健前行？是否具有生命力真正能激活 1912～1949 年文學研究？這倒是學人們真正努力的方向。

三、入史標準與內容之考究

現有文章絕大多數在正名，這只是形式，民國文學話題紛爭、鬧騰的關鍵在於寫出令人信服的「民國文學史」。實現這個目的第一步就是鑿研入史標準問題。可以說至今這個課題還沒有真正的突破，而是處於朦朧態、探索狀。雖然出現了葛留青、張占國的《中國民國文學史》〔註9〕、湯溢澤的《民國文學史研究》著作，但問題不少。「葛著」雖有新穎性，但缺乏對這一話題先期論證，拙作《鮮嫩的命題 庸俗的學界》稱其內容卻「是當下政治色彩很濃的文學史，沒有真正的民國特色，有巧合性地碰中或撞中民國文學史之嫌」；而「湯著」存在匆忙與體例嘗試的不成熟。其原因是入史標準沒有深化、精確化。在此我們借鑒其它文學標準來反思。如丁帆認為百年文學史入史標準是「人性的、歷史的、審美的組合排列」〔註10〕。本人認為民國文學史的入史標準應是「唯美的而非說教的、庸俗的」，「真實的而非虛假的」，「正義的而不是非正義（比如賣國的）」，「尊重生命的而非殘害人類、毀滅地球乃至宇宙的」內容高度、有機融化而非組合排列，因為實踐證明不當的組合排列這種病毒是過去文學研究者自殺的精神砒霜。此其一。

其二，抽取目今所見的民國文學文章中其它觀點，另外有影響民國文學史內容撰寫的因素。

〔註 9〕葛留青、張占國，《中國民國文學史》，北京：人民出版社 1994 年。

〔註10〕丁帆，《關於百年文學入史標準的思考》，載《文藝爭鳴》2011 年第 6 期，頁 16。

（一）起點問題

民國文學起點不像現代、新文學具有很大的彈性，時間上限隨意性大，但也有兩種看法。絕大多數學人堅持 1912 年說，但也有 1911 年辛亥革命開端說，比如張福貴提出把民國文學起點定在「1911 年這個時間點上」〔註 11〕，陳國恩認爲民國文學無法繞過辛亥革命〔註 12〕。不可否認辛亥革命在我國歷史上的劃時代意義，但以此作爲民國文學史開端，則缺乏強有力的說服力。依照這樣開端劃分法，如以導致前朝滅亡的戰爭、革命作爲後朝文學開始的標誌，那麼公元前 206 年劉邦攻入咸陽，秦亡，我們就可以類推西漢文學從前 206 年開始了，但西漢到前 202 年楚漢戰爭結束，才宣告成立，顯然前 206 年爲西漢文學開端說不妥；如不以某朝定國號而以前朝滅亡之時作爲後一代紀元，那麼 1271 年忽必烈定國號元，但 1276 年元才滅南宋，可元朝計時卻是 1271 年，那麼到底如何劃分只有一點可憐文學的元朝文學上限？或者我們需要全面推倒已成定論的歷朝時間劃分重新洗牌？就是張福貴主張的銜接民國文學史的「共和國文學史」的開始是遼瀋戰役、平津戰役還是淮海戰役？是 1949 年 7 月中華全國文學藝術工作者代表大會的召開？抑或 1949 年 4 月 23 日南京解放？還是西安事變？所以說辛亥革命革的只是清朝的命，而且留下不徹底性，但這種革命到底對文學產生多大影響需要掂量、評估。當然有了辛亥革命才有次年的民國臨時政府成立，才有我們所稱的文化政治意義上「民國」，但不是民國文學的起點。

（二）終點問題

絕大多數學人認爲民國文學下限是 1949 年，而丁帆從政治文化與文學自身考慮，他稱 1949 年以後的「臺灣仍是『民國文學』的表述」〔註 13〕。

朝代或政權下限時間劃定複雜，其中之一就是歷史上某朝殘餘力量所建立的政權延續時間是計入敵對的新政權還是列入原朝呢？比如傳統史書記載以 1644 年作爲明滅亡時間，但明皇後裔在江浙、福建、兩廣、雲貴及越南北

〔註 11〕張福貴，《從「現代文學」到「民國文學」——再談中國現代文學的命名問題》，載《文藝爭鳴》2011 年第 7 期，頁 69。
〔註 12〕陳國恩，《民國文學與現代文學》，載《鄭州大學學報》（哲學與社會科學版）2011 年第 5 期，頁 81。
〔註 13〕丁帆，《給新文學史重新斷代的理由》，載《中國現代文學研究叢刊》2011 年第 3 期，頁 28～29；《關於建構民國文學史過程中難以迴避的幾個問題》，載《當代作家評論》2012 年第 5 期，頁 11～12。

部建立政權，及至 1661 年「永曆皇帝崩」與 1683 年「延平王（鄭克塽）放棄南明旗號」。這將近 40 年是姓明還是姓清？與之對應的是明朝文學還是清朝文學？目前還在論爭。

但是與古代封閉的政權、國家相異的是，現代政權已置身於世界政治經濟序列。從政治角度看，蔣記民國政府從聯合國出局，就成為非法政權；苟安臺灣的民國政府如同驚弓之鳥，雖有美國前臺、幕後支持再加蔣氏父子勵精圖治，但只是大中華的一個偏安政權。大陸來臺的或者受到民國文學影響的新生代學人、作者如胡適、雷震、李敖等繼承、發揚民國文學中的自由、人性精神，但只是原有的宏闊的民國文學的餘波，作為一個區域性文學研究為宜。

（三）內容精當與失誤問題

歷史是死的，研究者是活的，不同個體的思想、意志或者光鮮說法像袈裟覆蓋文學史，向逝去的歷史事件投射思想光芒，這就是克羅齊所說的「一切歷史是當代史」，科林伍德所稱的「一切歷史是思想史」，也就是有說不完的歷史，亦有寫不完的民國文學史。正如劉曙光所說：過去的歷史「不是一成不變的、僵化的東西」，「不是哪一代、哪幾代、哪幾十代歷史學家所能寫就的，每代人都可以重寫歷史。」〔註 14〕這不是神話而是現實或者未來的事實。但寫不完的民國文學史不是內容雷同、抄不完的文學史，更不是狂抄的垃圾。

在學術相對自由時代，擁有自由的學人從雜亂的文學史土壤裏啄出珍珠，組裝包含顯光的真理顆粒之著作實屬不易，縱使成功或者依靠官方強力推介或者受眾主動接受，形成一統天下的格局，筆者認為也是暫時的，因為創作自由是普世的，與首部民國文學史齊驅的將有更多的很成功、成功、不成功乃至垃圾的民國文學史出現。大浪淘沙精品留傳有待 50 年、100 年與更久的歷史拷問，而學人行文前則面對毫不留情的歷史檢驗，需要嚴肅思考之一在於觀點的新穎、內容的真正的而非自我標榜與他人吹噓的新與實，更非仿版加工。現今現代文學、新文學、二十世紀中國文學作者不一，價格、厚度相異，出版者有時還相同，而內容大同小異、全同。「學界精進者不多，貪吃懶做、偷懶耍滑者很多，他們是否為專事模仿、抄襲的垮掉的一代學人」

〔註 14〕劉曙光，《寫在湯溢澤〈民國文學史研究〉出版之際》，載《民國文學史研究》，長春：吉林大學出版社，2011 年 12 月第 1 版，頁 10。

〔註 15〕則是民國文學史編寫的前車之鑒，亦即民國文學史寫作如何避免陷入炒冷飯的怪圈。

民國文學史是一隻漂亮的母雞，不同學人植入自己意識可以孵化雞蛋、小雞，我們除了擔心民國文學史的粗製濫造、千篇一律外，民國文學史空間到底有多大？所修的民國文學史是吸納各國代表的聯合國辦公大廈還是重點突出的展覽館？是彌勒佛的人種袋還是份量足金的精品？入史標準不一、編寫者相異，為在學術區域異軍突起，學人們會把史上的水貨當精品、或者在精品裏注入自己不當思維一股腦兒塞入民國文學史的麻包袋嗎？這也是民國文學史編寫應該處理的問題。

（2013 年 2 月定稿　原載於《湖南社會科學》2014 年第 4 期）

〔註 15〕湯溢澤，《民國文學史研究・自序》，長春：吉林大學出版社，2011 年 12 月第 1 版。

Comment on the Present Topics of Literary History in the Republic era

The topics of *Literary History in the Republic era* appeared in academia for over ten years. The scholars were dedicated to construct the views of *Literary History in the Republic era* through the "objection" of modern literature and other concepts of literary history, however, commentators paid less attention to the dependence relationship between *Literary History in the Republic era* and other views of Literary History, its essence of interpretation and the standards and contents of historification. This paper aims to expound the above-mentioned issues thus to ask for advices.

民國文學史研究資料輯錄

（20 世紀二十年代至 2015 年 5 月）
（按照出版時間先後、同一時點所發文章依照作者拼音次序排，
同一年內所發文總數合計在該作者首次發文處）

20 世紀

1. 趙祖抃：《中國文學沿革一瞥》，上海光華書局，1928 年出版。
2. 周群玉：《白話文學史大綱》，上海群學社，1928 年出版。
3. 王羽：《中國文學提要》，上海世界書局，1930 年出版。
4. 胡行之：《中國文學史講話》，上海光華書局，1932 年出版。
5. 容肇祖：《中國文學史大綱》，北平樸社，1935 年出版。
6. 尹雪曼等：《「中華民國」文藝史》，中國臺北正中書局，1975 年出版。
7. 葛留青、占占國：《中國民國文學史》，人民出版社，1995 年出版。
8. 陳福康：《應該「退」休的學科名稱》，《文學報》1997 年 11 月 20 日。

2003 年

1. 張福貴：《從意義概念返回到時間概念——關於中國現代文學史的命名問題》，中國香港《文學世紀》2003 年 4 月 1 日。

2005 年

1. 魏朝勇：《民國時期文學的政治想像》，華夏出版社，2005 年 11 月出版。

2006 年

1. 秦弓：《從民國史的視角看魯迅》，《廣東社會科學》2006 年第 4 期。
2. 畢文昌、梁子民：《學術史分期的當代意義》，《中國青年報》2006 年 12 月 6 日。

2008 年

1. 【美】賀麥曉 *Michel Hockx*：《文學史斷代與知識生產——論「五四文學」》，《文化與詩學》2008 年第 1 期。

2. 趙步陽、曹千里、章澄、葛懷東、張維亞：《現代文學，還是民國文學？》，《金陵科技學院學報》（社會科學版）2008 年第 1 期。

3. 陳迪強：《標記歷史　懸置「現代」》，《商丘師範學院》2008 年第 7 期。

4. 楊丹丹：《「現代文學史」的追問與反思——對「中華民國文學」概念的意義解讀》，《長春師範學院學報》（人文社科版）2008 年 9 月第 5 期。

5. 陳迪強：《文學分期的中性化敘述及價值體系的多元化》，《遼寧師範大學學報》（社會科學版）2008 年第 11 期。

6. 張維亞、趙步陽、曹千里、章澄：《民國文學遺產旅遊開發研究——以南京民國文學爲例》，《商業經濟》2008 年第 13 期。

2009 年

1. 李怡：《「民國文學史」與「大後方文學」》，《重慶師範大學學報》（哲學社會科學版）2009 年第 1 期。

2. 陳福康：《讀顧彬的〈二十世紀中國文學史〉》，《中國現代文學研究叢刊》2009 年第 2 期。

3. 陳國恩、周曉明等：《百年後學科架構的多維思考》，《學術月刊》2009 年第 3 期。

4. 陳學祖：《重建文學史的概念譜系——以「民國文學史」概念爲例》，《學術界》2009 年第 2 期。

5. 李怡：《「五四」與現代文學「民國機制」的形成》，《鄭州大學學報》（哲學社會科學版）2009 年第 4 期。

2010 年

1. 湯溢澤：《以「民國文學史」替代「新文學」史考》，《湖南社會科學》2010 年第 1 期。

2. 秦弓：《現代文學的歷史還原與民國史視角》，《湖南社會科學》2010 年第 1 期。

3. 湯溢澤、廖廣莉：《論開展「民國文學史」研究的迫切性》，《衡陽師範學院學報》2010 年 4 月第 31 卷第 2 期。

4. 丁帆：《中國現當代文學史斷代談片》，《當代作家評論》2010 年第 3 期。

5. 湯溢澤、郭彥妮：《論開展「民國文學史」研究的必要性與可行性》，《當代教育理論與實踐》2010 年 6 月第 2 卷第 3 期。

6. 湯溢澤、廖廣莉：《文學史觀的失誤與拯救——以 1912～1949 年文學史

爲例》,《求索》2010 年第 7 期。

7. 李怡:《含混的「政策」與矛盾的「需要」——從張道藩〈我們所需要的文藝政策〉看文學的民國機制》,《中山大學學報》(社會科學版) 2010 年第 5 期。

8. 張福貴:《兩種文學史:中國現當代文學的本質差異》,《中國現當代文學研究會第十屆年會論文摘要選編》2010 年 9 月。

9. 李怡:《民國機制:中國現代文學的一種闡釋框架》,《廣東社會科學》2010 年第 6 期。

2011 年

1. 廖廣莉:《中國文學史分期及命名問題——以 1912 年～1949 年文學爲例》,《求索》2011 年第 1 期。

2. 丁帆:《新舊文學的分水嶺——尋找被中國現代文學史遺忘和遮蔽了的七年 (1912～1919)》,《江蘇社會科學》2011 年第 1 期。

3. 丁帆:《給新文學史重新斷代的理由——關於「民國文學」構想及其它的幾點補充意見》,《中國現代文學研究叢刊》2011 年第 3 期。

4. 林衍:《新文學史的時間觀念與文學史的分期——以晚清民國中國文學史的編寫爲研究中心》,《深圳大學學報》(人文社會科學版) 2011 年第 2 期。

5. 王學東:《「民國文學」理論維度及其文學史編寫》,《中國現代文學研究叢刊》2011 年第 4 期。

6. 丁帆:《「民國文學風範」的再思考》,《文藝爭鳴》2011 年第 7 期。

7. 冷川:《2010 年中國現代文學研究述評》,《中國現代文學研究叢刊》2011 年第 7 期。

8. 李怡:《從歷史命名的辯證到文化機制的發掘》,《文藝爭鳴》2011 年第 7 期。

9. 張福貴:《從「現代文學」到「民國文學」——再談中國現代文學的命名問題》,《文藝爭鳴》2011 年第 7 期。

10. 丁帆:《關於百年文學入史標準的思考》,《文藝爭鳴》2011 年第 6 期。

11. 丁帆:《新舊文學的分水嶺——尋找被中國現代文學史遺忘和遮蔽了的七年 (1912～1919)》,《當代文壇》增刊 2011 年第 5 期。

12. 陳國恩:《民國文學與現代文學》,《鄭州大學學報》(哲學與社會科學版) 2011 年第 5 期。

13. 李怡:《辛亥革命與中國文學的「民國機制」》,《鄭州大學學報》(哲學社會科學版 2011 年第 5 期。

14. 湯溢澤:《民國文學史研究》,吉林大學出版社,2011 年 12 月出版。

2012 年

1. 秦弓：《三論現代文學與民國史視角》，《文藝爭鳴》2012 年第 1 期。

2. 管興平：《墮落還是革命：茅盾小說〈虹〉中梅行素形象分析——民國文學研究之一》，《荊楚理工學院學報》2012 年第 1 期。

3. 李怡：《中國現代文學史的敘述範式》，《中國社會科學》2012 年第 2 期。

4. 蔣德均：《何以爲生：清末民初文人的轉型》，《中國社會科學報》2012年 2 月 17 日。

5. 李光榮：《論中國現代文學史概念的遊移與中華民國文學史的缺席》，《現代中國文化與文學》2011 年第 2 期。

6. 湯巧巧：《「民國文學」或者「民國機制」——民國話語空間推進的可行性和操作性討論》，《現代中國文化與文學》2011 年第 2 期。

7. 賈振勇：《追復歷史與自然原生態的「民國機制」》，《文藝爭鳴》2012 年第 3 期。

8. 周維東、李怡：《文學的「民國機制」答問》，《文藝爭鳴》2012 年第 3 期。

9. 茍強詩：《「民國文學」的多副面孔》，《當代文壇》2012 年第 3 期。

10. 王永祥：《民國文學機制研究中的經濟視角——西川論壇第一屆年會綜述》，《社會科學研究》2012 年第 3 期。

11. 管興平：《實存的生活和想像的文學：〈蝕〉三部曲分析——民國文學研究之二》，《長江大學學報》（社會科學版）2012 年第 5 期。

12. 周維東：《中國現代文學研究的「民國視野」述評》，《文藝爭鳴》2012 年第 5 期。

13. 黃菊：《抗戰時期文協經濟狀況考察》，《成都大學學報》（社會科學版）2012 年第 3 期。

14. 李怡：《民國經濟與現代中國文學》，《成都大學學報》（社會科學版）2012 年第 3 期。

15. 羅執廷：《「民國文學」及相關概念的學術論衡》，《蘭州學刊》2012 年第 6 期。

16. 任冬梅：《民國一二十年代的農村經濟對文學創作的影響》，《成都大學學報》（社會科學版）2012 年第 3 期。

17. 李金鳳：《郭沫若的經濟生活與他的文學創作——以早期創作（1918～1926 年）爲例》，《海南師範大學學報》（社會科學版）2012 年第 4 期。

18. 李璐：《民國文學的「善女子」》，《新文學評論》2012 年第 6 期。

19. 盧軍：《民國出版家邵洵美》，《蘭臺世界》2012 年第 19 期。

20. 李怡：《文學的民國機制》，《海南師範大學學報》（社會科學版）2012 年

第 4 期。

21. 沈衛威：《民國文學白話文時代的到來》，《新文學評論》2012 年第 8 期。

22. 張霞：《政治權力場域與民國左翼「自由撰稿人」作家》，《海南師範大學學報》（社會科學版）2012 年第 6 期。

23. 楊華麗：《現代文學研究的民國經濟視野：有效性及其限度》，《社會科學研究》2012 年第 5 期。

24. 羅維斯：《「民族形式」爭論中國民黨及右翼文人的態度——民國機制下「民族形式」論爭新識之一》，《海南師範大學學報》（社會科學版）2012 年第 6 期。

25. 倪海燕：《民國法律形態與女性寫作》，《海南師範大學學報》（社會科學版），2012 年第 6 期。

26. （中國臺灣）張堂錡：《從「民國文學的現代性」到「現代文學的民國性」》，《文藝爭鳴》2012 年第 9 期。

27. 張桃洲：《意義與限度——作爲文學史視角的「民國文學」》，《文藝爭鳴》2012 年第 9 期。

28. 丁帆：《關於建構民國文學史過程中難以迴避的幾個問題》，《當代作家評論》2012 年第 5 期。

29. 羅維斯：《抗戰期間關於文藝民族形式的討論》，《鄭州大學學報》（哲學社會科學版），2012 年第 5 期。

30. 李怡：《憲政理想與民國文學空間》，《鄭州大學學報》（哲學社會科學版）2012 年第 5 期。

31. 秦弓：《抗戰時期民國政府文藝政策的兩面性》，《鄭州大學學報》（哲學社會科學版），2012 年第 5 期。

32. 張武軍：《民國語境下的左翼文學》，《鄭州大學學報》（哲學社會科學版），2012 年第 5 期。

33. 李怡：《民國時期的巴蜀湮沒文學》，《重慶廣播電視大學學報》2012 年第 5 期。

34. 李光榮：《論民國文學研究與當下史料工作問題》，《海南師範大學學報》（社會科學版）2012 年第 8 期。

35. 李直飛：《「民國文學機制」視野下郭沫若文壇地位的形成》，《郭沫若與文化中國——紀念郭沫若誕辰 120 週年國際學術研討會論文集》（上卷）2012 年 11 月。

36. 張武軍：《民國機制和郭沫若的創作及評介》，《郭沫若與文化中國——紀念郭沫若誕辰 120 週年國際學術研討會論文集》（上卷）2012 年 11 月。

37. 高博涵：《從宏觀視野到微觀問題——「民國歷史文化與中國現代經典作家」學術研討會述評》，《魯迅研究月刊》2012 年 11 月。

38. 姚丹：《以「民國經驗」激活「民國機制」——中國現代文學研究新的可能性》，《文藝爭鳴》2012 年第 11 期。

39. 張叢皞：《民元作爲民國文學史起點的意義與價值——以〈共和國教科書〉爲參照》，《文藝爭鳴》2012 年第 11 期。

40. 段美喬：《2011 年中國現代文學研究述評》，《中國現代文學研究叢刊》2012 年第 12 期。

41. 溫儒敏：《是否需要寫〈中華民國文學史〉？》溫儒敏博客 2012.12.17 09:58:41。

2013 年

1. 湯溢澤：《民國文學史特點研究》，《湖南大學學報》（社會科學版）2013 年第 1 期。

2. 王永祥：《「民國視野」的問題與方法意識——「民國社會歷史與中國現代文學」學術研討會綜述》，《文藝爭鳴》2013 年第 1 期。

3. 周維東：《「民國」的文學史意義》，《社會科學輯刊》，2013 年第 1 期。

4. 李怡、李直飛：《是「本土化」問題還是「主體性」問題？——兼談「民國機制」與中國現代文學研究》，《南京師大學報》（社會科學版）2013 年第 1 期。

5. 禹權恒、陳國恩：《返觀與重構——「民國文學史」的意義、限度及其可能性》《蘭州學刊》2013 年第 2 期。

6. 康鑫：《在法意與自由之間：民國法律視野與現代文學研究的有效性》，《文藝爭鳴》2013 年第 3 期。

7. 熊修雨：《論「民國文學」的概念屬性及其意義》，《文藝爭鳴》2013 年第 3 期。

8. 王瑜、邱慧婷：《現代文學史觀幾種建構理念的評析》，《唐山學院學報》2013 年第 2 期。

9. 丁帆：《我們需要用什麼樣的文學史觀治史》，《山東師範大學學報》（人文社會科學版）2013 年第 2 期。

10. 李怡：《爲什麼關注「民國文學」？——在臺灣中國現代文學學會的演講》，《江漢學術》（原《江漢大學學報·人文科學版》）2013 年第 2 期。

11. 王澤龍、王海燕：《對話：關於「民國文學機制」與現代文學研究》，《江漢學術》（原《江漢大學學報·人文科學版》）2013 年第 2 期。

12. 賈振勇：《民國文學史：新的研究範式在崛起》，《文藝爭鳴》2013 年第 5 期。

13. 李怡：《「民國文學」與「民國機制」三個追問》，《理論學刊》2013 年第 3 期。

14. 劉勇、張弛：《文學史的時間意義——兼論「民國文學史」概念的若干問題》，《陝西師範大學大學學報》（哲學社會科學版）2013 年第 3 期。

15. 張武軍、高阿蕊：《民國歷史文化形態與文學民族話語考釋——兼論民國文學和現代文學兩個概念的相輔相成》，《理論學刊》2013 年第 5 期。

16. 魏泉：《「民國文學史（1912～1949）」的概念辨析與理論整合——兼談舊體詩文怎樣入史》，《湖北大學學報》（哲學社會科學版）2013 年第 4 期。

17. 管興平：《「民國文學」：都市文學研究的新視角》，《江蘇社會科學》2013 年第 4 期。

18. 李怡：《重寫文學史視域下的民國文學研究》，《河北學刊》2013 年 05 期。

19. 張福貴、張航：《走出「教科書時代」——當代文學學術前提的反思與重建》，《中國現代文學研究叢刊》2013 年第 9 期。

20. 李怡：《命運共同體的文學表述——兩岸華文文學視野中的「民國文學」》，《社會科學研究》2013 年第 4 期。

21. 李怡：《重新發現文學的歷史》，《名作欣賞》2013 年第 31 期。

22. 趙學勇：《對「民國文學」研究視角的反思》，《中國社會科學報》2013 年 11 月 1 日。

23. 王瑜：《中國現代文學史人文史觀建構初探》，《保定學院學報》2013 年第 06 期。

24. 趙學勇：《「視角」的限制與「邊界」延展的困境——對於「民國文學」構想及其研究視角的思考》，《廈門大學學報》（哲學社會科學版）2013 年第 6 期。

25. 梁儀：《關於「民國文學」的論爭摘要》，《現代中國文化與文學》2013 年第 12 輯。

26. 黃健：《「民國文學史」還是「現代文學」》，《華夏文化論壇》2013 年 12 月第十輯。

27. 賈振勇：《回答一個問題：爲什麼要提出「民國文學史」》，《華夏文化論壇》2013 年 12 月第十輯。

28. 李怡：《「民國熱」與民國文學研究》，《華夏文化論壇》2013 年第十輯。

29. 楊丹丹：《新世紀「民國文學」研究述評》，《華夏文化論壇》2013 年 12 月第十輯。

2014 年

1. 田文兵：《「民國文學」熱的冷思考》，《人文雜誌》2014 年第 1 期。

2. 黃健、任傳印：《民國文論建設的文學史意義》，《江漢論壇》2014 年第 1 期。

3. 韓偉：《「民國性」：民國文學研究的應有內涵》，《西北師大學報》（社會科學版）2014 年第 3 期。

4. 張中良：《民國文學史概念的合法性及其歷史依據》，《西北師大學報》（社會科學版）2014 年第第 3 期。

5. 禹權恒：《「民國文學」的話語蘊涵與闡釋空間》，《理論導刊》2014 年第 3 期。

6. 苟強詩：《書報審查制度與民國文學研究》，《成都大學學報》（社科版）2014 年第 2 期。

7. 王曉文：《教材型中國現代文學史編寫觀念的》，《淮北師範大學學報》（哲學社會科學版）2014 年第 2 期。

8. 李怡、羅維斯、李俊傑：《民國文學討論集》，中國社會科學出版社 2014 年 4 月。

9. 徐詩穎：《「民國機制」之「進入」歷史研討的反思》，《賀州學院學報》2014 年第 6 期。

10. 周海波：《「民國文學」研究提出的幾個問題》，《社會科學輯刊》2014 年第 3 期。

11. 張武軍：《民國機制與延安文學》，《社會科學輯刊》2014 年第 3 期。

12. 張中良：《回答關於民國文學的若干質疑》，《學術月刊》2014 年第 3 期。

13. 黃群英：《民國文學精神與文化品格形成探析》，《內蒙古社會科學》（漢文版）2014 年第 2 期。

14. 李怡：《民國文學：闡釋優先，史著緩行》，《學術月刊》2014 年第 3 期。

15. 李怡等：《民國文化與文學研究文叢》（1～4 編），中國臺灣花木蘭文化出版社 2014 年。

16. 周維東：《再談「民國」的文學史意義》，《學術月刊》2014 年 3 月第 46 卷。

17. 張中良：《讀李光榮〈民國文學觀念：西南聯大文學例論〉》，《中國現代文學研究叢刊》2014 年第 4 期。

18. 譚梅：《「民國機制」下的女性文學研究》，《江漢論壇》2014 年第 6 期 6 月 15 日。

19. 王炳中：《現代行旅散文創作的「民國史視角」》，《廣播電視大學學報》（哲學社會科學版）2014 年第 2 期。

20. 劉勇、張弛：《「民國文學史」理論與實踐的有效性思考》，《現代中國文化與文學雜誌》2014 年第 1 期。

21. 洪亮：《「民國視野」與現代文學的「研究範式」》，《中國現代文學研究叢刊》2014 年第 7 期。

22. 張振國：《「民國文學」概念的提出及民國舊體文學研究現狀》，《江蘇大學學報》（社會科學版）2014 年第 4 期。

23. 韓偉：《民國文學：一種新的研究範式在崛起》，《甘肅社會科學》2014 年第 4 期。

24. 湯溢澤：《對目前民國文學史話題的評析》，《湖南社會科學》2014 年第 4 期。

25. 武善增：《民國文學研究的空間維度與時間維度》，《福建論壇》（人文社會科學版）2014 年第 9 期。

26. 趙普光：《「現代」的牢籠與文學史的建樹──「民國文學史」的若干思考》，《福建論壇》（人文社會科學版）2014 年第 9 期。

27. 劉軍、張堂錡、李怡、張中良等：《關於「民國文學」研究的問答》，《宜賓學院學報》第 40 卷第 10 期 2014 年 10 月。

2015 年

1. 賈振勇：《文學史的限度、挑戰與理想──兼論作爲學術增長點的「民國文學史」》，《文史哲》2015 年第 1 期。

2. 秦林芳：《中國現代文學研究會第 11 屆年會綜述》之二，《中國現代文學研究叢刊》2015 年 1 月第 1 期。

3. 王炳中：《「民國機制」與現代遊記的「社會相」》，《中央民族大學學報》（哲學與社會科學版）2015 年第 1 期。

4. 黃健：《「破」與「立」：民國文論新思維》，《文藝爭鳴》2015 年第 1 期。

5. 賈振勇：《在爭鳴中推進和深化民國文學研究》，《東嶽論壇》第 36 卷第 2 期 2015 年 2 月。

6. 傅元峰：《重提「民國文學」的文學史意義》，《中國現代文學研究叢刊》2015 年第 2 期。

7. 李怡：《開拓中國「革命文學」研究的新空間──建構現代大文學史觀》，《探索與爭鳴》2015 年第 2 期。

8. 李怡、李中傑：《體驗的詩學與學術的道路──李怡教授訪談》之二，《學術月刊》第 47 卷 2015 年 2 月。

9. 賀根民：《整理國故與民國文論的體系書寫》，《上海師範大學學報》（哲學與社會科學版）第 44 卷第 2 期 2015 年 3 月。

10. 周海波：《民國文學視野中的現代文體學》，《東嶽論壇》2015 年第 4 期。

11. 賈振勇：《關於「民國文學」與學術倫理意願的思考》，《揚州大學學報》（人文社會科學版）2015 年第 3 期。

作者部份作品輯選

文學規律詰疑

【摘要】文學規律雖在人們文本、口頭上頻頻出現，但它沒有像自然規律那樣得到學術界的共識。那麼作爲一種文學話語，它的命題是否無可挑剔？是否經得起科學方法檢測？本文對此加以剖析，以求同人賜教。

【關鍵詞】文學規律、西方歷史哲學派、馬克思主義

一、文學規律：命題的矛盾性

從意大利維克創造歷史哲學以來，19 世紀許多學者就致力於社會歷史與社會科學規律的探鑿。維克、傅里葉等認爲社會發展具有某些規律性的東西，而文德爾班、裏凱爾特、科林無德、克羅齊、波普否認社會發展規律，並將這一觀點應用於社會科學領域。其理由核心在於一是只有自然科學領域才有反覆出現、具有重複發生的事物或者現象即規律。在他們看來，自然界裏的事物或者現象能夠反覆出現，具有可重複性，因而存在規律；相反地，在社會歷史領域，一切社會歷史現象都是個別的、不可重複的，因此沒有規律。新康德主義代表人物文德爾班認爲，歷史上從來沒有過兩個完全相同的事件，社會歷史完全是由個別的、偶然的具體事件組成的，沒有任何可重複性，規律純爲子虛烏有。里凱爾特將其推算於文化領域，認爲社會科學只是個別現象，沒有自然科學一般的規律性。「歷史概念，亦即就其特殊性和單一性而言的一次發生事件這個概念，而這個概念與普遍規律概念處於形式的對立之中」。〔註 1〕波普主張歷史命題「只是關於某個個別事件或一些這樣事件的單

〔註 1〕 里凱爾特，《文化科學與自然科學》，商務印書館，1986 年，頁 17。

稱命題」〔註2〕；二是根據規律，人們只能準確預示自然界的未來，社會現象則不能。在自然界，人們可以依照自然規律對事物的運動和變化進行準確預言，但社會歷史、社會科學領域是無法預測的。波普把後者設計爲「俄狄浦斯效應」──社會歷史領域「預測可影響被預測事件」，「這種影響或者會引起被預測事件，或者會防止這種事件發生」。〔註3〕也就是說對社會科學、社會歷史事件眞正科學的預測只是個美麗神話；三是只有完全客觀的東西才具有內在規律性。他們認爲自然界一切過程都是在人之外自發發生、發展的，存在客觀規律；與之相對的是社會是人的社會，社會歷史、社會文化是個體參與的有目的過程，個體的主觀選擇起決定作用，社會科學根本不存在獨立於人之外的客觀規律。

就是被中國學者稱頌得有點害羞的西方學術泰斗克羅齊也是反對社會科學具有規律性的。他認爲「一切眞正的歷史都是當代史」。人們把自己的主觀意識與實踐融入對歷史的理解之中，因此歷史永遠是一種藝術品，「如同詩歌與道德意識一樣，無規律可求」。〔註4〕

總之，西方歷史哲學派肯定自然界因事物具有客觀性、重複性、可預測性而存在規律，否認社會歷史、社會文化的規律性。相反馬克思主義學者對他們這種分析的、批判的歷史哲學派予以回擊，認爲社會歷史具有規律性。

馬克思主義的社會歷史發展規律學說不是本文闡述的對象，但其規律概念則是本文援用的解剖刀。馬克思主義者認爲客觀規律是指事物存在、發展的必然聯繫，是事物內部所固有的、本質的、穩定的聯繫，它的存在和作用是不以人的主觀意志爲轉移的。依此有人將文學規律定義爲：文學（事件、文人、作品等）存在和發展的必然聯繫，是文學內部所固有的、本質的、穩定的聯繫，文學規律的存在和作用是不以人的主觀意志爲轉移的，具有普遍性。也就是說文學規律植根於理論，可以被現實中的例子證實；支持反事實條件句，用於解釋並可以產生預測，具有恒常性質，在時空中不可改變、不可違背，在整個文學領域中普遍的、沒有例外的等。我們依此對文學規律予以挖掘，發現這個理論的命題與文學現實存在矛盾。

〔註2〕 波普，《歷史決定論的貧困》，華夏出版社，1987年，頁85。
〔註3〕 波普，《歷史決定論的貧困》，華夏出版社，1987年，頁10。
〔註4〕 《現代西方哲學教程》，夏基松，上海人民出版社，1985年，頁199。

　　朱光潛認爲：「文學史家與批評家喜歡採用自然科學方法，將文學作品分類，並且在每類中找出一些共同原則來，想把它們定爲規律。這種工作並沒有多大價值。美學家克羅齊已再三詳辯過。它沒有謹嚴的邏輯性……每一篇成功的作品都有一個內在的標準，也就都自成一類。」〔註5〕從中我們可以檢測出文學研究者使用的是歸納法，首先診斷這種研究方法是否科學。文學與自然科學存在某些互通之處，巴里‧巴恩斯認爲：近代尤其是20世紀以來，「科學越來越被看成爲人類活動……被看做是一種與社會的其它領域發生常規互動的亞文化」。〔註6〕其中「社會的其它領域」就包含文學，說明它與自然科學具有交叉性，如眞正的文學家與科學家追求的是文學眞理、文學生活與科學眞理的眞實，研究者所持的態度應同爲誠實，自然科學研究方法有些可以運用於文學研究，即是所謂的「打通」、借鑒。但機械套在文學研究上最起碼抹殺不同特質的學科個性，此其一；其二是歸納法如何運用値得商榷。如朱先生所說文學研究者將文學作品分類，並且在每類中找出一些共同的原則。此處「找出」就是歸納，那麼它是完全歸納法？是所有文學現象歸納的屬性？其結論能經得起演繹檢驗？

　　其次，從實用角度觀察，既然我們有了文學規律的定義，就可以使用這個普世模具框定文學，規範文學發展了。詩歌、散文、小說創作就得依各自規律運作，那麼寫出的作品應該是李賀的東西與郭沫若詩歌無異，《紅樓夢》與《包法利夫人》相同……天下文章全部是同一面孔；讀者於散文只熟知蘇軾就可以，於戲劇熟讀莎士比亞的就行……反正裏面有文學規律一以貫之，知一人一文就知天下人與文了。這樣活生生的文學豈不成爲教義？故經典的紅色文學專家蘇聯院士Д‧С‧利哈喬夫在強調文學具有規律性的同時，認爲研究者只注重研究文學裏規律性即「那些重複、相似、共同現象」，卻很少關注「個別現象」，也就是反規律性的因素〔註7〕。言下之意，沒有系統分析文學規律的Д‧С‧利哈喬夫在堅持文學規律前提下，確診文學之中「存在好多

〔註5〕　朱光潛，《文學與語文　體裁與風格》，《談文學》，廣西師範大學出版社，2004年，頁69、70。

〔註6〕　巴里‧巴恩斯，《科學知識與社會學理論》，魯旭東譯，東方出版社，2001年，頁213。

〔註7〕　(1)朱光潛，《文學與語文　體裁與風格》，《談文學》，廣西師範大學出版社，2004年，頁69、70。(2)蘇聯科學院俄羅斯文學研究所，《俄羅斯文學》1990年第1期，《文學中的規律性與反規律性》，張傑、戴嘯南譯。

不重複的、個別的、無規律的偶然性」是反規律性的等論調也違反了文學規律普世本質。

如堅持文學規律的純規律化論調，拒絕反規律性的因素就得葬送文學的多樣性、複雜性；但文學研究的終極目的之一就是追求或引導人們追求文學的生命力、真實生命，追逐對心靈、信仰和美感的訴求，文學規律就得變通，容納像Д·С·利哈喬夫所認知的反規律的、偶然性等，有容乃大的文學規律不就成為被任意加塞東西的龐然麻袋，作為規律客觀性、普世原則之嚴肅性被稀釋不少。

由此看來，「文學規律」被以波普、克羅齊為代表的分析的、批判的西方歷史哲學派否決；即使經典的馬克思主義者如Д·С·利哈喬夫本人也只是把文學規律掛在嘴頭作為學理性的口頭禪；而中國把握話語權的學人對此並沒有深入準確的界定、形而上的探索，只是學者將其掛在嘴頭顯示自己學問或者蜻蜓點水式說說而已……我們相信波普、克羅齊學說為主流的意識形態不容；堅信又不發展馬克思主義規律觀卻被文學規律缺乏普世性撞碎了學術之腰；沿著國內學者圈定的文學規律跑道前行，須臾間就會掉入學術的水坑，因為他們的微言大義無法長久性地指導受眾。那麼文學規律到底存在否？如果存在，又是什麼？莫非葉燮在《原詩》中對文學的鑒定——「不可明言之理，不可施見之事，不可徑達之情」之後要添加「不可認知之道」？道者，文學之規律也。這可是時下急需理清的一個文學問題。

二、「文學規律」盲點

提倡、持有規律者大有人在。我們翻開接觸的中、外社會科學媒體，我們發現××規律之花漫遍人文科學之野。

在社會學界，學人研究社會規律，所謂社會規律，就是指社會發展的必然方向和推動社會向前發展進步的動力。

而新聞學主要以「新聞」研究為本位，研究媒介在新聞採集基礎上的內部運行，包括新聞體制、媒介特點、功能、新聞工作的原則、新聞的基本規律等。

在中國，出現的文學規律的集大成版本有羅永麟在《論中國文學發展規律》（2007 年 9 月齊魯書社出版）紙上談規律，更有浩氣橫跨古今中外的葉維廉著述了奇書《尋求跨中西文化的共同文學規律》，他孜孜不倦尋求比較詩學

之中立性的普遍性的「共同文學規律」，此書轉內銷於 1986 年由北京大學出版社出版，為葉先生知天命時之作，至今已經年過古稀的他是否取得文學規律的眞經？我們不得而知，但他學術勇氣委實給敢爲天下先的北大精神又潑了一坨「標新立異」濃墨。

文學研究者們如此投入文學規律說教，不排除某些學人鸚鵡學舌的從眾心態，或有博得一頂學者歪帽的功利私心，甚至沒有嚴謹治學的倫理、卻有信口雌黃的德行等。正面功能則宣示人類社會還有一些人士一直在努力維護文學在社會科學領域最神聖、最高雅座，讓所謂「經國之大業，不朽之盛事」的神話不能破滅。試想，爲嘴上清高的學人不屑的銅臭味四溢的經濟學有了規律，文學卻沒有，不顯得多麼落伍嗎？！

探究學科的規律性顯示學人敬業精神，對人文社會科學形而上的理性拷問與哲理思索之希望在前。那麼學者們所標舉的規律穩健性如何？已經取得的規律研究成果給人們帶來了什麼？眞正的科學性何在？如 1936 年凱恩斯在《貨幣、利息和就業通論》中將早先力挺的金本位拋棄，主張「借錢、印錢與花錢」貨幣運行規律。這位所謂的經濟學界泰斗誤導人們相信黃金與政府紙幣間的固定比例關係是國際銀行家的古老迷信，是金玉其外敗絮其中的謬論，爲吸血的銀行家拋扔白條＋承諾的法幣敲鑼開道。羅斯福總統廢除金本位，黃金的鎮魔瓶蓋被撬開，紙幣（劣幣）驅逐良幣（黃金）。貪婪的銀行家與政客、投機商，再加前後正反看起來都是騙子的 SOROS（索羅斯）式金融黑客搗蛋……2007 年金融海嘯席捲全球，冰島國家破產、俄羅斯、中國大陸、中國香港、美國幾十億人們經受二戰以來經濟海嘯的煎熬，多少人被法幣及其衍生物這樣的垃圾資產一夜之間掏空，成爲赤貧。

而這些除了金融大鱷黑手血淋淋幕後操作所致外，就是那些號稱具有人類終極關懷的經濟學家製造的規律誘導，人們相信他們炮製的規律，瘋狂地享受紙幣帶來的空泛的消費繁榮，最後瘋狂地滅亡！剛好掉入助紂爲虐的凱恩斯在兜售前述規律時預設的陷阱──「從長久而言，我們都得死」。經濟學家成爲國際經濟寡頭的幫兇，所謂的規律是殘害人們精神白粉。規律啊規律，有多少醜陋伴你而行。而我們剖析歷史還可以發現，二戰前後每次經濟動蕩與震毀何嘗沒有所謂的經濟規律在作祟？這些可是令善良公眾、沒有看破研究規律的學者廬山本眞面目的人們肉體與心靈顫抖的精神砒霜。

在經濟學家批發規律毒氣先後，那麼文學研究者的文學規律又如何？我

們假設學人們歸納出的結果就是規律，學人們自己師從他人所得的原則，或者悟出的文學現象、習性、偶然性、規則等等完全是規律，他們所測繪的文學規律是古今中外各種文藝種類體裁、作家、藝術家都得遵循，別無選擇、不可避免的範式，人們必須受其約束，那麼我們進行文學沙盤演示的結果會如何？

如我國絕句、律詩規律性的東西之一是對仗十分圓熟、工整，那麼為追求工整計，宋朝李廷彥傑作「舍弟江南歿，家兄塞北亡」則令人膽碎，為求弟死江南配對工整，李那種假設家兄暫時慘死北疆之精神、勇氣、絕情值得繼續光大。推而廣之，沒有死亡的父母、妻子、師生、官商、學者乃至作者本人及其情人多進幾次殯儀館也十分應該了。

如「文如其人」、「以文可斷人」為規律，那麼我們常稱的「郊寒島瘦」如何解釋？能以賈島瘦削詩風斷定他本人身體苗條？可賈島本人是位體重超標、可令餓虎流涎三尺興奮不已的大胖子。錢謙益在詩中高唱「不知玉露涼風急，只道金陵王氣非」；「望斷關河非漢幟，吹殘日月是胡笳」等，我們可認定這位連以身殉明也怕水涼、積極降清的錢先生是愛國主義者？

如酒是詩歌靈感催化劑為規律，李白、杜甫、辛棄疾等為喝酒大腕，其作品經酒力發功肯定上乘。那麼不酗酒的屈原詩歌就上不了檔次？其它不喝酒的作者作品不真的是垃圾了？而品酒師像李、杜一樣也可以寫出不同等級的作品了。

如男、女激烈性愛是作者創作的刺激物，女作家喬治・桑的情人與其作品數量一樣多，莫泊桑、巴爾扎克終生與幾十位女人有染，郭沫若風流倜儻，猛哥猛身猛器、美女美腿美胸……成就了她／他們。那麼我們要做大文豪，或者已停留於亞層次的作家要上樓一層，就需插足他人家庭，就去橫刀奪愛，因為大流氓就會成為大作家或者說大作家就是大流氓，但是 2012 年 4 月被抓捕的強姦犯嫌疑人張海軍卻沒有傳世的作品耶。

如歐陽修提出「窮而後工」為規律，司馬遷、李白、杜甫、韓愈等莫不如此，那些家庭富有的作家如晏殊、納蘭性德、張愛玲等文章品味工麗與否就要重新鑒定了，莫非準備寫作者才情膽識具備，硬要放棄自己手頭權力資源、金錢、住房變得赤貧裸身，其文才能到達「工」的境界？如此等等。

人們對前述演繹的前提也就是許多文本中出現的文學規律進行深入研究

具有積極意義，但將其神乎其神的誇大就會抹殺除此以外的多樣性，助長單一性，甚至引發文學的混雜與荒誕。如前所述，筆者懷疑學者歸納法，在此繼續問責造成此類陋局的學人，他們是根據文學中每個對象或者個案具有某種屬性而推算的具有該種屬性的完全歸納法？還是個別到不必然性、一般性判斷的不完全歸納？以他們這些不堪一擊的結論，我們可以肯定他們的分析工具還次於亞里斯多德式歸納法即是簡單枚舉與直覺歸納。

恩格斯曾說：「我們用世界上的一切歸納都永遠不能把歸納過程弄清楚，只有對這個過程的分析才能做到這一點」。〔註8〕此處的「分析」就是演繹，不論學者們信仰如何，恩格斯這種科學分析方法──辯證歸納與演繹相統一才是人們認知自身、自然、包括文學在內的社會科學的正確法則，完全可以避免文學研究界的經驗主義與教條主義，也可以摧毀研究結果的片面性。

由此可見，學者們所剔抉耙梳的文學規律局限性濃烈，普遍性不足，稱之規律純為機械的、錯誤的推理，學理層面的拔高。當然作為文學界的個別現象即Д·С·利哈喬夫所稱的「反規律性」的東西如偶然性、現象加以界定，則比較恰當。如前所述的朱光潛觀點──文學史家與批評家將文學作品分類，並且在每類中找出一些共同的原則，而把後者稱為規律。朱先生修養頗高，但其含蓄語言其實擊指學者們科研態度：想當然、輕率乃至孟浪。真正的規律要用閉包理論的詞彙表述，才能精確，也就是說清晰的、無例外的。文學研究的神聖性與嚴謹要求我們堅持理想的規律觀，而排除低層次規律觀、信口開河的文學研究遊戲。看來文學規律及其研究盲點赫然。

目今，些許學人在自己還能發現文學與自然科學的互相滲透軌道上兜圈子，而對兩者的對立性視而不見，使用的是機械思維研究方式。文學創作、文學研究是文學母體分娩的同胞，兩者同中有異，它們如與自然科學規律研究方法攪拌，則情形不同。如運用歸納、演繹、綜合、比較、統計、圖表等對文學進行研究，只要堅持科學原則，文學的一些現象、規則會成功地掘出，但要得到如同自然規律的、通用的東西則猶如大象穿過針眼，因為文學感性、激情與自然科學的理性、冰涼式的平板相異。人們可用自然科學及其規律製造印刷文學媒體的冷面機器，自然科學、規律可以豐富文學研究者、創作者的知識內存量，卻不能創造文學才情與文學天才，文學規律難以尋覓，如果

〔註8〕《馬克思恩格斯選集》第三卷，人民出版社，1994年，頁548。

真有，則文學領域會多麼呆板、無趣。

（2001 年於長沙湖南大學文學院初稿，2013 年 3 月定稿，原載【美國】《美中文化評論》2016 年第 6 期）

（中國大陸媒介對此文不感興趣，連標榜自由的「天涯論壇」等網站也不容，2016 年 6 月兩次發帖後即被刪除）

「錢學」學者的尷尬與墮落

.

【摘要】「錢鍾書熱」乃至錢鍾書神話的形成一方面歸功於錢鍾書本人的實力，另一方面借助於大大小小的「錢學」學者的研究甚至吹捧。但是錢鍾書對「錢學」學者所作所爲並不買賬，一部嚴肅的中外文學批評史亦證明他們的言行有違錢先生標舉的「文德」。學者們慘淡經營的「錢學」在一定程度上可謂破壞了文藝貞操。總之，「錢學」學者們在文學批評的大道上滑入了難堪、墮落的深淵。

【關鍵詞】錢鍾書、「錢學」

一、學者們對錢鍾書溢美與護短，其製造文化木乃伊之行爲掩藏著黑乎乎的私利

20 世紀的華夏文壇廟宇林立，偶像森森。錢鍾書作爲神話雖爲世紀末重大文學事件，但其來勢洶湧，波尖指天。此一局面的出現固然是錢先生的文學創作、文學評論深厚的功力所致，但與「錢學」學者的辛勤勞作具有相關關係。錢先生之所以知名度陡漲依藉了學者手中「吹捧」和「護短」兩把生銹的鋤頭。

蘇軾曾詩曰「橫看成嶺側成峰，遠近高低各不同。」猶如當今男女青年前後印象會使人生發性別錯位一般，從不同角度我們亦可將「錢學」學者劃分爲幾種類型。

若依據學者與錢鍾書互動的社會或空間距離來劃分，可將「錢學」學者分割爲：

1. 距離派

撰寫過「錢學」論文者，比如美國的夏志清、胡志德、國內的施咸榮、陳子謙、趙辛予、徐啓華，香港的霍漢姬等人，採訪過錢先生的記者如彥火、林湄、水晶、莊因。

2. 貼近派

此派或與錢鍾書生活過如楊絳，或爲錢鍾書的同學如鄭朝宗、吳忠匡，或爲錢先生的同事如喬象鍾，或扮演錢的同學與同事雙重角色者如鄒文海。

若依藉學者行文的內容可將「錢學」學者劃爲：

1. 揚錢派

此類學者猶如過江鯽魚，量多人眾如夏志清、鄭朝宗、李洪岩、范旭侖、陳子謙、敏澤等，當然最大的揚錢派非楊絳莫屬。

2. 抑錢派

此類學者心在「錢學」，但名離「錢學」，他們被自封或他封爲「錢學」專家者視爲異己。比如已故的巴人等人，今日的湯溢澤、蔣寅、楊志今、徐啓華、王曉華、葛紅兵、王朔等。

自然還可從學者的素質知名度方面來劃分，既有高檔次的學者，又有低層的湊熱鬧者。鑒於中國學者價格便宜，因而筆者在此將所有的發表過論述錢鍾書及其文本的碼字工統稱爲「錢學」學者。一則使其文化化，賺取一頂學者桂冠。二則爲聲勢浩大的「錢鍾書」熱作呼應，證明「錢熱」了得。那麼「錢學」學者在他們自我陶醉之中的法招是什麼呢？

一曰「吹捧」。吹捧可謂「錢學」學者的拿手好戲。與中國大陸紅色文學鬧彆扭的夏志清可謂最早發掘錢鍾書「文」墓者。早在 60 年代初，這位依賴美元生活的學者在其《中國現代小說史》一書中就把被錢鍾書自己視爲「嘔吐物」且「還得改寫三分之一」的《圍城》〔註1〕稱爲「中國近代文學中最有趣和最用心經營的小說可能亦是最偉大的一部。」〔註2〕其後水晶、胡志德、愛德華·岡對錢先生做過頗高的評價。比如愛德華·岡認爲錢的小說「沒有任何理想化的概念，也沒有英雄人物、革命或愛情。取而代之的是幻想的破滅，是騙局的揭穿，是與現實的妥協。高潮讓位於低潮，唯情讓位於

〔註 1〕 水晶，《侍錢「拋書」雜記》，（香港）《明報月刊》1979 年 8 月。
〔註 2〕 夏志清，《中國現代小說史》第 16 章，香港友聯出版社有限公司，1979 年 7 月出版。

克制、嘲諷和懷疑」〔註 3〕。經過夏志清等人的傳播，錢鍾書的小說尤其是《圍城》在歐美國家地位陡增。比如簡妮・凱麗（*Jeanne Kelly*）與茅國權（*Nathan Mao*）就合譯過《圍城》。當其時，國際政治、經濟格局出現戲劇性變化，具有閉關鎖國榮史的中國國門沉重地向外敞開，夏志清諸人對錢的褒揚隨著歐風美雨滲入中國文壇。這些「洋氣撲鼻」的論調給汗流浹背但一無所獲的中國學者以沉重的一擊，於是他們開始投入對錢鍾書讚揚乃至抬轎之中。

鄭朝宗率先在國內招收錢著研究的碩士研究生。這位國內一流的「錢學」權威對錢非常推重，簡直使華文中所有最高級別的、最好的形容詞、名詞累得身體散架，而且他為了使他推崇的錢鍾書能光芒四射，不惜將他人的成果劃入錢先生的賬號。鄭稱：通感「這個西方出產的理論，是錢先生首先把它介紹到中國來的。」〔註 4〕在鄭先生賜予錢的「通感」首先引進權後，吳泰昌先生為了表示自己更前衛、更具有研究的功底，他毫不示弱地在《秋天裏的錢鍾書》一文稱：美學大師朱光潛把錢的《通感》與《宋詩選注》並提，並說：「《通感》淺顯，比《談藝錄》好讀，只有錢鍾書才能寫得出。」〔註 5〕可是錢先生本人並不掠人之美。他在《中國古代文學批評的一個特點》中，曾多次引用朱光潛《文藝心理學》的觀點，稱「一切藝術鑒賞根本就是移情作用，譬如西洋人喚文藝鑒賞力為 taste，就是從味覺上推類的名詞」。錢一再聲明「參考朱光潛先生《文藝心理學》第 36～39 頁，此地不復引證解釋。」朱光潛先生《文藝心理學》出版於 1936 年，而錢先生論文《通感》發表於 1962 年，「錢學」專家無視文學事實而予錢加冕，豈不太愛、太抬舉錢先生了？！此種抬舉怕是錢先生無法承受的，亦為錢拒絕。而且筆者懷疑朱光潛是否說了吳先生行文中的話句。若是，則愛因斯坦會將相對論的發現權讓渡於使用相對論者，馬克思亦會把剩餘價值規律理論的發現權轉讓給一百多年來使用此一學說解剖資本家剝削勞工本質的眾人了！若否，鄭、吳二人亦何面目見錢鍾書先生？當然筆者寧願相信有此事，但朱光潛說話時的心態如何？語氣又怎樣？由此可見「錢學」學者除了信口雌黃外，便開闢了揚錢的賽場，進行拔高比賽。

〔註 3〕 Edward Gunn，《被冷落的繆斯》，印地安娜大學出版社，1979 年出版。
〔註 4〕 鄭朝宗，《研究古代文藝批評方法論上的一種範例》，《文學評論》1980 年第 6 期。
〔註 5〕 吳泰昌，《秋天裏的錢鍾書》，《新華晚報》1990 年 1 月 23 日。

在鄭、吳給錢加冕的先後或同時，國內「錢學」學者似嘴尖皮厚的春筍爆長，他們抬錢的論調高揚入雲。舒展稱錢為「文化崑崙」，范旭侖稱錢是一位「大天才」、「大智者」、「大思想家」。自然最大的揚錢者——楊絳在這方面所取的成果最大。

楊絳先生作為錢的夫人，她做「亡夫行述」之文具有近水樓臺先得月的優先權和方便，而正因為她係錢的太太，所以寵錢、抬錢便成其義不容辭的職責。楊先生像普通國人患上逆向追榮症。她喜歡遁入陳年黃卷中採摘榮光，追溯錢先生不同凡響的歷史。楊絳稱錢從小癡書，連抓周時抓的都是書，稍大之後，酷讀《三國演義》、《西遊記》等非正統的雜誌。這一切均證明錢從小的愛好和其愛好中裹藏著成為文豪的必然性。同時，楊行文時沒有他人捧錢的直露，而是委婉地操起欲擒故縱之法。比如稱錢從小有「癡氣」、「傻氣」，但傻小子能登上文學的殿堂便收到驚人的突兀之效，如此等等。至於錢的缺點被楊一筆抹去。楊對錢的描寫作出了自我鑒定：「我所記的全是事實」，錢鍾書讀後也承認「沒有失真」。楊覺得如此這般還不足以說明她的權威性。她又於 1998 年北京《十月》一月號刊等傳媒上拋出「收藏了十五年的附識」之話題，重申她《記錢鍾書與〈圍城〉》都是實事。其效果在於向社會宣佈她的權威性，其它作者行文的虛假性，只有她寫的是「第一手材料」，若有人考證出錢鍾書的不是來，則冒天下之大不韙，不僅可套上無視所謂的歷史真實性之精神鐵枷，又可以視之為對錢先生的不敬！

楊絳在為文上是文學家，在處世上可謂藝術家。她省去錢與人（林非夫婦）打架等俗作，將錢打扮得金光燦燦，宛如天堂裏的金童，為「錢鍾書熱」的始作俑者。但全國上下呼籲建立「錢學」時，她卻以謙虛面貌出現。她在《錢鍾書集·代序》中稱「錢鍾書絕對不敢以大師自居。」、「從不側身大師之列」。謙遜的語言賺取了受眾的感動，為「錢熱」的升溫起到推動功效，所以楊作為錢的夫人委實稱職。中國若頒發「模範妻子獎」應送給她——獎她為愛錢、捧錢不辭辛苦，獎她在為錢作小傳時揚善隱惡之舉。

二曰「護短」。護短是「錢學」學者的看家本領，他們將錢鍾書看得過於崇高並極力維護錢先生的美好形象。設若有人批評、指陳了錢先生一下，他們大吼「No」！且拐彎抹角地為錢先生辯護，比如，或稱你無知，或曰你形成的立論不存在。設若有人批駁「錢學」自身存在的問題，他們立馬或興師動眾組織反攻，或立刻暴跳起來大動干戈，平時斯文、儒雅的紳士風度蕩然

無存。

比如《圍城》係一本純藝術的專著已成公論，且正因為如此才得到討厭大陸紅色文學中英雄主義話題的夏志清等人青睞。有一些學人便撰文稱《圍城》政治題材處理不當，或謂它係「一本愛國主義缺席的流行磁帶」，或謂它「撇開了極度動蕩的社會背景」，寫的只是「幾個爭風吃醋的小場面」。於是便有陸文虎、宋延平等人站出來為錢打抱不平。擁有歷史考據的宋延平認為《圍城》寫的是 1937 年 7 月至 1939 末的人和事。這一時期，作為極度動蕩的社會背景是「七七事變」、「上海失守」、「南京大屠殺」等組成的中國人民與日寇之間的侵略與反侵略戰爭。「作品雖未對這一時代環境正面描繪，但作為人物活動的背景，卻交待得十分清楚。」爾後宋一再考證《圍城》與時代密切聯繫，以獨特的題材及透視角度，表現了作者以巨大的諷刺之筆積極參與現實的思想。〔註6〕宋先生不愧為護短的高手，他以錢先生間或以炮火點綴故事情節和「兵戈之象」作為小說背景為論據最後得出錢先生《圍城》與「時代密切聯繫」之立論。這個問題的解決有賴於包括宋先生在內的所有學人重溫《圍城》，哪怕對其中內容予以數理統計，看《圍城》與時代密切聯繫得究竟如何。依筆者愚見宋先生犯了以背景代主題，以小點綴替中心內容的錯誤。這種結論可能只有進入佛境中那種「無中生有」的位置才能得出。

又如至 1997 年國內幾家傳媒發表指責錢鍾書和「錢學」不足的言論文章。如《中華讀書報》1996 年 6 月 9 日載有張蔚星的《說一說錢學》；《當代文壇報》1996 年第六期推出王曉華、葛紅兵、姚新勇等人的《錢鍾書熱：世紀來的人文神話》一文；《羊城晚報‧新聞周刊》1997 年 1 月 3 日刊登劉洪波的《錢學熱》。伍立楊先生心內飆出不快來，他在《博覽群書》1997 年第 4 期上撰文《亦論「錢學」》將張、劉、王、葛、姚等人觀點一鍋煮，稱他們為「文化侏儒」，並引用舒展所說錢鍾書之思想基礎的歷史感「反映出錢先生的思想方法基礎已超乎五四時期的前賢」作為論據以證明王、葛、姚等人之「體系崇拜」既顯出其本末倒置，買櫝還珠的荒唐，同時也證明其削足適履的偷懶。「而錢的詮釋經典正反映錢先生體系性建構的長處。」伍立楊先生對張、劉、王、葛、姚等人予以罵殺，以達到對錢先生捧殺的神效。伍立楊與舒展在稱錢「超乎五四時期前賢」時不臉紅，被吹者錢先生可能早就耳赤了。

〔註6〕 宋延平，《中西文化合流中的蛻變人格及其人生》，《遼寧師範大學學報》1991年第 2 期。

　　至於李洪岩、范旭侖在《爲錢鍾書辨》一書中對蔣寅先生的《請還錢鍾書以本來面目》大加撻伐。筆者在此不必贅述文壇上筆墨官司的內容，只請問李、范兩位先生一句：「難道不要還錢鍾書以本來面目而聽任爾等將眞正的錢鍾書塗抹得面目皆非麼？還錢先生本來面目究竟何罪之有？」

　　除此之外，「錢學」學者爲證實其筆下的錢鍾書優秀，或者說其立論服務，他們不惜將眞正的錢先生打扮成爲其服務的「錢姑娘」。人有道是「有多少位讀者就會有多少個哈姆雷特」，同理不同的學者就創造出不同的錢鍾書。比如錢碧湘爲了說明錢先生和藹可親，便在《望之如去　近之如春》中稱錢先生「不論國內國外，尊卑親疏」和來信均一一手覆，而有人說明錢先生珍惜時間，錢在其筆下搖身變爲拒絕回信的潛心研究之學者；又如劉士傑在《幸福的回憶　終生的財富》中稱錢的書法堪稱法帖，吳忠匡著有的《記錢鍾書先生》卻稱錢在藍田國師時閱碑帖，臨寫草書、楷書的師法卻模仿近人張裕釗。「不過都不下工夫，隨便臨摹，成不了氣候。」如此等等，矛盾的錢鍾書更加矛盾了。

　　那麼「錢學」學者爲何如此執著於「錢學」研究？依筆者之見，其中不乏爲中華文化大廈的建構而加磚添瓦者，但亦有一些功利主義薰心的雜毛。寫傳者利用錢鍾書的軀殼，裝進自己的內容即加入自己的主見，借錢鍾書先生的關係如何，藉此來抬高自己身價；著文者雖無前二者速效成名的優勢，但行文能成名，釣到一頂「錢學」專家的桂冠；編「錢鍾書××」者則懸研究、傳播錢鍾書此類牛首而販低劣作品狗脯，假借出版研究「錢學」之名而坐收營利之功。由此看來「錢學」學者不愧爲「錢學」學者，他們是爲錢，爲能帶來錢的名而奮鬥的學者矣。

　　那些護短派們有如森林中大樹縫裏的蟲子靠樹吃樹一般，他們亦依賴錢鍾書而吃飯或曰吃「錢飯」。他們抬出錢鍾書先生就是爲了將錢拔高，而愈高的遞進態勢使其手中這隻錢字號飯更加牢固。因而他們容不得他人對錢的半點指責，比如稱錢行文的不足，比如稱「錢學」建樹沒啥必要。他們視所有非錢行爲爲奪其手中的飯碗。面臨被奪的災難，他們如何能袖手旁觀而不護短？

　　不過，筆者認爲「錢學」學者的聒噪式的鼓吹與護短極爲正常，因爲這才叫做眞正的文學自由。但是它的負向功能不可小覷。它對正常的文學評論是一種倒騰，對錢先生本人亦爲折磨。本人推測憑著錢先生不慍不怒、心靜

如水的自我心態調節術，成為跨世紀的老人可能沒啥問題，但錢老聽到各有企謀的爭吵聲，看到不遵守其標舉的「文德」之戒律的學者紛紛紜紜，頓時世間文人心地骯髒，遂駕鶴西歸。「錢學」學者對於錢的仙逝，促使「文壇巨星」過早墮落具有不可推卸的責任。

二、錢鍾書給「錢學」學者製造難堪，無異於抽了他們幾記耳光

文壇上諸類「錢學」唱詩班或遠或近地圍著錢先生，他們坐在那裏天花亂墜，讚不絕口，因而絃歌不絕，韶樂綿綿，他們製造了錢鍾書的神話。然而錢先生並不買賬，相反地錢在行文中給他們製造難堪。在一定程度上摑了他們幾記響亮的耳光。這也許是「錢學」學者遭受到最大的衝擊波。

沐浴過中外名山大作春風秋月的錢先生內功、外功修煉到家，他心中覷破了學術和作為學術主體的學人之本質。一方面錢先生立於學術的珠峰峰巔對中外學術予以過濾、對比，最後界定所謂學術界不過如此：知識分子無知，懸掛上書「文化」二字的杏黃旗下開著反文化的路邊店。如《圍城》中的哲學家褚慎明的非文化行為；留法女博士蘇文紈在文化沙龍裏充斥偷詩的勾當；倒楣蛋方鴻漸不學無術醜態百出，無不說明學術的可笑。而《人・獸・鬼》中《貓》一文所勾勒的李建侯又是此類丑角的樣板。李建侯「經過幾番盤算，他想先動手著作，一來表示自己並非假充斯文，再則著作出可導致做官」，那麼這位「頭腦並不太好」、「留學時畢業論文還是花錢雇猶太人包工的」李建侯如何成為一名學者呢？因為他結婚以後，接觸的人多了，他便「聽熟了許多時髦的名詞和公式，能在談話中適當應用，作為個人的意見。」錢以此為典型，最後總括道：「其實一般名著的內容，也不過如此。」錢先生在此戮穿了茅棚般的學術著作之西洋鏡，而且對名為學術實為廢話、屁話等等標新立異的學術異化行為窮追猛打。錢在《談藝錄》中指出，商鞅、韓非、屈原、司馬遷、杜甫等人文本淪為「富貴本子、試場題目、利祿之具。」他又在《七綴集》中諷刺了許多論文「好多是陳言加空話，只能算作者禮節性表了態」。

另一方面，錢對學者的諷刺可謂一針見血，鞭撻入裏。錢在《寫在人生邊上・論文人》一文中將失望、落魄、醜陋文人的心態和面孔全部抖落出來。錢稱「只有文人們懷著鬼胎，賠了笑臉，抱愧無窮，即使偶而吹牛，談談國難文學，宣傳武器等等，也好像水浸濕的皮鼓，敲擂不響」。這種文人在錢先生看來，「他們弄文學，彷彿舊小說裏的良家女人做娼妓，據說是於不甚

得已，無可奈何。」意即他們被迫選錯了行業，引起角色錯位。錢建議他們道：「文學是倒楣晦氣的事業，出息最少，鄰近著飢寒，附帶了疾病」，因而最好一有機會便應跳出青樓般的文學火坑，改行從良。錢先生還提出口號要獎勵這批從良的、不搞文學的文士。而與之形成鮮明對比的則是與文人僅隔壁而居、只二個字之差的學者身處「有三秋桂子，十里荷花」似的順運。他們「無不威風凜凜，神氣活現，對於自己所學專門科目，帶吹帶唱，具有十二分信念。」但對這種血管裏流淌著自信液體，衣服上遍佈「凜凜威風」香精之學者，錢先生亦嗤之以鼻，他抽象、歸納具有普遍性的規律。正如錢先生在《管錐篇》中大寫的「學者多如牛毛，而成者鳳毛麟角」。而這些「牛毛」式的文人，「鳳毛麟角」般的學者亦遭錢先生口誅筆伐。錢先生在《論文人》一文中寫道：「一為文人，便無足觀」。他毫不斯文地撕掉文人們臉上的面具，向人們指陳其醜陋之處。「色盲決不學繪畫，文盲卻有時談文學，而且談得來特別起勁。」而那些倫理學家、道學家又是什麼貨色呢？「不配教訓人的人最宜教訓人；愈是假道學愈該攻擊假道學。假道學的特徵可以說是不要臉而偏愛面子。」〔註7〕

錢先生對那些「鳳毛麟角」的學者保持了戒備心態。他針對滾滾學界紅塵而力主真正的學問「是荒江野老屋中二三素心人商量培養之事」〔註8〕而反對那種「顯學」或者「俗學」。在學術研究態度上，錢認為學者應在清靜如禪空般的境界中做學問，而不能把私心雜念嵌入其中。當然，錢並非否決外現為功名、利祿、職位等「舉業」的功效，畢竟它是包括學人在內的所有社會角色無法跳越的關隘。但學人應處理好「學業」與「舉業」之間的關係，否則便成為「陋儒」或「曲儒」。所謂「陋儒」乃「以舉業為終身之學業」的人士，所謂「曲儒」即「以學業為進身之舉業」的角色。〔註9〕這些「陋儒」、「曲儒」雖為儒林之士，但內心骯髒，懷有叵測。他們往往打著「×學」的旗幟招搖過市。錢在《談藝錄‧補訂》第172頁揭穿了他們的畫皮。錢引用《禪林僧寶傳》卷二十九記佛印云，「昔雲門說法如雲雨，絕不喜人記錄其語。見必逐罵曰：『汝口不用，反記吾語，異時裨販我去。』……一般掠虛漢，食人涎唾，記得一堆一擔骨董，到處馳騁。」這些無能的傢夥往往依藉他人而活，

〔註7〕 舒展，《反封建的思想鋒芒》。
〔註8〕 鄭朝宗「編委筆談」，《錢鍾書研究》第一輯，文化藝術出版社，1989年出版。
〔註9〕 錢鍾書，《談藝錄》，頁353。

活現其附在名人血管上吸血的醜態。還有一些人士或充當《詩經》以下文章巨子的「大小佞臣」，或成爲行文評藝專以依託大家、倚靠權門的奴才。他們往往「吹噓上天，絕倒於地，尊玦如璧，見腫謂肥」〔註10〕。「侈論屈原、杜甫或莎士比亞、歌德等，賣聲買譽，了無眞見，以巨子之『門面』，爲渺躬之『牌坊』焉」〔註11〕。這些均爲學術上的市儈，眞正文人的天敵。因而錢對此心存防線。他給敏澤的信中稱沒有水平、資格「瞎贊」他者包括以上這些市儈文人之類。錢對此可謂敬鬼神而遠之。

對無德無行的學者如此，而對善意的「錢學」學者又如何？中、晚年自潔、自恃的錢先生在《宋詩選注》序之三呼籲「文學研究者似乎不必去製造木乃伊，費心用力把許多作家維持在『死且不朽』的狀態裏。」而且錢認爲後學者（即弟子）出於藍者「背其師」，而後學之「墨守者累其師」。何以故？錢在《談藝錄·補訂》第 172 頁寫道弟子「禮拜而致宗師倒仆。」爲了證明崇拜者對於被崇拜者具有的危害性，錢又用古代鬼神功行淺薄，對於大福大德人的頂禮膜拜消受不起即「土木偶像避位傍立，或傾覆破碎」來加以形容。錢深知謗譽之間的轉化關係，他在給敏澤的信中經常談到「福滿禍臨，譽溢謗至」，「誇譽乃召罵之由。……西諺云：『到地獄的道路鋪的都是好心善意的磚石。』聖哉斯言。」〔註12〕這種譽極生謗的學術辯證法最終會導致他的名山大業削價貶值。因而他拒絕「錢學」二字。敏澤在《論「錢學」的基本精神和歷史貢獻》一文的開頭便稱：一次錢在給他的信中寫道：「錢學之名，牽累弟不少，年來清淨，破壞殆盡」。敏澤分析道：「『名人』生前死後，周圍總會聚集一些『佞臣』比之爲『開山符』、『敲門磚』，或者得其粗而遺其精，終至『累師』等等。」〔註13〕錢鍾書對「錢學」學者以及崇拜者的態度可見一斑。

錢鍾書對「錢學」學者的反感不僅反映在口頭上，而且付諸實踐。晚年的他閉門謝客，尤其對一些自以爲是的新聞記者亮出採訪的紅牌，以免他們「口不用」，只記「吾語，異時裨販我去」。或者將來將他的語言視爲「一堆

〔註10〕 錢鍾書，《管錐編》，頁 398。
〔註11〕 錢鍾書，《談藝錄·補訂》，頁 263。
〔註12〕 敏澤，《論「錢學」的基本精神和歷史貢獻》，《文化崑崙——錢鍾書其人其文》，人民文學出版社，1999 年 7 月出版。
〔註13〕 敏澤，《論「錢學」的基本精神和歷史貢獻》，《文化崑崙——錢鍾書其人其文》，人民文學出版社，1999 年 7 月出版。

一擔古董，到處馳騁」。而對於那些圈內人所設的頌錢筵席持有異議和不合作態度，讓桌面上空嬝娜的香味虛化為霧氣。

20 世紀 80、90 年代以來，中國國內刮起為人作百歲誕辰紀念會的颶風。此風雖包含後輩對仙逝者的尊敬，但不乏有些雜種藉此拉幫結派炫耀自身過去的偉大以撈取知名度。錢先生對此洞若觀火。1967 年為錢鍾書父親錢基博百歲華誕，華中師範大學出版社特邀鍾書光臨。不意錢在回信中首先對此舉深謝，所謂「感誼隆情，為人子者銘心浹髓。」然後他筆鋒一轉道：「竊以為不如息事省費。比來紀念會之風大起，請貼徵文，弟概置不理。今年無錫為先叔父舉行紀念會，弟聲明不參預。」「三不朽自有德、言、功業在，初無待於招邀不三不四之閒人，談講不痛不癢之廢話，花費不明不白之冤錢也。貴鄉王壬秋光緒九年日記載端午絕句云：靈均枉自傷心死，卻與閒人作令辰，慨乎言之。可以經詠流行之某某百年誕辰紀念矣。」〔註 14〕可見錢不講交遊而對瞎忙乎的形形色色的誕辰紀念會痛快淋漓鞭打的本色。

錢先生不僅擯斥為其父做百歲誕辰紀念會，而且拒絕為其祝壽。王水照寫信向錢祝壽，錢說：「『祝壽』可以『促壽』，『延年』能使『厭年』，此又物極必反之理也。」〔註 15〕在錢 80 壽辰之前，敏澤曾提議為錢開一次學術討論會，或至少在刊物上發 1〜2 篇祝賀之文，錢則認為這是十分庸俗之事。他寫信給敏澤稱：「足下宜超凡情俗套，不可自伍世間庸俗也。」〔註 16〕對於學界盛會，錢亦擯斥之，面對吹、打、唱、歌的諸類盛會以及附驥於其後的幫閒式的儒士，錢在「與蘇淵雷書」中稱「大有小學生逃學的快感」；學術界創辦《錢鍾書研究》他極力阻厄；舒展等人稱他為「文化崑崙」，他則歎息崑崙山快把他壓死了！除此之外，他不題詞祝賀，不做顧問，更不熱衷於書籍上掛主編的桂冠。如傅璇琮稱 80 年代中期，「北大」古文獻研究所計劃編纂《全宋詩》，大家首推錢當主編，錢則堅定地予以否決，稱他自己只能寫書，絕不出門當主編，更不能掛虛名。〔註 17〕直至臨終前還留下遺囑：不許舉行葬禮。

〔註 14〕 吳忠匡，《記錢鍾書先生》，《隨筆》1988 年第 4 期。

〔註 15〕 王水照，《記憶的碎片》，《文化崑崙——錢鍾書其人其文》，人民文學出版社，1999 年 7 月出版。

〔註 16〕 敏澤，《論「錢學」的基本精神和歷史貢獻》，《文化崑崙——錢鍾書其人其文》，人民文學出版社，1999 年 7 月出版。

〔註 17〕 傅璇琮，《緬懷錢鍾書先生》，《文化崑崙——錢鍾書其人其文》，人民文學出版社，1999 年 7 月出版。

　　錢先生正因爲識破了包括「錢學」學者在內所有學人的用心及其給他可能帶來的危害，他在理論上高舉「文德」的旗幟，倡導文學良心與藝術貞操。錢先生在縷析《易》、《詩》、《左傳》、王充等人著作後，與章學誠標舉的「史德」形成對應而力倡「文德」，錢用通俗語言將之詮釋爲「文學良心」、「藝術貞操」。錢稱做學問，都必須有德，即公心、直筆。歷史上不乏此類楷模，錢對其予出推重。比如梁武帝篤信佛教中的輪迴，而范縝主張無鬼，不改神滅論。與此相反的則爲「寡聞匿陋而架空爲高，成見恐破而詭辯護前，阿世譁眾而曲學違心」等等都是文之不德、敗德；與之並行的還有「巧偷豪奪，粗作大賣，弄虛作假」等缺德行徑。錢鍾書在《管錐篇·全北齊文》卷二中引用黑格爾「治學必先有理之勇氣」之名言，對堅持眞理推重不已。可以說錢先生高擎文人自律的大旗在文壇的賽馬場上迅跑。

　　然而，文壇上咄咄怪事眾多。一邊是作爲丈夫的錢鍾書以學術神甫身份對「文德」予以學理闡釋，對文人自律意識予以拷問，一邊是作爲夫人的楊絳衝破規範性質的「文德」所織就的網羅，「眞正」地獨行於文壇。一方面楊先生對錢溢美過甚。比如她在《記錢鍾書與〈圍城〉》中將先生 1937 年在牛津獲得的文學學士（B. Litt.）學位拔高爲「副博士」；而錢鍾書因依照錢氏家譜「福、基、鍾、汝、昌」之「鍾」字輩份而取名，亦被楊仙化爲錢先生「周歲『抓周』，抓了一本書」以示錢先生乃文曲星投胎，非凡之人也……。另一方面，楊絳又喜歡、善於穩健地炒賣自我。楊絳先生確有碼字的工夫。雖然她於 1987 年自稱「目前最感興趣的是創作，我有許多東西想寫出來，告訴大家」。〔註18〕但在此前後，她對碼字興趣濃厚，且收穫頗豐。既有《春泥集》，又有《倒影集》，更有《幹校六記》、《洗澡》等等篇什。正因爲具有前述作品中不足 20 萬字的散文性質的存貨，晚年的楊絳不顧自稱身體「好像老紅木傢具，搬一搬就要散架」之處境，於出版自己作品興趣最濃，可謂樂此不疲。首先統統結集爲《楊絳作品集》，然後又授權給出版社排列組合成《楊絳散文》、《楊絳散文選集》、《錢鍾書楊絳散文》。姑且不必多舌於其文內容重複，錯訛百出，其文寡淡無味乃至倒找我輩三千個光洋仍令人反胃等陋局，就僅楊先生鼓足幹勁地出書，則使筆者有點反感。也許有頌楊派、護楊者稱作者授權出版這些圖書爲延續中華文化的香火，乃合法行爲關你鳥事！筆者確實認爲這種出書方式不關本人鳥事，然而關的是大眾的鳥事。楊絳就那麼一點

〔註18〕 丁曦林，《傳播光明的文學使者》，《中文自修》1987 年第 6 期。

品位不高的文章何必頻繁地亮相呢？製造知名度耶？生產文化垃圾耶？……這些咱們統統不去理會，但起碼有一條則可以映證楊先生的行為與錢鍾書筆下那種鍾情於利祿的「陋儒」所為不謀而合！

作為錢先生的夫人，楊絳「倚」錢氏之「門面」，在法律上天經地義；但在文人修身上「託」錢鍾書這樣的「大家」，為其諱，為其美，為己拔高則有違「文德」。因為她背叛了錢先生所舉的「文法」中「公心」、「直筆」，與真正的「文德」二字相去甚遠。可是錢先生承認楊寫的《記錢鍾書與〈圍城〉》「沒有失真」，晚年的他對楊的所為亦沒有警策。這些令人百思不解。筆者推測在楊先生一方分析，她與錢先生舉案齊眉的當兒可能只咀家看愛情而不嚼「錢學」真諦，楊可以因夫人身份享受錢標舉「文德」以外的特權不受「文德」這道緊箍咒的束縛；在錢先生方位來看，錢手中槍炮式的文章只對準包括其父、其師在內的他人，「夫人既察為明，每亦昏昏如夢」之意識濃鬱的錢先生在酬謝楊與他幾十年來相濡以沫的恩愛而在「文德」上對楊網開一面。如果說錢先生的為人為文以及推重的「文德」向「錢學」學者抽了幾記耳光，那麼相對楊絳來說充其量只是一塊甜蜜蜜的文學批評的朱古力糖或者頗具藝術性的一記嬌拳。

面對錢鍾書先生的言行，那些扯「錢」皮以製旗袍、西裝裝飾自己學術門面者，那些企求開掘錢「文」墓以出名者，那些所謂學界泰斗尤其是「錢學」專家無論在「錢學」研究領域還是其它社區搶奪主編的席位、企求建樹所謂自我學術體系者，那些有才無德或無才無德，破壞了文學貞操的「錢學」學者，那些……難道不汗顏麼？難道沒有發現自己左右臉上被錢先生刷的耳光以及留下的橫豎交叉的或鮮紅或青紫發亮的手指印麼？

值得慶幸的是陳子謙先生在發現文學「鏡中自我」後敢於出來坦承自己作為「錢學」學者的狼狽與不足。陳檢討說現在學者可隨手抓出一大把，但真學者並不多。「我首先說的是我自己，成就不大，但受的『影響』卻很多。『影響』有好有壞，我輩受的『影響』主要是壞影響……我們又缺乏錢鍾書那樣特立獨出的人格、學養和識見，很容易作『牆上蘆葦』狀，作『山間竹筍』人……更有甚者，不見有『學』，只見玩『術』，學術已為天下裂，大道已為天下裂。」〔註19〕陳先生之言非常爽快，非常勇敢，因為他將刀鋒對準

〔註19〕陳子謙，《「天賦通儒自聖狂」》，《文化崑崙──錢鍾書其人其文》，人民文學出版社，1999年7月出版。

了自身的沉屙。但是其它「錢學界」博學鴻儒或小儒為什麼不敢解剖自我，卻像動物園裏已餓極的猴子搶著遊客手中食物不放手般而衛頭上「錢學」學者之冠？是將錢先生所言所作視為錢氏在文化界施放的煙幕彈，抑或看著最大的「錢學」學者——楊絳沒有以身作則自省而自己可按兵不動？

總之，「錢學」學者可謂狂飲了偉人情結美醇，他們不僅為錢諱，且替錢溢美，造成了文學批評上的失職。在理論上來檢測，發軔於康德以及法國啟蒙思想家的西方批評史上理性批判，最後由西方批評者們將其發揚光大，導致那種對社會現實的指控，對文化失序的批駁成了一股巨流。此一巨流與中國傳統的批判者如李贄及其批判精神形成合力在陳獨秀、魯迅，今日的李敖身上賁張出刀光劍影，但「錢學」學者拒絕引進或使用批判的火種，即使接受了批判的武器，亦為兩面三刀，背後將他們手中批判的接力棒折斷扔進了文壇這所莊園內的臭水溝中，使嘻笑怒罵皆成文章的境界遠離「錢學」研究，嚴肅的文學批評不能在錢鍾書身上發揮全面科學評判的功能。同時錢鍾書在文學批評界亮出自己批判的大旗，他對陸游、黃庭堅、黃遵憲以及他的恩師陳衍之叫板，給死氣沉沉的文壇注入了一股清風，但是「錢學」學者一反錢先生點擊偶像的常態卻將錢樹為偶像且處處護短，此乃「錢學」學者向錢先生的批判精神挑戰，亦為「錢學」學者對錢先生的嘲弄。

從文學批評的實踐中來觀察，有人對《圍城》中沒有愛國主義題材予以開脫，有人將錢先生早期急於出名（如鄒文海稱錢譴責鄒他們無視《圍城》）拔高為自負等等純屬無稽之談。其實沒有就沒有，錯了就錯了。雨果70多歲還偷偷地狎妓並不影響他的正面影響，魯迅個子矮小對其偉人形象亦無損毫髮，根本用不著為錢鍾書辯護。正因為錢鍾書有缺點，有錯誤，人格修養上有矛盾才說明錢鍾書本人的正常，才說明錢亦沒在高度過。我們對偉人既要持偉人的標尺，又須作俗人解。在看到錢先生世俗乃至庸俗一面後才更好地發現其高雅的另一面。若執迷不悟，為其弱點作掩護，為其短處作辯護，僅為其優點唱讚歌則會導致欲蓋彌彰的局面出現。因此，我們原宥錢先生所犯的錯誤，但對竭力唱讚歌而無視錢鍾書的缺點者，對拼命維護錢的缺點而打擊批錢者不得不予以討伐。

（1999 年 12 月於長沙原湖南財經學院，2016 年夏稍作修改）

楊絳：文壇上蹩腳的精神貴族

　　楊絳（1911 年 7 月 17 日～2016 年 5 月 25 日），字季康，錢鍾書先生太太。她以話劇《稱心如意》、《弄眞成假》，譯作《小癩子》、《吉爾‧布拉斯》、《堂吉訶德》和記實散文《幹校六記》、《將飲茶》以及小說《洗澡》等等而聞名於文壇，頗受一些讀者歡迎。但透過楊絳先生作品以及她的行爲那美侖美奐的外表，不難發見蹩腳乃至醜陋在其字裏行間遊蕩、飄搖。

一、爲夫作秀的文壇高手

　　錢鍾書先生在大陸沉默幾十年後於 20 世紀 70 年代末才開始成爲含金量特高的國產名牌，因故便有芸芸眾生或來信或登門造訪錢先生。他們的目的或出自虛心向錢先生求教或大膽地向錢先生質疑。當然亦有一小撮乃至一大批功利薰心的混混兒企求錢的簽名或與其合影以抬高自我身價。但錢先生對他們表示歉意：「或是誠誠懇懇地奉勸別研究什麼《圍城》，或客客氣氣地推託『無可奉告』」，有時竟是「既欠禮貌又不講情理的拒絕」。此時的楊絳「直擔心他（按：指錢鍾書）衝撞人。」又加上「胡喬木同志偶曾建議我（指楊絳）寫一篇《錢鍾書》與《圍城》。」爲了條縷錢鍾書寫《圍城》的艱苦歷程，歷史賦予楊絳「錢鍾書與《圍城》」此類話題寫作的光榮使命。而最爲方便的在於楊絳與錢鍾書共同生活，風雨幾十載，她對錢的一切行爲瞭解、把握怕是其它角色無法比擬的。又楊絳本人「確也手癢」，因故歷史、現實的急需將楊絳推至譜寫錢鍾書與《圍城》的境界，而楊絳本人亦有捨我其誰的冷靜與感慨。因而楊絳寫了，於是我們便有了精神產品，此乃中國人的驕傲。從現有的文本來看，她筆下的錢鍾書形象豐滿、生動。但許多地方則有作秀的嫌

疑。現摘抄如下：

第一，「鍾書一出世就由他伯父抱去撫養」，即過繼給沒有兒子的伯父。看來小不點的鍾書懵懂狀態時就能理解人間的悲歡，或者肩挑爲人分愁解憂的重擔。

第二，「鍾書周歲『抓周』，抓了一本書」。無疑爲錢先生日後鍾情於書，成爲大學問家作出了堅不可摧的鋪墊。

第三，鍾書七歲時，與鍾韓跟伯父讀書，他已開始囫圇吞棗地閱讀家中的《西遊記》、《水滸》、《三國演義》等正經小說。又在書攤上租看《說唐》、《濟公傳》、《七俠五義》等不登大雅之堂文本，十四歲時借了大批《小說世界》、《紅玫瑰》、《紫蘿蘭》等雜誌恣意閱讀。此舉無異於爲錢鍾書將成爲大作家修築了一條暢通無阻的京九新幹線。

第四，「我只有一次見到他（按：指錢鍾書）苦學」。那是在牛津，論文預試得考「版本與校勘」這一門課。鍾書未能 pass，於是他苦學了一次以便達標……言下之意不是說明錢先生能寓學於樂，勞逸結合，就是證明錢智商很高，聰穎過人。因爲其它學科並非錢苦學而過，進一步印證其小說、學術寫作並不是他苦學而生產的。其乃天才了得！〔註1〕

如此等等楊絳稱自己的行文對錢「既不稱讚，也不批評，只據事紀實；」同時她寫道「鍾書讀後也承認沒有失眞。」也就是說，她對錢鍾書的刻畫完全係百分之百實事求是。果眞如此嗎？還是讓文學史來發言吧。

一方面，從錢鍾書先生這個角度來挖掘，他肯定會承認「沒有失眞」。之所以如此，是因爲其一從反的方面來論證，設若錢鍾書先生認爲楊行文「失眞」了，或者楊的文筆「眞」得不夠程度，不夠份量，沒有對錢予以擴寫從而將其推至泰斗的境地，這與錢冷靜的炒作術背道而馳。眾所周知，錢鍾書先生酷好落索自甘，閉門謝客，予人一種高不可攀、可望不可即的印記，比如許多名記者想採訪他均吃了閉門羹；且錢謙遜有加，比如在舒展稱其爲「文化崑崙」時，他則說：「崑崙山快把我壓死了！」正是這種冷面或文人對來自四面八方的頌詞予以冷靜處理往往收到了適得其反的宣傳自我的效果。其行爲軌跡剛好與「隱身適成引目之具，自障偏有自彰之效」重疊。在中外文學史上，能夠創造此類文學效果者怕只有薩特、錢鍾書等少數人矣，錢先生透過那雙智睿的眼睛能充分掂量自己在文壇上的位置，無需包括楊絳在內的所

〔註 1〕 楊絳，《記錢鍾書與〈圍城〉‧前言》。

有人對他大張旗鼓的宣傳乃至鼓吹。如若認爲楊文沒將他刻畫成金光燦爛的文曲星，也就是說認定楊「眞而不夠份量」，或者「眞」而有待擴寫，即另一種程度上的「失眞」無疑會給世人留下自我提高的印記；其二，楊在文章中只對了那些無傷大雅的「癡氣」，頑皮點戳幾下，況且筆調欲擒故縱，起到形爲貶錢實爲揚錢之效。如若認爲楊文失眞，豈不既使楊難堪，又辜負了楊的一片苦心？

另一方面，楊絳聲言行文實事求是，錢承認其「沒有失眞」，則掩蓋了錢的一些下作，爲日後有人發文檢討錢的不是作了預備的否定言論。

不列舉別的，僅就目前所掌握的有關錢打傷林非的資訊來看，此事就被楊絳在文中打入冷宮且在其上安裝了幾道密不透風的防盜門。

1999 年 11 月 19 日楊絳在《南方周末》發表《從「摻沙子」到「流亡」》一文記載：1973 年 12 月 2 日（時間與肖鳳的《林非被打眞相》一文有出入，「肖文」記載爲 12 月 7 日），錢鍾書與林非兩家打架時的情景。「我（按：指楊絳）沒看見他（按：指錢鍾書）出來，只記得他舉起木架子側面的木板相當厚的木板對革命男子劈頭就打。幸虧對方及時舉臂招架，板子只落在胳臂肘上。如打中要害，後果就不堪設想了。」

在這場錢、林糾紛過程中，「革命男子」沒有主動動手打錢，倒是「文壇泰斗」錢有違君子動口不動手的古訓，打傷了林非。楊絳在文中說：「革命男子雖然拿著一支粗手杖，他並未動用。……他如要動用手杖，很容易，因爲他個子高，年紀輕，對方只是個瘦弱老人」。「可是他並沒有動用手杖這一點，我老實說。」且自知理虧的楊絳爲了消滅罪證，撣掉了「革命男子」那件粟色綢子的袍兒上布滿錢鍾書踢的橫橫斜斜的腳印。當然楊絳先生亦坦率得有點不老實，本是她咬破了「女沙子」（按：指肖鳳）的手指，她還借用他人的話爲自己申辯：「手指在你自己身上呀，怎麼跑到她嘴裏去了呢？」讀者不難得出楊先生在此也太倒打一耙之結論。

此事發生後，餘怒未息的錢鍾書用手一抹道：「這事不再說了！」果然十二年過後即 1985 年 12 月時，楊絳在《記錢鍾書與〈圍城〉》中眞的「不再說了！」筆者無意侈遣他人隱私以印證所論對象如何如何。且本人反而以爲，黎民百姓吵架打架在所難免，而何況知名人士錢鍾書呢？錢先生理應在打架的數量和質量上超過他們才顯得更加知名乃至偉大。問題在於楊絳在《記錢鍾書與〈圍城〉》一文中爲何不載下此一有血有肉的事件？是楊先生 1985 年

12 月時忘記了當時刀光劍影？還是當其時楊懾於錢的威望不敢聲張而待錢逝去後才把這一驚聞拋諸於世？抑或楊先生眞正秉承錢先生「這事不再說了」的夫旨，覺得記下此事有損錢先生形象？或者幾種因素形成合力，共同作用於楊，才使她有此一舉措？也許只有楊先生自己心中明白。但筆者以爲若 1985 年 12 月前楊在寫《記錢鍾書與〈圍城〉》時忘卻此事，雖情有可原，但理不可恕。請問迨至二十世紀末，楊絳爲何對當時事件發生過程點滴不漏予以「實錄」？莫非人到老年，記憶力更好麼？設若楊絳在錢先生屍骨未寒時向社會——具體地映現爲「特意惠賜」《南方周末》——公佈此事，一者沒有承繼夫君「不再說了」的遺志，二者怕有鞭屍之嫌，設若以前爲規避此事以免損壞錢先生形象，那麼楊先生亦太爲夫諱了，爲夫作秀了。

　　楊先生在《記錢鍾書與〈圍城〉》之前言中號稱：「但以我的身份，容易寫成鍾書所謂『亡夫行述』之類文章。」而錢先生對「亡夫行述」之類文章很有戒意。據《洛陽伽藍記》中趙逸曾稱：「生時中庸之人耳，及其死也，碑文墓誌，莫不窮天地之大德，盡生民之能事……所謂生爲盜跖，死爲夷齊，妄言傷正，華詞損實。」錢先生歷舉各代文籍，對這種「庾墓」、「諛碑」很不以爲然，倒是對客遊臨邛、竊妻卓文君的司馬相如「奮筆大書，『禮法豈爲我輩設』『爲文身大不及膽』，當二語而無愧。」〔註2〕又錢先生承接章學誠標舉的「史德」一說，他強調史家文士必須堅持直理，他對「吹噓上天，絕到一地，尊玦如璧，見腫謂肥」之談藝論學嗤之以鼻。他在《管錐編》第 390 中告誡學人「中肯之譏彈」勝過「隔膜之譽贊」，那麼在錢先生來說，他在閱讀楊文時，爲何不指陳楊文有失眞實，而建議補上他與林非打架一節？而在楊絳方面來說，也許當其時，她未曾領悟到錢先生獨立特行的個性和討厭「庾碑」的風度，或者已經眞心領悟了但錯以爲錢先生所訂的信條、原則只針對他人而不束縛他自己。因故才沒有添上此筆。而後來呢？或許她在讀到「中肯之譏彈」勝過「隔膜之譽贊」時才以《從「摻沙子」到「流亡」》這樣紀事本末體的記錄對她自稱的爲「亡夫行述」的《記錢鍾書與〈圍城〉》補闕，爲世間保留一個完整的活生生的錢鍾書而盡綿薄之力。我輩爲之不禁高呼：「大哉，物之爲文！民無能名焉！」但話說回來，楊此種行爲仍爲維護錢的形象，因爲中肯的、實際的評價或描述勝過「隔膜之譽贊」。與其讓肖鳳、林非等人行文闡述打架過程，還不如自己主動出擊，以示自己的坦然。

〔註 2〕錢鍾書，《管錐編》，論《司馬相如列傳》。

誠然為夫作秀本無可非議，在一定程度上則弘揚了中國傳統的婦德。但要分清「夫」的檔次，把握事態的級別。如村婦為村夫臉上貼金描彩屬低層次的作秀，乃日常生活遊戲，可以諒宥，而錢鍾書為文壇上一尊人物，設若為其作秀，為其避諱，為其抹脂塗彩則造成歷史性錯誤，釀造歷史性遺憾，而行文者如楊先生對歷史不負責任或曰失職亦昭昭然唉！

二、傷痕累累的文本

錢鍾書先生曾在國民黨統治時期於文人沙龍上風光一段時間，嗣後卻被中國文化殘酷的冷凍多年，直至上個世紀七十年代才被包裝乃至重新包裝出現在中國文壇。中國文人以及外國漢學家們在與炙人的「錢鍾書熱」度過了蜜月期的狂戀之後，又突然發現自己擁抱美女的另一面：錢先生家還囤積居奇——擁有楊絳女士。她精通洋文，如自學過法文，且其成績博得過梁宗岱的讚賞，還有西班牙語；譯過洋書，如《小癩子》、《吉爾·布拉斯》、《堂吉訶德》等等；得過洋獎，如 1986 年 10 月西班牙國王卡語斯授予她「智慧國王阿方索十世勳章」，自然還出版過眾多用母語中文綴成的著作。所有這些像是映襯其文本的華美外袍，將其界為精神貴族，與之同時，捧楊者便猶如過江鯽魚。如孔慶茂認為《洗澡》為《圍城》的姐妹篇[註3]，張靜河認為她係抗戰時期與李健吾「並峙於黑暗國中的喜劇雙峰」[註4]，如此等等。人們猶如吃慣了重慶火鍋還要嚐嚐貴州、湖南諸地野山椒炒牛肉一般。她五樓戲劇、譯文、戲劇小說，散文與文學譯論，乃一般學術老多烘無法攀比，亦為一些所謂文壇新秀汗顏難攀。她的業績似乎在中國文學的上空飄揚，正好被居於弱勢的、精品不多的女性文學化成女性能力的象徵。

其實，楊絳先生的文本並非十全十美，許多篇什中包涵不少的陋點。就拿她代表作之一《洗澡》來說，可謂病處累累，單就其名「洗澡」二言來看，若楊絳不在本書前言特作說明，其意「相當於西洋人的所謂『洗腦筋』」，則使人懷疑它是一本紹介人欲橫流的當今社會黃色性質的做愛技術的文集，也許當其時楊絳先生對國情的變遷沒有作出精確的預示，她大作的名字在 20 世紀末葉與一班嫖夫的下作竟然撞車，這不可不謂一件遺憾的文學事件，此其一。其二，結構鬆散，小說情節之間因果銜接成分較低，而是依藉「采葑采

[註 3] 孔慶茂，《錢鍾書與楊絳》，海南國際新聞出版中心。

[註 4] 張靜河，《並峙於黑暗王國中的喜劇雙峰——論抗戰時期李健吾、楊絳的喜劇創作》，，載《戲劇》1988 年秋季號總第 49 期。

菲」、「如匪澣衣」和「滄浪之水清兮」三個標題將一些沒有直接關係的小情
節強扭在一塊。

其三，本小說分為第一部「采苻采菲」，第二部「如匪澣衣」和第三部「滄
浪之水清兮」三大塊。每塊的標題分雖淵源於《詩經‧邶風‧谷風》「采苻采
菲，無以下體。德音莫違，及爾同死」。《詩經‧邶風‧柏舟》「心之憂矣，如
匪澣衣。靜言思之，不能奮飛」以及《孟子‧離婁上》：

　　孟子曰：「不仁者可與言哉？安其危而制其菑，樂其以亡者。不
　仁而可與言，則何亡國敗家之有？」有孺子歌曰：「滄浪之水清兮，
　可以濯我纓；滄浪之水濁兮，可以濯我足。」

作者的用意在借古諷今，但是小說的敘述、提供的材料或曰「文學事實」
與《谷風》、《柏舟》、《離婁上》中所出現的背景材料完全相異。情節之間的
離軌現象又突兀在讀者眼前。作為受眾——讀者很難與楊絳先生那陽春白雪
般的學者型小說風格合拍，在標題的語境向正文語境轉換上迷迷糊糊，這也
許係學者型小說或曰學者型作家楊絳先生一大行色吧！而且作者標題為古詩
文名篇，而內容則為現在社會知識分子群落中余楠、許彥成等人醜陋行徑、
骯髒靈魂的大展覽，予人一種「不古不今」之印記。而作者本人在處理《洗
澡》一書的結構時則有仿製洋人的痕記。楊絳先生在其論文《論薩克雷〈名
利場〉》中稱：「他（按：指薩克雷）寫的不是一椿故事，也不是一個人的事，
而是一幅社會的全景，不能要求像《湯姆‧瓊斯》那樣的結構。」〔註5〕楊絳
在此對薩克雷不講究小說結構之過加以開脫，並將薩克雷的文風運用到自己
行文之中。她為了刻意追求文學的真實性，為了讓其偏愛的知識分子群像凸
現於受眾眼前，乃至擴大小說的容量，不惜犧牲結構的整體性、統一性或曰
完整性，從而使小說顯得支離破碎，此舉於一般行文者來說則為敗筆，則為
不成功；而於楊絳的如此名人來說則為創造。在此我輩不得不為之驚歎：文
學史上的成敗標準，好壞尺度，因人而異。

其四，楊絳筆下的文章重複成份過多。楊絳的《幹校六記》、《將飲茶丙
午丁未年紀事》與《洗澡》猶如車頭的反光鏡，反射了在專制時代刀光劍影、
血雨腥風的殘酷歲月，給後世留下厚重的人格屈辱史。但是她所操用的反光
鏡都是用同一材料製成的或曰其筆下的文章重複成份過多。她的《幹校六記》
以寫實的筆調再現了她與錢鍾書諸人上幹校度日維艱的歲月，而《將飲茶》、

────────────

〔註 5〕楊絳，《春泥集》，上海文藝的出版社，1979 年出版。

《丙午丁未年紀事》所敘述的正如作者在本文的前言所說，丙午丁未年的大事是「史無前例的文化大革命」。「舊社會過來的老知識分子正是『革命』的主要對象，尤其像我這種沒有名位也從不掌權的人，一般只不過陪著挨鬥罷了。」作者稱「這裡所記的是一個『陪鬥者』的經歷，僅僅是這場『大革命』裏小小一個側面」。此處的「陪鬥者」便是她楊絳和錢鍾書。此兩書文學價值並不高，充其量只是兩部回憶錄而已。而且錢鍾書對《幹校六記》頗有微詞。錢鍾書在《〈幹校六記〉小引》中界定此書「『記勞』、『記閒』，記這記那都不過是這個大背景的小點綴，大故事的小穿插。」錢又認為此書還有其缺陷之處，他寫道：「假如要寫回憶的話，當時在運動裏受冤枉、挨批鬥的同志們也許來一篇《記屈》或《記憤》。」「至於一般群眾呢，回憶時大約都得寫《記愧》」（同前）。因為在幹校中有些人慚愧自己是糊塗蟲，沒有看清「假案」、「錯案」，人云亦云地糟蹋好人；包括錢鍾書在內的一些人中覺得有冤屈，卻「沒有膽氣出頭抗議，至多只敢對運動很不積極參加」。可見楊絳因才力不逮或者自省不夠，沒有將人性全部反射出來。其次，楊絳把這些「大背景的小點綴，大故事的小穿插」題材化，將其改頭換面成《洗澡》中的情節。我們只要仔細品讀，發現《洗澡》中許彥成、姚宓、余楠、丁寶桂、朱千里、杜麗琳諸人「洗澡」的經歷與楊、錢夫婦在幹校的親歷多麼近似。此舉將楊絳女士殘酷地定格在炒冷飯式的寫作作者行列或者為一匹翻寫流水或陳舊賬本好吃回頭草的劣馬。

其它如楊絳的戲劇《稱心如意》、《弄真成假》亦受到他人嚴正的批評。麥耶（即董樂山）先生在《十月影劇總評》一文中指出：「《稱心如意》似乎還不夠上一部結構嚴謹的作品，全劇缺少一個中心，只是以一個人物（李君玉）作為線索而連串了四個獨幕劇而已。而《弄真成假》的缺點，則是它受悲劇的影響太深了。」〔註6〕至於她的譯文是否存在傷痕，我輩對此予以診斷可是力不從心，這一課題急待精通法文、西班牙文的文學評論者作出科學的鑒定。

那麼，楊絳先生為何又鶴立雞群擁有較高的知名度呢？這不得不歸因於中國國情下的文學陋狀了。首先，與男性文人並列的女性作家隊伍顯得人數寡少，而其向外傳播優美的聲音——外現在文學上即為文學精品——有限。楊絳憑其文本在女性作家之中能佔據重要的席位。設若在散文或小說方面將

〔註6〕 麥耶，《十月影劇總評》，載《雜誌》月刊 1944 年第 15 期第 2 卷。

魯迅、沈從文異性化，在戲劇上把李健吾、丁西林女性化，那麼楊絳相對「她們」來說怕只是小草一棵，在「她們」這些森森大樹面前，她怕難以被人發現。但歷史不能假設，我們亦無法將魯迅們閹割成女性，所以矮子中選將軍式出名法讓楊絳成了名！其次錢鍾書的盛名在一定程度上使楊絳出名，乃至光彩橫目。在獲取知名度這一點上，可以說楊絳先於錢鍾書。比如她於 1943 年至 1944 年間寫出的四幕喜劇《稱心如意》和五幕喜劇《弄眞成假》在上海灘上可謂好評如潮，李健吾曾將後者稱爲現代中國文學裏面道地喜劇的「第二道紀程碑。」而當時錢鍾書先生還如其字號「默存」一樣默默無聞。但「有一次，我們（按：指錢、楊夫婦）同看我編寫的話劇上演回家後」〔註7〕，他（按：指錢鍾書）說：「我想寫一部長篇小說！」〔註8〕錢鍾書憑其才情在小說創作取得了巨大成功，從而將《圍城》推至了無小說的國度——中國之頂峰，《圍城》的成名，作爲楊絳的連體錢鍾書的加盟使文士們一場頌揚的大合唱中又飆出了一個高亢入雲的強音。楊、錢發家史便是錢的成功推動楊出更大的名，兩者相輔相成，從而繪就了文壇上一幅鴛鴦雙雙成名圖。第三，在超穩定結構的華夏文明中，男尊女卑可謂根深蒂固，女性歷來便是男性的附庸乃至玩具。但迨至 20 世紀初葉，幾千年來套在女性脖頸上的「三從四德」的枷鎖被民主與女權的狂飆吹打了幾次，女子無才便是德的臭論亦被歷史車輪碾壓過幾回。楊絳可謂生逢其時。她那開明的父親楊蔭杭先生送其入蘇州振華女中、上東吳大學，進清華大學念書，而同時期中國絕大部份女性仍被如同核潛艇外殼厚重的傳統的倫理束縛得動蕩不得。是歷史青睞了楊絳，又是時勢成全了楊絳。設若楊絳沒有一個眼光長遠的父親，設若楊絳早幾十乃至幾百年來到這個世界，也許楊絳便是另一位楊絳了。同時，楊絳與同時期名人的夫人相比，她又具有更多優點且行走在一條幸運路上。如河東獅子似的胡適妻子因其文化水準淺薄，終生只做胡的侍從；如魯迅的太太許廣平又沒向社會推出很有份量的文本。更有些名人的夫人被名人拋棄，最後帶著一把棄婦淚面見閻王。而楊絳與錢鍾書舉案齊眉，又碼出幾本著作，因故聲言甘做錢鍾書「竈下婢」的楊絳之出名勢在必行。

這樣楊的牌位就被人們堂皇地抬出了水平低檔的路邊店前門，可剎那間

〔註 7〕黃萬華，《楊絳喜劇：學者的「粗俗」創作》，載《新文學研究》1994 年第 3 期。

〔註 8〕楊絳，《記錢鍾書與〈圍城〉·前言》。

又從後門被抬進了裝飾堂皇、上書「作家」、「文化精舍」的五星級酒店前，因而在我們被「錢熱」烤得渾身大汗淋漓乃至唇焦口燥的同時，又被「錢熱」的連體楊絳籌火升溫得頭昏目眩了。

綜上所述，楊絳先生的人格雖然高尚，但存乎些許疵瑕；楊絳的作品尤其是小說在當今談文化已成奢侈的商業社會雖有眾多的讀者，但無法遮掩其內在的陋點。所有這些無不證明她為現當代中國文壇上一位傷痕累累的精神貴族。但歷史、國情與她所處的非凡家境使她成名成家。一言以蔽之，她在一個正確的國度、一個正確的時代又加上擁有一個正確的丈夫而正確她寫出了幾部文本。這不知是文學的喜劇還是給文學抹上一把黑色幽默？

（1996 年於長沙原湖南財經學院）

柏楊與柏楊雜文的殘缺

【摘要】柏楊在當今文壇上可謂大家一名，尤其以他的雜文而飲譽世界。但較高的知名度並非能夠遮掩其自身的陋點，本文作者向來佩服柏楊先生，但通過長久的修煉與思索，從而認為柏楊的雜文存乎許多殘缺。現予以理性地挖掘以求教於世人。

【關鍵詞】柏楊、《醜陋的中國人》、問題人格

柏楊如上天之雷貫公眾之耳，在文壇上，他是一位勤於筆耕的高產作家。他說他在臺灣三十多年，寫小說、雜文各十年，坐牢又是十年〔註1〕。在文學上可是玩命兒幹，既有雜文結集，又有小說大系，還有他的詩集，更有那 900 多萬言的《現代語文版〈資治通鑑〉》。其中聞名於世的要數其《醜陋的中國人》和臺灣躍升文化事業公司推出的《西窗隨筆》和《倚夢閒話》兩大雜文系列。以至於有人認為柏楊以其雜文的數量和質量而可以坐在當今文壇名人安排座次的頭把交椅，對此一命題不必費心用功探究，本人在此只辨析柏楊的雜文包裹的眾多缺陷。

一、作者學舌與受眾「戲劇性接受」所引爆的文學轟動

1981、85 兩年，對於臺灣以及美國部份華人來說是一個不凡的時期，其原因在於臺灣作家柏楊先生在愛荷華大學（1984 年 9 月 24 日）演講中提出的「醜陋的中國人」這一振耳發聵的命題。嗣後在海內外引起了強烈反響，柏

〔註 1〕柏楊，1984 年 9 月 24 日在愛荷華大學上的講辭。

楊也因此成爲臺灣最受歡迎的作家而被列爲 1985 年臺灣「最暢銷的十位作家」之冠。此種文學風暴的餘波亦掃捲大陸。大陸人士嚴秀、牧惠等人敢冒「引進柏楊」的罪名而向國人紹介《醜陋的中國人》一書〔註2〕。至今《醜陋的中國人》已在大陸共有 7 種版本，僅湖南出版社就印刷 80 萬本。柏楊呈一幅巨大的電網網住了中華民族的後裔心靈。

有人認爲柏楊在批判中國人的醜陋性方面很有見地，在一定程度上接過了魯迅先生「意思是在揭出痛苦，引起療救的注意」的大旗，集聚力量挖掘，鞭撻了國人扭曲的人格與心理。這是值得肯定的成份。柏楊也因此而在文壇上大獲全勝。但傳播社會學和社會心理學的理論昭告我等，他的成功一方面依賴他自身半杯子才識與膽略。昔日古人所要求成功的史家「三長：……謂才也，學也，識也」〔註3〕在柏楊身上找到了一點印證。另一方面與柏楊的靈敏「模仿」和受眾戲劇化的接受心理很有關係。

首先，柏楊《醜陋的中國人》並非他的獨創，而是他學舌洋人的「醜陋」系列的仿製品。在當代文壇上美國人威廉·茉德勒（*William J. Lederer*）與尤金·伯迪克（*Eugene Burdick*）合著的《醜陋的美國人》、日本人高橋敷的《醜陋的日本人》、法國人阿蘭·佩爾菲特（*Alain Peyrefitte*）的《醜陋的法國人》、德國人利奧·風迪的《醜陋的美國商人》與柏楊的《醜陋的中國人》等作品構築「醜陋」一族。而從時間序列來看，《醜陋的美國人》、《醜陋的日本人》等則遠遠先於柏楊的《醜陋的中國人》。

《醜陋的美國人》的作者萊得勒和伯迪克是美國兩位著名的南亞問題專家，其內容覆蓋了 20 世紀 50 年代初一批外交官員和經援人員不學無術、爭權奪利、腐敗愚蠢的嘴臉，以及美國帝國沙文主義的行徑。全書共 22 篇，成稿於 1959 年後期並於 1960 年由 *Fawcett Publications, Inc.* 出版。

《醜陋的日本人》的作者高橋敷是一位地球物理學家。他在與世界各國科學家的互動之中，深深感到「日本人憧憬的卻是外國人所不屑一顧的，而日本人所迴避的卻是外國人刻意追求的」。日本人崇尚等級、自大、自卑、虛偽的弊端被他條陳得毫無遮蓋。全文共六大部份，初版於昭和 45 年，重版於 1985 年。

生物學理論晤知我們，人類是地球上最富有模仿性的物種。人們見飛蓬

〔註2〕 《今日名流》（1994 年第 2 期，第 19 頁）。
〔註3〕 《舊唐書》卷 102《劉子玄傳》。

旋轉而知為車，觀鳥雀飛翔而起飛行之念。模仿是人類生存、進化的基點和動力。20 世紀上半年所確立的仿生學即是探討人類如何向自然界模仿的尖銳武器。可以說人類在科學領域是以模仿為榮而不是以人與人之間的模仿為恥。作為身處現代中外文化雙向交流浪潮的柏楊，他的創作過程必然受到或民族的或外來的或兩者之間合力的衝突壓力，而這交匯點上的柏楊則不可避免對外來「醜陋」族潛意識地加以模仿。

從橫的方位來看，《醜陋的美國人》與《醜陋的日本人》的寫作筆鋒文法與柏楊的《醜陋的中國人》相異。即前兩者是敘事性的，而《醜陋的中國人》則是議論性的；但從縱的方位來看，對本國國民性的弱點予以鞭撻然後冠上「醜陋」兩字的洋人先生對柏楊起到示範功能。也就是說柏楊是文學上引進的「外資」。柏楊一再聲稱「多少年以來，我一直想寫一本書，叫《醜陋的中國人》」〔註4〕。因為他記得美國有一本《醜陋的美國人》，日本有一本《醜陋的日本人》。這些即是對他《醜陋的中國人》成文的細微刺激。但他沒有坦率聲明洋人「醜陋」系列給其示範指導。

其實文學創作上書名的模仿並非憾事或者見不得人的醜事。因為它有時是文學交流與借鑒的基本形式之一。普希金曾提出：模仿並不一定是「思想貧乏」的表現，而是標誌著一種「對自己的力量的崇高信念，希望能沿著一位天才的足跡去發現新的世界，或者是一種在謙恭中反而更加高昂的情緒希望能掌握自己所尊崇的範本，並賦予新的生命」〔註5〕。柏楊正是沿著威·萊德勒與尤金·伯迪克、日本的高橋敷這樣天才的足跡而織就了《醜陋的中國人》一書，這本來是一件可喜可賀的文化盛事。但是柏楊自己沒有勇氣承認自己在文學作坊之中仿製了「醜書」的壯舉，至少沒承認是洋人的傑作引發了他《醜陋的中國人》書的寫作靈感。其原因一方面在於對自己在創作過程中對外來文化的顯而易見的影響諱莫如深，或者輕率地否認。正如錢鍾書一針見血地指出「以為一談借鑒和影響，就似乎抹殺作家的獨創性，貶低其作品的價值」〔註6〕。另一方面，讓受眾徘徊於其文學神秘的門檻之外，以神秘性而釣得更多的崇拜。此其一。其二，國人果然中計，他們缺乏對柏楊《醜陋的中國人》一書的冷靜思考，在柏楊之風席捲文壇時只讀到他那辛辣的奇

〔註4〕 柏楊，1984 年 9 月 24 日在愛荷華大學上的講辭。
〔註5〕 美國約瑟·T·肖，《文學借鑒與比較文學研究》。
〔註6〕 《錢鍾書談比較文學與文學比較》，見《讀書》1981 年第 10 期。

文和一點勇氣而沒有從文學世界性的角度審察他模仿的行徑。最為遺憾地善良地忘卻了一句口頭禪「第一個把女人臉蛋比作蘋果的是天才，第二個是人才，第三個是蠢才。」不知緊隨他人而寫了《醜陋的中國人》一書的柏楊是天才還是人才還是蠢才？

其次，公眾戲劇性的接受心理成全了柏楊。20 世紀初葉尤其是第二次世界大戰以來，傳統文化腐枝殘葉積澱下來逐漸發酵，已經噴射出層層瘴氣妖霧。這些包括一系列由交通、人口、環境污染、腐敗、專制等組合的社會問題。而這些問題有些是超越人的能力而形成的，有些卻是個體自作自受的束縛體，說到底還是人的惰性和醜陋性使然。因為一方面個體本人的能力沒有盡情地發揮出來從而使問題出現，另一方面個體解決問題的能力在發揮時又受到他人的阻礙，最後使這些問題呈滾滾濁流吞沒社會之勢。直面此一慘象，許多公眾對此進行反省、尤其對人性予以深思。此時柏楊《醜陋的中國人》一書切中時機，無疑賜予人們一面反思自身陋點的照妖鏡，所以《醜陋的中國人》一出籠就成為臺灣社區的暢銷書形成了轟動性。同時逆反心理與部份公眾對於官方的離心心理亦把《醜陋的中國人》推至馳名的浪尖。1986 年《醜陋的中國人》在大陸出版發行以後，遭遇了勢頭兇猛的批判。大陸有七、八家報刊加以圍剿，或斷章取義，或牽強附會。政府管理部門亦把此書列為「非法圖書」。當其時，《醜陋的中國人》在中國公眾中知名度並非很高，但官方的禁止反而使人們增加了《醜陋的中國人》的奢望，購書呈瘋狂狀，一時市面上《醜陋的中國人》搶購一空，每本 1.5 元的書價卻被炒賣為 5 元〔註7〕。這種逆反心理使《醜陋的中國人》幾近達到家喻戶曉的佳境。而且當時高層領導胡耀邦認為《醜陋的中國人》能在「激發我們的鬥志上有點好處」。胡喬木亦說，柏楊先生在臺灣被關了十年，而我們大陸亦攻擊他，這樣不好，他主張不要圍攻《醜陋的中國人》，這些均使《醜陋的中國人》戲劇化地產生了轟動效應。

二、東施（柏楊）效顰所建樹的矮子文學

柏楊善於效顰，其楷模則是老外的「醜陋」系列和中國學者評定人性的觀點。

柏楊的《醜陋的中國人》一書是他舞弄「醜陋」這個詞兒，不過是借美

〔註7〕《今日名流》（1994 年第 2 期第 19 頁）。

國、日本的《醜陋的美國人》、《醜陋的日本人》而援用之〔註8〕。柏楊因《醜陋的中國人》等書而馳名中外，神氣、風光於文壇。但從受眾層面剖析，一般公眾或無暇清出其陋點，或終日浸泡在反省傳統的污泥濁水之中而忘記對《醜陋的中國人》進行世界範圍內、中國民族文化縱橫向的對比研究，或者處於盲目地崇拜之中不想不願或不能把《醜陋的中國人》與《醜陋的美國人》、《醜陋的日本人》進行成功與失敗、傑出與平庸、偉大與渺小的指陳。這實在是一件文學憾事。筆者領會柏楊先生「崇洋但不媚外」的眞諦，且能恰到好處地運用「崇古但不迷古」的標尺，把《醜陋的中國人》與其它抨擊國人人性的書籍作出對比觀察，從而認定《醜陋的中國人》是「醜陋」系列和同類批判人性作品中的矮子文學。

首先，柏楊「援用外國人『醜陋』」而作《醜陋的中國人》，那麼其著作是否發揮了青出於藍而勝於藍或者是長江後浪推前浪的功效，還是循入一代不如一代的泥淖呢？這需要從寫作手法和理論功底方面來作優劣評定。

從寫作筆鋒方位來看，柏楊的《醜陋的中國人》文筆辛辣，慷慨陳詞，中國祖宗十三代的劣根性被他批得體無完膚，這是柏楊的功勳。但在文章的行文尤其是敘事、個案剖析上筆鋒晦澀、難懂，相比較而言，《醜陋的美國人》、《醜陋的日本人》比較輕鬆。例如：同是寫作醜陋的國人一文，萊德勒與伯迪克先是直逼愚蠢的（以阿特金斯爲代表）主題，美國人非但自然面容「醜陋不堪」、吝惜，而且在大壩與公路設計上自以爲是，盲目胡鬧，其筆鋒清晰。而柏楊的「醜陋的中國人」一文先是拖泥帶水拐了別人如何請他演講販賣自己的經歷這個彎子，然後再陳列中國傳統文化中的病毒，文筆艱澀。其中又雜夾著個案，沒有大眾化的文風，至多只編織雅俗共存的篇什。作者寫作的目的是以個案證明其理論，企求達及雅俗交融的仙境，但有的則是跳躍性的牽強附會。例如他說中國人「窩裏鬥」，舉例說中國缺乏團隊精神，「中國人永遠不團結」則充分說明他是一位史盲。

從理論性水準來看，《醜陋的中國人》又不能與《醜陋的法國人》相提並論。其原因在於阿蘭・佩爾菲特的理論修煉悠久，他是法國著名的政治學家、社會學家，他從社會學理論的角度對法國社會、政治、經濟、文化、生活諸方位進行剖析。用理論尤其是社會學理論來剖析社會的醜陋方面，佩爾菲特勝於柏楊。一來，指出國人的醜陋性時，佩爾菲特的綜合性很強，他作爲社

〔註 8〕嚴秀、牧惠、弘徵的《護短與愛國》，見《文藝理論與批評》1988 年第 1 期。

會學家進行理性挖掘、邏輯性牢固，而柏楊只是條陳例舉，跳躍性思維強而嚴密性略小。二來佩爾菲特的理論剖析無隙可擊，但柏楊的《醜陋的中國人》個案尤多且偏激；要說理論上的剖析亦是粗線條的描述性研究，從而把《醜陋的中國人》定於不如國外醜陋系列之境。至多，柏楊先生在批評本國人弱點時，把「醜陋」這一驚人心魄的詞兒與中國劣根性的現實相結合或曰揉合，從而炒出一本《醜陋的中國人》。

第二，柏楊的雜文，尤其《醜陋的中國人》是因襲先哲批判國人醜陋性的產物。在國際「醜陋人」系列中，柏楊的《醜陋的中國人》在文筆或理論比外強的《醜》書遜色不少。而從自我民族傳統方位來觀察，柏楊的《醜陋的中國人》又如何呢？如果我們無視歷史文化或者說毀銷原來所有有關評論人性的文章，或者說只在歷史的橫截面來觀察，那麼《醜陋的中國人》對中國人性弱點的鞭撻可居第一高位。但是歷史因其時間和內容才成其歷史，而歷史上許多名人即歷史人物對人性入骨三分的批判已構成累累碩果。柏楊的《醜陋的中國人》在許多方面均是老生常談式叨嘮，創造性極少，模仿至上。此舉得歸咎於柏楊出生太遲讓先人尤其是文壇將帥魯迅等人撈走了頭功從而造成了柏楊文化遺憾。而歷史與現狀殘酷把柏楊存欄於先人基點上、對中國人醜陋性加以綜合、總結之處境。

一是柏楊所說的國人醜陋性問題並非始自柏楊，魯迅早已試了鋒芒。如《華蓋集續編‧學界三魂》所講的是「官癮實在深」的官本位，《且介亭雜文‧說面子》中的國人「面子」問題，《且介亭雜文末編‧立此存照（三）》中的「自欺欺人」問題均是魯迅剖析國人醜陋的組合拳。

二是柏楊《醜陋的中國人》書的拳頭產品「醬缸」與「醬缸蛆」與魯迅的「黑色染缸」又何其相似。魯迅的《熱風‧隨感錄四十二》、《花邊文學‧偶感》、《兩地書》是對中國文化的惰性批得夠狠的產品。

其它如柏楊「一盤散沙」源出魯迅的《南腔北調集》；柏楊的《崇洋但不媚外》與《拿來主義》均是出自對同一社會選題的論證。不同的只是文字排列組合存乎些許差異。而對印第安人面臨滅種的論述在魯迅選集中已經說過多次，顯然亦不是柏楊的獨創。可以說，柏楊在很多方面因襲了魯迅的觀點才組合成《醜陋的中國人》這部文化機器，雖不說柏楊剽竊了魯迅的成果從而侵犯了魯先生的知識產權，但是至少可以說柏楊《醜陋的中國人》一書是綜合了包括魯迅在內的所有先人的科研成果而對醜陋的中國人作了一次總結

性報告。只是這報告的撰寫者不是柏楊的秘書而是柏楊自己而已。文中新意較少，炒冷飯的頻率較高。說他是文壇小偷似乎過頭，但稱其為二道或三道文化販子未嘗不可。

而進一步來看，柏楊《醜陋的中國人》一書解剖中國國民性重大內容在魯迅文章均有，但魯迅文學中有的優點不一定在柏楊雜文中全有。他學習先哲沒有成功，反而授人以笑柄和遺憾。他的雜文有的只是陳詞濫調，尤其是柏楊行文偏激，導致其觀點錯誤，實在令人難以想像。

一是美化鴉片戰爭中的侵略方。他在《中國人與醬缸》一文中稱要「感謝鴉片戰爭」。其原因是此次戰爭功能在於外來文化切入中國醬缸文化。姑且不予他一頂「賣國賊」的帽子，亦不列舉國人在這次反外強侵略戰中拋頭灑血的悲壯，就是這種民族投降論調就使人懷疑柏楊先生是否吃了狂犬藥以至他要為列強吞食中華而舉杯獻媚了？若這是一種「恨鐵不成鋼」的愛國（即曲線愛國）語言，那麼汪精衛的「偽南京政權」是否是柏楊先生曲線愛國的藍本呢？再者，以人的機體相論，假若柏楊某日頭疼為了馬上全面恢復健康是否感謝把他頭腦削成碎片的庸醫呢？

二是柏楊在《醜陋的中國人》一文中稱「中國人打仗打不過日本人」。作者的用意是為了強化日本人團隊精神的功能而批駁中國人窩裏鬥的操蛋。筆者佩服日本人的優點，但並不像柏楊一樣否認歷史。不知頭頂歷史學家桂冠的柏楊是否記得明朝戚家軍抗倭的壯舉，「二戰」時期在徐州大戰、平型關戰役中，日軍的慘敗尤其最後日軍宣佈向（包括中國在內的）盟國投降那一令人歡欣又痛苦的捷報？筆者認為口出此言的柏楊先生有必要再進行中國歷史啟蒙學習。

三是柏楊的雜文中錯誤迭出，其史著中一些常識性錯誤亦令人笑掉牙齒。例如司馬遷受酷刑一事在司馬光的《資治通鑑》中只有「⋯⋯上（按：指後上漢武帝）以遷為誣罔，欲沮貳師，為陵遊說，下遷腐刑」等記載。但柏楊對此來個短話長說，其「柏楊曰」中歷數為李陵說情的司馬遷可以「受鞭打」等刑罰。為何讓其受盡腐刑不可？柏楊認為「唯一解釋是劉徹先生喜歡這個調調，稱之為『割屌皇帝』，似是最恰當的謚號。」柏楊這種稱法有悖於歷史真相。一部中國法制史表明漢初有「贖刑」，如漢文帝時候募民入粟塞下，得以免罪；而漢武帝時，令人贖錢五十萬者可以免死罪。司馬遷在《報任少卿書》中亦說「家貧，財賂不足以自贖」即是他沒有家產贖罪只好割去

生殖器的明證。可柏楊稱漢武帝是具有割屄的愛好，從而界定他爲「割屄皇帝」未免太離譜兒。所以李敖諷刺此事爲「柏楊割錯了屄」〔註9〕。柏楊津津樂道男人生殖器，那麼他是否是個愛屄文化人？

三、柏楊尷尬的「問題人格」所映示的病態

　　社會學家認爲人格（Personality）是由個體所具有的各種比較重要、穩定的心理特徵的總和，它映現了個體的基本精神面貌。但是人格不是一潭死水，或「力比多」向內注重自己內心思想和感情的絞合從主觀方位產生行爲；或「力比多」向外注重外部世界，從客觀基點發出行爲〔註10〕。但無論「力比多」向外或向內滲透，在遇到衝突、困難和外部世界刺激時容易患上神經衰弱症，產生人格的分化，從而形成問題人格。這種人格有時在柏楊行爲中均得到體現，即柏楊人格中包含的雙重性：非病態之中包含著病態，穩定之中有癲狂。而進一步窺視則柏楊人格顯示器上顯示著言行不一、忘恩負義和自我膨脹的病態。

　　首先，柏楊的言行並非一體化而是錯位得令人迷惑。柏楊因反傳統而聞名，但他因向當局獻媚而爲學人不齒。美國學者王亦令曾說過：柏楊開口閉口自己因開罪於國民黨而坐了九年多牢，彷彿牢獄成爲他鍍金之地，實在大可不必。在寶島上有位文人比柏楊更了不起。「他坐牢出來後，至今仍在島上搖筆桿大罵，絲毫不減當年鋒芒，照樣是祖宗十八代的罵」〔註11〕，王氏在這兒所說的「他」是指李敖。可見柏楊不如李敖。這並非是信口雌黃，而是很有依據。柏楊是國民黨黨棍。他是國民黨當政者的「文學侍從之臣」。他在去《自立晚報》前，還是國民黨救國團的大將，是非常得寵的顯赫人物。如臺灣橫貫公路完成時，柏楊隨侍國民黨高官巡視，地位非常顯赫的。李敖認爲，「凡是跟國民黨走的作家都不足論」〔註12〕。也就是說他並不是一位膽氣衝天的雜文大家。此其一；其二，柏楊本人毫無骨氣，並非像他自己所標榜的與當局分道揚鑣。如在他因「大力水手」（Popeye）事件入獄前夜，他還口口聲聲「蔣經國主任是一代英雄，是非必明……英雄必熱情」〔註13〕。除了

〔註9〕　《我的皮肉生涯》，李敖著，工人出版社出版，1989年2月。
〔註10〕　榮格 Carl Gustay Jung 的《心理類型》1921年。
〔註11〕　見《李敖其人其文》。
〔註12〕　李敖，《柏楊忘恩負義了嗎？》。
〔註13〕　李敖，《給孫觀漢先生的公開信》。

顯示他與國民黨中央深厚關係外，便見其向當局搖尾乞憐的骨氣失盡的可憐相。有人稱「柏楊批評臺灣政治，批評文化是實，但對『元首』父子（按：指蔣介石、蔣經國）則毫無指責侮辱之處，與陳琳、駱賓王二人檄文……實不可同日而語」〔註14〕。其三，柏楊出獄之後，則是迅速地投入當局者的懷抱。如行文捧國民黨要員。又如他在《柏楊詩抄・後記》中說：「只緣空國邁向新境，另開氣象，昔日種種，已不復再。」這非但使人看其維護國民黨心態，更使人產生一種「哀其不幸，怒其不爭」的感慨，尤其是臺灣遠流出版社為他的《白話〈資治通鑒〉》打印廣告中有「借古諷今」字樣，柏楊堅決要求塗去，由此可見柏楊對傳統、對現實叛逆、批判勇氣的萎縮，不想再招惹麻煩的惰性銳長而與其「鬥士型」的氣慨相悖的尷尬。

第二，柏楊恩將仇報心態證明他很為文人遺憾。其一，柏楊入獄後對義助過他的李敖忘恩負義。柏楊因大力水手事件（Popeye）入獄後，李敖一是把柏楊有關案情的文件如答辯狀偷運到海外；二是把柏楊冤獄新聞轉送給外國記者和國際人事。在美國記者 *Fredanric Wakeman. Jr.* 等協助下，《紐約時報》（*The New York Times*）和《新共和》（*The New Republic*）對此均作了長篇報導；三是開展營救工作，如透過著名物理學家孫觀漢開展營救活動，但出獄後的柏楊並未對此領過情表示感謝過，而是處處對李敖予以躲避，因而給人留下一個忘恩負義的印記。

其二，柏楊不僅對李敖如此，對苦命的第二個妻子艾玫亦這般。艾玫為獄中的柏楊奔走求助，哭訴無門。非但每日忍受著精神上的寥寞，而且還得母子相依為命，共同擊退貧困、飢餓的襲來。柏楊出獄前，對此亦有感慨，其詩「出獄前夕寄前妻倪明華（指艾玫）」還說「石瀾海枯誓言在」，「相將一拜報君情」。但出獄後，卻著文稱艾玫「正傷心我的平安歸來」〔註15〕。這樣對含辛茹苦的第二任妻子，其道德標準可為低下！據李敖的分析，柏楊拋棄艾玫一是為另娶新歡張香華製造機會。二是患了恐綠症，即懷疑自己妻子艾玫在他入獄期間與他人同居。讓這位在驚險歲月中爬滾的艾玫在一陣泫然，一片沉默中悄然離去。柏楊，新時代的陳世美！

第三，自我膨脹的怪圈。柏楊在《醜陋的中國人》中對自我膨脹予以無情地撻伐，這本無可非議。可笑的是專治性症的醫生自己患了性病，反專制

〔註14〕姚立民，《評介向傳統挑戰的柏楊》。
〔註15〕柏楊，《愛書人》1977 年 7 月。

的鬥士自己成為鐵腕人物。柏楊的自我膨脹龐然宏然。一則是他本人膽小如鼠，在大力水手事件案發且處於傳喚時期的柏楊「每一閃電話鈴聲，都一身冷汗」；且他本人並非「殉道式」人物，而是陰差陽錯地讓臺灣當局硬逼他做了勇士，但柏楊卻到處標榜自己如何如何反叛傳統與現實。彷彿他即是給人類盜得天火的普羅米修斯一般。二則柏楊的文章在李敖看來，「其專精和博學訓練都很差，他沒有現代學問底子，作品實在缺乏深度、廣度與強打度」〔註16〕。柏楊的文章很有一個濫套，他文章的存貨不外乎「糟老頭啦」，「賭一塊錢啦」，「醬缸啦」等過時的陳貨。但他很不自知，竟然把自己文章捧上了天穹。如自從他返回臺北，把昔日刊有蔽大作的舊報紙舊雜誌找出一些，剪剪貼貼，一面動手，一面動眼，柏楊驚歎道：「咦，雖是一九六〇年代之文，而於一九八〇年代讀讀，」仍覺「字字珠璣，虎虎生風，不禁拍案叫絕，嘖嘖稱讚」且「稱讚到得意之處，唾沫橫飛，聲震屋瓦」。老妻驚曰：「老頭，誰的文章，這般高強？」柏楊回答曰：「嗚呼，誰的文章？當然是柏老的文章……」這是他《西窗隨筆》和《倚夢閒話》中自己作的常用前言。此種行為使人想起堂詰訶德欣賞自己那破舊武器的得意狀，或者讓人想起小腳婆娘對自己又臭又長的纏腳布沾沾自喜的陶醉態勢。柏楊先生，自我膨脹欲是不是太多了一點？作為一位文學家是上帝特別賜予你只知道指責別人的醜陋而忘卻自身醜陋的劣根性「神聖」權力？

綜上所述，柏楊先生的人格並非高尚無瑕，其雜文亦不是什麼封頂之作，而是存在著眾多的短處，文學事實即將證明柏楊的雜文已經走入一片困頓之中。同時使筆者從中發微歸納出一條真理即美麗人物批評醜陋人物更顯其美麗絕頂，而醜陋人物指斥醜陋人物更見其醜陋至極。這可能是拜讀柏楊雜文的一點感受吧。

（1996 年 7 月於長沙原湖南財經學院）

〔註16〕 李敖，《柏楊忘恩負義了嗎？》。

以「大說」替代「小說」論

（與武漢大學文學畢業的資深編輯曹有鵬兄閒聊，
突有小說叫法不適合故事之感，遂行歪文如下）

　　我們常稱的「小說」文體與英文 *novel* 不完全對稱，後者本意是「故事」、「長篇故事」、「短篇故事」等等，所指的就是大中小「故事」。事實證明編故事、寫故事不是外國人專長活兒，中華先民、今民（現今人們）與未民（未來人士）這方面的工夫一點也不亞於洋人們，比如近幾年來華人獲得的、對中國文學帶有些許歧視性的「諾貝爾文學獎」已有幾例。但是在名稱上，西方並沒有將這種文體稱做「小說」，「小說」說法為我華人特色用語，而我們慣稱「小說」，很少有人稱「故事」，此乃文壇亙古冤案，那麼今日是否得考慮加以替換，代之以「大說」呢？

　　一是從稱呼上看，「小說」係晚生的卑微者，古今「故事」成為被賦予歧視性的庶出文體

　　所謂的「小說」構成因素、中外古今成績在此不予以學舌喋喋，作為一種文體的稱呼，它在中國歷史上蒙受歧視，可以說這「小說」二字委屈乃至侮辱「故事」這種文體幾千載。

　　《莊子‧外物》最早出現「小說」二字：「飾小說以干（追求）縣令（美好的名聲），其於大達亦遠矣」。「瑣屑之言，非道術所在」。「淺識小道」。

　　此處，莊子所說的「小說」是中國文獻中第一次出現的詞彙，一開始就被刷上刻意追求譁眾取寵的瑣屑、淺識之物，根本不是個一等貨色與正宗的道術。

　　桓譚在其《新論》中稱：「若其小說家，合叢殘小語，近取譬論，以作短書，治身理家有可觀之辭。」

　　班固認爲小說是「街談巷語、道聽塗（同『途』）說者之所造」。

　　桓、班之意在於小說是「治身理家」的短書，是底層人們道聽途說的鄉巴佬文字、草根文學，根本登不上大雅之堂。詩、賦、散文才是正宗貨，能在大堂之中閃閃發光，而小說則是門角中掃把一枚，屬於被歧視的角色。

　　後世文論學者對「小說」論述不少，但指陳「小說」稱呼中被歧視的成分者則無，比如元稹《酬翰林白學士代書一百韻》詩云：「翰墨題名盡，光陰聽話移。」（元氏自注他與白居易等人聚會聽說話之事。）此處的「話」就是故事。

　　又如唐朝一些傳奇作品中出現有關「小說」的評點，李公佐《謝小娥傳》言「知善不錄，非《春秋》之義也，故作傳以旌美之」；李在《南柯太守傳》中又有「冀將爲戒」的見解，說的是「小說」的創作意圖、內容表現等問題。

　　再如古代小說作品前後所附的序跋、對小說的（眉批〔夾批、側批〕、回評〔回前評、回後評〕）等也存在對「小說」的評論，例如劉辰翁對《世說新語》，李卓吾、金聖歎對《水滸傳》的評點，其內容或是點評「小說」的語言，或指出小說的功能等等，就是他們所說「小說」的愉悅功能，也只像欣賞小三、小四的美好胴體與攜帶的激情，從未想到要把與像戲劇一樣處於文學邊緣的「小說」拉入與詩、賦、散文同等位置，文人對「故事」的心態是「既名之則安之。」也就是遵循既定叫法。

　　清末梁啓超提倡「小說革命」耳目一新，他認爲「小說」具有「薰」、「浸」、「刺」、「提」功效。1902 年他在日本所著的《論小說與群治關係》一文中說「欲新一國之民，不可不新一國之小說；欲新道德，必新小說；欲新宗教，必新小說；欲改良群治，必自小說界革命始。」「小說爲文學之最上乘」。震耳發聵，雷人的神來之筆竭力把「小說」從文學的邊緣地位扯到文學 G 點。但也沒有給「故事」洗白「小說」稱呼，換上平等的、沒有歧視的符號。梁先生言行似乎是說：故事啊我算對得起你，我把你的位置、作用抬得夠高了，但是古人給你安的「小說」名稱，你還是認可吧。

　　民國初年的「五四」新文化前後的大師們力舉平民文學抨擊貴族文學，作爲平民文學中的「故事」文體勃然發展，就是反新文學的老手林琴南也對「故事」樂此不疲，寫故事、譯故事成就了他。但「小說」二字是權貴、沒落貴族或者爲貴族服務的幫閒文人賜予「故事」的不雅綽號，大師們比如激

進的陳獨秀、劉半農們也沒有加以清理，即使是今天慢慢被邊緣化的魯迅亦然。魯迅在《我怎樣做小說來》中說：「我也沒有要將小說抬進『文苑』裏的意思，不過想利用它的力量來改良社會」。小說的改良、載道在魯迅等人筆下筋骨凸凸，但是他們沒從根本上改易歷史上這個「小」字給這種「故事」性文體的白眼、侮辱，仍然沿用前人說法，也就是沒對前人歧視「故事」這種說法——「小說」予以糾偏。在文學家庭中「小說」扮演給人激情的正夫人角色，但也只履行夫人的義務，民國初年的「小說」就好像小二、小三待遇方面雖然上位為夫人了，但始終無法抹去其昔日如夫人的印記，「小說」的處境是「今日風光，可是庶出。」

或許是前輩們太忙沒有時間繼續窮追被貴族及其雇傭的文人所稱的「小說」是否恰當問題，或者他們舊瓶裝新酒，然後廣而告之招惹密密麻麻民眾文學消費吧，但繼續使用的「小說」詞組總有點味道不對勁兒，那就是小字污染成分，「故事」始終還是「小說」，而沒成「大說」，看來「五四新文化運動」的革命先鋒留下些許不徹底性或者失誤。

二是從「故事」本身看，「小說」二字顯得非常不恰當

小說或者「故事」本體由形式（比如字數、語言、佈局等）與內容（比如主題、思想等）組成。那麼從這個視角看，「小說」這個詞彙也難以能適合「故事」。

1. 是字數上或少或多尤其是鴻篇巨製需以「大說」替「小說」

按照題材、載體、手法、流派等可以把「小說」分為不同類型，但不管如何剖析，總與「小說」的篇幅類型發生交集，也就是說前述的類型總可以剖分為長篇小說、中篇小說、短篇小說和小小說（微型小說）。如何區分長、中、短、微型小說？目前標準尚未統一。但很多」小說」字數龐大，比如《紅樓夢》據深圳大學電腦統計為 731017 個字、法國的路易‧法利古爾（1885～1972，又名朱麗斯‧羅曼斯）的《善心人》207 萬字、日本山岡莊八的《德川一家》40 集，今日中國網絡小說《從零開始》字數更是嚇人超過 1000 萬字；而中篇小說動輒幾千字以上。這字數難道很小？豈是小說？明明白白是「大說」。當然名稱、叫法可以修正，如可以稱幾十萬字以上「小說」為長篇、幾百萬字的為超長篇、上千萬字的為超超長篇。這樣稱呼上的修正或者加個前綴實為麻煩、邏輯亦超強，龐大字數將「小說」中的小字逼得好生狼狽，乃至遁入被動、難堪角落。不過短篇、微型小說字數有限，一般在幾千字以下，

從數量上說稱作「小說」還能勉強，但它們濃縮的形式下所裏藏的思想性或者主題也不是一個「小」字能囊括的。

2. 是故事思想性或主題多樣化，小字難以概括

作者撰寫的「小說」對於社會、公眾來說就是講述故事、布道目的，雖然有的「小說」不是以思想性爲主，但每篇「小說」具有主題也就是文章的靈魂。作者在素材上刷上自己的思想，通過隱喻、象徵暗示出主題，又加上文本本身模糊性、不確認性，使主題形成多樣化。同時法國學者羅蘭‧巴特宣稱：作品產生就標誌著本文作者死亡。讀者對作品的解讀擁有絕對權力，見仁見智，所理解的主題超過作者的預想，此所謂的「一千個讀者就有一千個哈姆勒特」。關於此點沒必要舉例來加以佐證，那麼故事的主題豈一個小字了得？

至於作者行文的技法多樣性、語言氣吞山河、高超的藝術成就也不是小字能罩住的。

一個名稱或者概念準確的標準是「能指」與「所指」的高度統一。「小說」這個詞組自古以來所指的是人物、環境、情節等要素攪和的「故事」，這個小字卻無法網住「故事」所表現的大、乃至很大、超大，也就是超越「能指」範疇。何況「小說」的出身就蒙受歧視、取笑？那麼使用「大說」或者在文學天空搶注「大說」以概括故事，名稱精簡，又因擁有糾誤「小說」之說的經歷而引起受眾的關注，最主要的原因在於「大說」能覆蓋諸類「故事」的篇幅（另含映揚眾多主題的短篇、微型的故事）、多樣化的主題，還能容納作者筆下的藝術與衝天的才情。與傳統的「小說」二字比對，它是目前界定「故事」名稱的唯一或者接近唯一的工具。我們如果慢慢順清，以「大說」替代「小說」，一方面摒棄對「故事」之傳統的歧視，另一方面續貂梁啓超、陳獨秀、劉半農、魯迅等先哲的文學革命，撕下前人給故事貼下小字號標籤，更重要的是讓「故事」有了名副其實的稱呼——「大說」。

（2015 年 12 月 12 日於長沙）

博導先生

　　2012 年 4 月 4 日，我的帝豪種植園開始大面積點種楠木、竹柏、杪欏樹種，其中 78 萬個營養缽到同月 22 日才完成。28 日我回家督查質量，發現種子靜靜在缽子裏，沒有任何反應，而當時電話得知同類種子在井岡山、四川宜賓約提前一個月即 3 月 2 日左右點種，已經全部凸土，發芽了。那麼我這批沒發芽的原因何在？是點種過程中比如肥料發酵不好？泥土不適合？氣候不適應嗎？還是我走黴運？等等。

　　我再電話質問種子供應商，對方說：「肯定是你們那裏不適合楠木、杪欏培植。」

　　「你清楚我們這地方，那你為什麼賣給我種子？」

　　「那是你要買的啊！」

　　我愕然，喉嚨像被很大很大的草魚刺卡著。

　　五一那天，我電請林科大、農科院兩個博導也是我的科技顧問馬上從長沙趕到現場鑒別病因。因為尊重人才，相信科學才能致富哈。他們聽完介紹後。

　　博導 A 說：「老兄啊，你這批營養缽算是白乾的了。」

　　我疑惑。

　　為證實他的結論，他說：「同樣種子其它地方長得好，而你的沒凸土，就證明不行，這是第一條理由。」

　　我說：「我們時間晚一個月。」

　　他說：「種子發芽是有時間限制的，時間一到就發芽，與點播的時間早晚沒關係。這就像女人懷孕，10 個月沒生就肯定有問題。」

　　他開始找確鑿實證了，有點胡適細心求證的科研精神，他小心翼翼挑選5個營養缽，小心翼翼倒出種子並挑選出來，用小棍子趕在一塊，並指著微型蚯蚓般的種子根部說：「凡是種子根是乳白色的就可以，根是黃色的就有問題，你看看——他唯恐我不配合看，聲音加大10個分貝——你看看，這些種子根全部是黃色的，壞了，長不出芽的。」

　　我生怕看錯，仔細辨認，果然5個缽子倒出的10來棵種子發的芽根全黃了，比例如此之高，百分之百呢！這麼說就有全軍覆沒之險。這不是竹籃子打水一場空嗎？我背上唰地飛出了幾滴冷汗。

　　博導A繼續歸納種子不出芽的原因。

　　你的底肥是雞屎，雞屎這東西很厲害，外面溫度上升，它在裏面可達60度左右，會把缽裏的種子燒壞的；

　　你只追求低投入，種植場地不搭棚子，你看你看為省了這麼點小錢，壞了多大的事；

　　你選址也有問題哦，水田積水，水積多了，沁入缽子，種子會壞的。

　　我被說得有點木然，背上的冷汗又多出一粒。

　　隨從的兩個百姓，一個說馬上砍竹子搭棚子。我揮手制止，我心想一切來不及了，認命吧！過幾天還是用鏟車鏟掉這些傷心東西算了。

　　一個說我們這裡不是沼澤田，土地吸水，不會沁壞種子的。博導A有點不悅，表情有點像李世民第一次聽魏徵進諍諫，更像毛澤東廬山聽到彭德懷的罵娘聲。不過他是個博導、書生，還有無剝奪他人生命權的自知之明，更有建設和諧社會的使命感，最後很學者風度地眨眼幾下以示不快。

　　而博導B一直沒吭聲，彷彿他是啞巴，或者是跟隨博導A來學習的實習生，多麼謙虛，多麼文靜，多麼……嘖嘖，我也想不出語言中更貼切的詞語了。

　　我強撐著笑容做沒事樣與他們上車回長沙，心裏真不是滋味：難道血汗錢就真丟入水裏？生我養我的老家莫非真是個吞錢而不拉產品的機器？搞種植就如此艱難？我就要跌倒在埋我胎盤的地方嗎？……坐在副駕上的我不知道何時跨過我小時候抓泥鰍、鱔魚的小河、稻田邊，也不清楚我每次離開老家前，接受我行注目禮的父母墳墓如何在我眼前往後飛過，更不知在曾國藩祖宗曾經居住地——唐福一個餐館中餐是如何完成的。天很熱，我怎麼感覺絲絲涼意？

　　上高速了，博導 A 又一次在論證自己判斷正確性，像周谷城給學生佈道歷史完整論的無誤，更像袁隆平論證種植超級雜交水稻的沒錯，他嘴裏的吐字擦過沿途的南嶽與曾國藩最後故鄉——雙峰高低不一的山峰的遠景，也劃爛了湘江大橋橋邊扶手留下刀刻樣的線條，發出刺耳的嘶嘶聲，最後到了長沙，我友好地與他們揮手作別，友好地謝謝！笑容多麼酸、語言是否顫抖只有乖乖的帥哥司機知道，他可能是替我化悲痛、失敗為力量，心情沉重地開車安全送我到家。

　　晚飯後我洗澡完畢，我接到看護苗圃師傅電話，他聲音似乎發抖——我更感不妙——說：「老闆，我剛打電筒看到種子——種子——」

　　我回道：「種子怎麼了？不就是全完蛋嗎？」

　　「是種子——種子——」

　　老是種子種子的，娘的！老實巴交沒讀 5 年書、籮筐大的字不認識 200 個的他未必也給我科學論證？莫非這個世界全是專家？

　　我凶道：「你廣（方言，說的意思）啊，種子怎麼了？」

　　「種子——種子——種子」

　　我怒道：「種你娘的腦殼！種子怎麼了？！」

　　「種子凸土一半了！」

　　「是真的嗎？」

　　「真的，我廣（說）假話，五雷轟我嘴巴！」聲音像伸冤者理直氣壯。

　　「不要五雷，你可要廣（說）真話！」我稍有懇切、命令口氣說。

　　「真的啊！」

　　我放下電話，馬上電請我哥實地勘察，半小時後我哥的回答與看管師傅一樣。

　　當夜我睡了個囫圇覺，除躺在母親懷裏那幾個五一夜晚是如何睡的我不知道外，我反正從懂事開始，這個五一覺是睡得最香甜的了！連多年來養成的晨跑習慣在次日早上也打破了！次日中飯後在路上遇到鄰居，他譴責我鼾聲穿牆，弄得他全家整夜沒睡好。「以後要注意哈，否則就不和諧了啊！」現在社會真好，到處在推銷和諧產品，我沐浴著和諧的初夏來風歪爽爽地點頭稱是。

　　時過 2 周，營養缽裏已有 80%凸土，其中一半長得非常茂盛，不知情的博導 B 親臨種植現場，他這次不啞巴了，他對老鄉講話，他說早就預料營養

缽種楠木沒問題，衡陽一帶適合楠木、竹柏培植如此等等。最後他發表了稍有迴旋餘地的高見：老闆這批營養缽10年後價值8千萬左右！這些營養缽起碼98%成功！他開出的支票在空中飄蕩，隨著他說話聲音飛入尋常百姓的山與水、尋常百姓家裏茅坑。

有人問他：「你上次來的時候爲什麼不說？」

博導B說：「那位先生說話，我不能當面搞得他下不了臺，科研需要謙虛！更需要尊重！」

耿直的老百姓笑裂了嘴，一個87歲的老太婆當場笑掉兩顆牙齒！差點飛入博導B嘴巴，封住它不要繼續所謂的謙虛、尊重。原來老闆請來的專家就是這樣謙虛、尊重別人哈！讀書人眞的文明耶！知識分子、眼鏡先生與鄉下人就是不一樣！

又有人問：你們這些搞科研的，也是亂彈琴，原來一個說完蛋，而你不說沒問題，說好、說差你們總是有人會對哈！

還有人說話露骨點：你是馬後炮！你今天才說，你曉得老闆脾氣不？如果你們走的那天晚上種子不凸土，說不定他過幾天會叫鏟車鏟掉的，鏟掉了就徹底完了。哎，你們這些書生，這個科研把戲到底是個麼子東西啊！老闆養你們，不如養豬！

⋯⋯

博導B不僅文靜，而且忍耐心特強，胸懷若谷，竟然對百姓指責、直言不予以任何反駁，好像這世界上老闆養豬司空見慣、習以爲常了，養他這頭也不算多。老鄉們見他面目平靜、毫無反應，以爲他謙虛，也沒有窮追猛攻。最後他還很禮貌地與老鄉們說聲再見。反正這次講話、會面雖然老鄉語言上有點挑釁，但整體上可算作和諧會面、團結會面、勝利會面、繼往開來的會面。

時間到了5月底，營養缽5%好像與博導B鬧彆扭，還沒凸土，這5個百分點把博導B所說的、不會生長極大比值2%逼進了死角。常規性的科技顧問工資該發放了，博導A可能知道那邊風聲，沒來領款，而博導B按時拿錢，還是那麼文靜，那麼謙虛，那麼沒有理由不拿。

（2012年8月於長沙　原載《美中文化評論》2015年10月）

國院長的生死歷程

一

　　國院長 2 月 27 日從外國語學院院長與院學術委員會主任位置上退下來，這個決定是學校組織部、人事處、科研處來人在全院大會上宣佈的，雖說是全院大會，其實只有五成人與會。怎麼只是五成而不是十全十美完美大結局呢？因為三成上課，凡事不能影響教學釀成教學事故，效果如何不評估，最起碼課堂裏要有老師拿著教科書照本宣科或者放個課件哄哄學生；一成是幾個弔兒郎當在外兼職的，這幾個夥計腰包有幾塊錢，歷來沒把國院長放在眼裏，當然也有乖孩子嘴巴甜平常意思意思國院長的，今天國院長退休了，不要再笑臉伺候、不要煙酒了，這些煙酒總計起來不下 2 萬，回想起來就有點心疼，為復仇，這個會議不參加，典型的勢利眼；一成對國院長主政期間強烈不滿：怎麼不早點退？我看不得他那張橫行的臉，快滾吧我不願看。當然還有一些與國院長有疙瘩的願意看到國院長也有下臺的今天，所以也就與會了。計算機按程序走，中國人開會也是走過場，與計算機的區別只是人尚能稍微靈活點。比如體育出身的組織部長就沒有按照專業辦事，先在會場拳打腳踢一番再發言，而是拿腔拿調用只是縣、團級別語調肯定國院長成績，語調中氣很足的，足足說了 2 個小時，所說的內容當然保留點分寸，與後人評價陳獨秀、胡適就任北京大學文學學長所做的空間距離還保留 13 米寬，其它處室領導發言時很短，內容基本雷同，幾個人都說國院長功勞剛才組織部長說了，我不多說了，像李白詩云：「眼前有景道不得，崔顥題詩在上頭。」多說的是科研處長祝國院長身體健康，人事處長要求國院長繼續發揮餘熱，最

後補充學校決定：由於新任院長暫缺，現在外國語學院工作由牛書記負責。然後是全場鼓掌。今天鼓掌有點特別，人數不多，掌聲很洪亮簡直山動海搖了。與國院長心有溝壑的老師快樂鼓掌，想起國院長對自己種種非禮、霸道，心理一直痛苦著，屬於快樂而痛苦著一類鼓掌，而辦公室那個平常沒少受國院長訓斥的小李、小王巴掌拍得山響，可能嫌棄雙手力度不夠，其它身體部位全部響應，援助最賣力的是腰部、雙腳，小王腰部左右微擺著，他屁股下的凳子也左右搖晃發出吱呀吱呀，只是分貝被掌聲掩蓋做了無名英雄，小李比小王更賣勁，雙腳無節奏碎踩著地面，可以說是鼓掌加鼓腳了。

國院長回味著那個體育專業的部長評點，這是學校對我的肯定，我也無後悔了。他想道。心理甜蜜得很，像山溝裏的娃娃第一次吃了 3 斤巧克力，有德高望重功成名就之感，絲毫不亞於毛澤東完成遼瀋、平津、淮海再加抗美援朝勝利那高興樣。當然國院長是院長、是高智的教授、二級教授，不是看不懂這股掌聲潮所指，心裡咯噔一下：小李、小王在搗蛋，給我出洋相，處長代表學校領導要取我的餘熱，小心我的熱融化你的刺、角。不過他很有風度，也還有涵養，期待自己餘熱像地震的一股股岩漿把小李、小王吞噬，至少燒掉他們今天作弄他的雙手的一天來臨！

國院長真的發揮餘熱了，他很勤快。次日像往常一樣 7 點 50 分來到辦公樓 2 樓，他先是去開他專用的院長辦公室門，「我不可名不正言不順，既然不為院長了，免得別人說閒話，我就不能進這間辦公室了，我要去配給我的教授工作室。」很有名實觀的他馬上中止開鎖，在一圈有斑點的鑰匙裡選出他教授工作室鑰匙，手拿著它像端著刺刀行刺對手，打開教授專用室，開窗、燒水這兩項原來別人做的今天自己完成，他感覺有些生疏，10 多年沒做了，哪有不生疏的？記憶力很強的家狗 3 天吃飯，第 4 天改吃其它狗食還不曉得如何下嘴呢，何況國院長呢？

10 分鐘前國院長不進院長辦，很有不在其位不謀其政的觀念，10 分鐘後就忘記了這個觀念，不對，不是忘記，而是心理層面、自己眼神、腳步慣性使然。他 8 點 10 分準時來院辦公室、教務辦走走，瞄瞄員工是否遲到、是否上網看碟反正是否敬業，小李剛放下小車鑰匙坐下——明顯這小子今天遲到 5 分鐘，國院長自言自語——看國院長入室頭也不抬，小王抬頭卻不與其招呼，平時顯得很乖巧的小馬也只是淡淡說：「國教授早。」他心裏就像有一爐純青的火從胸腔往上串、燒焦了心臟、喉結、滿嘴牙齒被火卷出來衝破玻璃直射

室外。「教授？我原來不是管 10 來號教授的院長嗎？我可是教授之王，院長不說，卻稱教授，小馬這不是暗示我不是院長，不要履行院長權利來檢查嗎？」國院長覺得自己份量由原來的二兩變成兩錢了，雖不是死人與活人天壤之別，但也有珠峰之巔與衡陽帝豪種植園天子山腳之異。「人道是人走茶涼我真的嘗到了，還沒有一天，我就享受這樣待遇，這個該死的行政退休制度啊，讓我慘遇 10 多年來這樣待遇。原來多好，還沒進門，就有人從腳步聲中判斷是我來了，號稱全院茶道 6 段的小馬就送茶，好香的白毛尖綠茶，今天只有滴口水的命了。」昨天要餘熱熱壞小李小王的打算也就像一隻葫蘆被強摁著在水底。國院長央央地退回自己教授工作室。他雖有很深邃的眼光，自稱比較文學領域接近泰斗 2 釐米的行家，當然沒想到他的前任院長這個時候是啥樣子的。前任退休時候看起來很陽光，莫非也與自己一樣？前任不愧是前任，前任就是老薑，沒有一絲表現，隱藏太深，深得像一潭瓦藍瓦藍的水一樣可怕。國院長心裡終於找到一個比自己厲害的人與事了。這是他 10 多年來真正的自知之明、唯一的一次哦。

再次日，國院長這次不去院辦、教務辦了。他以免自討沒趣，「為老不尊，沒有份量。」他告誡自己。他到資料室看看書，11 點鐘資料員做好下班準備，國院長說：「下班太早了吧？像這樣你這個月坐了幾個小時？」

資料員心裏窩火，退休了，還這麼刻薄，她也不解釋，抓住國院長硬傷，問道：「老國同志今天是 3 月 1 號，怎麼就開始計算這個月工作量了？」——這個資料員比小馬還冷酷，連教授也不叫，稱老國同志了——國院長更覺沒趣，順水推舟道：有事就先走，先走吧。夾雜准假的權力餘威。國院長提前回到自己教授室，自責道：「2 月只有 28 天，我是否希望有 31 天，被多叫幾天院長呢？那麼我原來就是被院長院長稱呼得忘記了確鑿日期？」

二

一個禮拜後，國院長得知院裏次日要開院學術會議，晚上他電話牛書記寒暄幾句後，就與牛書記探討一下會議重點、很細心提出各種建議，像更年期的慈母吩咐遠在萬里之外求學兒子吃巧克力後要揩嘴巴、與女友牽手散步不要用力太重，要像她一樣多吃蔬菜喋喋不休。牛書記的天性與其姓相反，雖姓牛但沒有牛的大喉嚨大聲音更沒有公牛發春時的躁動感，而是具有 1 億顆忍耐韌性細胞，半個小時電話，牛書記也被說煩了，牛書記也雖姓牛但沒

牛的蠢氣，卻有狒狒的聰明，國院長的建議要說善意，只是語言上的，說話要點落在要給國院長利益，牛書記懂的。「這個國院長啊，你讓我怎麼辦？」放下電話後的牛書記覺得自己第一次不得不與國院長反調了。牛書記為何這樣他也是懂的。次日會上牛書記一沒有傳達他的「指示」與對會議的關心，二沒有給他留下發揮餘熱也就是還可創收的機會。幾天後國院長知道會議定下方案後，像是遭受狠命的一擊，如同婦產科庸醫給病人腹腔開刀一刀錯誤切掉病人的生殖器，或者猛漢一腳踢壞了男人褲襠裏的東西。國院長望著室外的參天大樹，看到大樹在旋轉，嘴裏喋喋道：「小牛也不忠了。人走茶涼。」一跟斗栽在大廳，他說的是涼茶茶涼，他嘴角流出的真是茶色口水。幸虧退休的夫人庹會計在家，她丟下手裏的 4 歲孫子，馬上俯身掐他人中，一邊老國老國，你怎麼了啊叫個不止。國院長沒有絲毫反應，像一隻龐大的快死蝦子彎著躺在地上，唯一不同點就是還有熱氣，這可是他要響應人事處長號召發揮餘熱之源啊。庹會計眼淚流了一地，孫子鸚鵡學舌平時來家裏的牛書記說話：「國院長，您好。」國院長微睜眼睛，心裏覺得好親切，幾天沒享受這個詞語了。庹會計淚眼發現後心裏驚訝道：兇悍的老國、清高的老國、不可一世的老國，啥東西在他看來一毛不值，原來留戀院長位置。「我好糊塗，還不如孫子，我也叫吧。」

「國院長您醒醒啊。」第二個國院長還沒吐出來，國院長一個鯉魚打挺，很像僵屍復活上身豎起回答：「嗯。」嚇得庹會計四腳朝天，由於體位沒處理好，她的褲襠也被弄壞了。被嚇哭的孫子尖叫：「爺爺壞蛋，嚇人。奶奶奶奶救命啊。」國院長護犢般抱著孫子，也高叫：「怎麼了？怎麼了？」然後還在孫子頭上呵呵幾次。

「怎麼了？你怪嚇人的。」庹會計道。

「我怎麼嚇你們了？」

「你一下子暈倒在地，不省人事。」

「爺爺壞蛋，叫你院長，才醒來。」

國院長覺得自己有些過份，院長對自己怎麼如此重要？也正是孫子這句話，國院長慢慢恢復記憶，記得是夫人叫院長，清晰記得再往前是孫子也這樣叫，夫人是跟著孫子學的，因為之前夫人好像叫的是老國老國。孫子聰明，叫得親切。這個時候可以說只有孫子才會叫院長，也只有孫子才會親切叫院長了，年幼對世態無知，才說過去的本真。國院長賜給孫子一個額頭吻，然

而受驚嚇後的孫子不想承受，頭扭向一邊，就是個半額吻了，像稍鬧彆扭的男孩只吻到生氣女友的一點劉海。

國院長家裏鬧哄哄的，驚動了隔壁的王教授與其夫人王劉氏。本來兩家不很相往來，見面最多點頭，有時還懶得說個你好。過錯可能主要不在王教授一家，始作俑者是國院長。國院長在做院長前從碩士開始就弄外國文學，自我評價鑽入得不淺，那就中國遠親不如近鄰的毒素不深，他舞動著比較文學棒子行遊在文學山路上自由起舞，舞姿了得，而隔壁弄古典文獻的王教授在他眼裏就如同他舞姿下的螞蟻。大概是國院長做副院長時候，這隻螞蟻搬家來到他的隔壁成為鄰居。文獻哪有學問？國院長經常背著王教授點評，這句話從無縫的牆壁漏出鑽入王教授耳朵。評教授之前整天鑽在故紙堆裏灰頭垢面的王教授有時成為國院長眼中的灰老鼠了。王教授本來很謙和綿綿的，幾次從國院長眼裏感覺得輕視、高傲，而這種綿綿感支撐的反擊更有韌性，王教授也就沒把國院長放在眼裏：古典文學搞砸了就搞現代文學或者民國文學、現代文學沒弄出名堂就搞當代文學，當代的混不下去就改行外國文學，外國文學搞不好才作弄比較文學的。「我王某居學術源頭，你老國這雕蟲小技還敢蔑視我？你算老幾？做個院長也不過如此而已！」所以10多年來兩家很少串門。今天國院長家裏出事了，庹會計叫、小孩哭，好像沒有姓國的聲音，不會是摔死了吧？王教授猜測。王教授使眼色給王劉氏去看看，王劉氏臉一下子沉下來，意思是：看姓國的平時那神氣樣子，我們何必？王教授耳語道：「大人不計小人過，我們大度點，夫人你去看看。」他考慮說話不夠還向她賠上個合抱拳。

「為什麼我去看呢？」王劉氏意思有兩層，為什麼你老王不去要我去？憑啥要我們主動去上門呢？自視很高的王教授在突發事件面前也只有猜出夫人一層意思的本事。他說：「我們不能見死不救，我們是鄰居，我們慰問主動幫助他們，這就是良心，搞學問的就要學術良心了。」

不愧是教授，一言一行有理論依據，也可以上升到很高的理論高度。王劉氏理了理劉海，老來嬌般刮了一下王教授鼻子：「老傢夥，你就曉得抓差，要感謝我啊。下次再不做你的炮灰了。」王教授手扶正快要掉下的眼鏡，哄道：「好咯好咯。」目送著帶著神聖學術良心的夫人開門去隔壁救災滅難，自己的門虛掩著。

王劉氏敲門，這可是兩家破冰之交，咚咚敲門聲音不是敲在國院長門上，

而好像是在王教授心坎上發出的。

「庹會計，庹會計！」

大概 1 分鐘，國院長的門才打開，這 1 分鐘之內庹會計在家裏完成了整理衣服，與國院長使眼色誰開門一系列動作。

「沒事吧？」

「沒事。」開門後的庹會計故作輕鬆樣子，語氣裏掩蓋家事，拒絕他人過問。

「怎麼你也叫，小孩也哭？」王劉氏唯恐庹會計吃了矇騙藥，刨底一層追問。最後加上一句：「沒事就好，注意安全。」

此時樓上下來三位堂客們，有的也插嘴問：「庹會計，你家怎麼了？」庹會計與她們招手，一併回答道：

「眞的沒事，我老國」——庹會計唯恐刺激國院長馬上改爲「我國院長也在家。」

「撒謊，家裏有事，爺爺暈倒在地上，僵屍樣子，喊他國院長才醒」——庹會計孫子看熱鬧急忙從室內跑到她身邊，像自由、誠實新聞發言人糾正、充實他奶奶說法，「來」字未說出口，庹會計稍凶道：「毛毛，你胡說啥？」庹會計的責備像重點句子下打的著重號或者句尾的雙重感歎號，也是此地無銀四百兩，更像 4 歲小孩內急褲襠裏有尿滴、發出刺鼻的臊味卻對很嚴的長輩謊稱沒拉尿。她孫子第一次受到庹會計責備，哇的一聲大哭：「我媽媽，我要媽媽。」意思是只有媽媽允許他說眞話，這個奶奶比爺爺還做假，竟然責備他說眞話了。自然遺傳了國院長 1 / 4 比較方法血緣的他還沒有能力比對他爺爺論文做假與他奶奶財務做假的技法、深度，他今天只曉得委屈、說眞話受到了處罰。看來新聞發佈人不是個好職業，一旦違背長官、上級意志而講實話所承受的懲罰就由此可見一般。

爲了加重發泄委屈份量，他的哭聲呈升調、嬌嫩的腰弧形、小腦袋在地板上的垂直點與腳趾隔 4 釐米。樓上幾個堂客們見狀馬上緘默。王劉氏轉身回來，背後是隔壁關門聲與小孩哭聲呈音譜 8 7 6 5 4 3 2 1，最後是 0。王劉氏良心是表達了，但效果甚微。王劉氏作爲睦鄰使者回家，沒有凱旋的歡迎儀式，只有將走廊裏對話聽得一清二楚的王教授諷刺語氣：「不是宣佈退休了嗎？還院長院長的，官癮不小啊。」王教授差點呸的要朝地板上吐口水。看來王教授眞的只沈在文獻考證之中，僅僅依據學校官員退休制度層面加以推

理，自以爲做出非常準確的結論，但對國院長的心理沒有絲毫學術敏感。

三

　　庹會計隱瞞國院長生病的消息沒有如願，一周後還是傳到外國語學院。按照教授們學問來表述，信息學說保密工作不到位，社會學說是公眾具有偷窺名人隱私嗜好造成的，哲學說這庹會計人生修煉不佳。此處不能漏掉這個大學的國院長，否則就是學術歧視了。國院長先有的結論是王教授夫妻兩使壞故意散播以損害他美好形象，邏輯推理的依據爲：王教授兩聽到庹會計呼喚聲、國院長醒來的怎麼了叫聲等等然後王劉氏假惺惺來看究竟、最後達到抓到實證添油加醋擴大影響不可告人的目的。嘖嘖，人心太險惡了，難怪國家之間一直是遠交近攻，我偉大的國院長這個「國」不與小人老王這個「國」正面衝突，但以後一律不再與姓王的做任何聯繫。庹會計也認可，眞的夫唱婦隨心靈相通了。這樣推算絲絲相扣步步爲營無隙可擊，常人難以看破，但智者千慮總是有一失。失於他們不曉得王教授言行中不提國院長，好像這個世界、這個學校根本沒有國院長的存在。國院長看不起王教授是學術心態、角度，但是錯怪王教授夫婦外傳他病了就是水平沒有正常人高了。最重要原因是庹會計沒有把樓上幾位鄰居由家裏哭鬧聲、他們孫子發佈的叫國院長才醒來的新聞推斷，再加以傳話因素考慮在內，很像國院長標舉巴爾扎克人格高尚，故意遮蔽這個大文豪追隨富婆吃軟飯那種鴨子證據。看來也印證了中國那句老掉鬍鬚的諺語：當局者迷、局外者不是一般的清而是很清。同時證明這個世界不僅僅是國院長知道推理，而且能夠正確推理的大有人在，此時還不包括國院長的，眞委屈一代才子國院長了。

　　學問家們喜歡推理，喜歡用不同視角描繪一個社會事件，他們嘴巴裏的××學字加上他們那些博士學位、資深教授身份，推論清晰，理論層面頭頭是道。人道是春江水暖鴨先知，而最先感覺國院長生病就是外國語學院的只有本科學歷的小王。因爲國院長好久沒來檢查工作了，也沒有來嚴格要求他，更沒有充滿愛意地批評他了。小李輕鬆地對小王說：「國院長是領導退休後不再貪戀權力的表率，這一陣子不來，我們有些不適應哈。」小王說：「他病了。」「喂，你不要這樣嘛，雖然有點討厭但沒必要詛咒他不？」「沒有詛咒，我感覺絕對正確。」小王說的像 1＋1＝2 那麼簡單、肯定、絕對。

　　小王的判斷結果出現在院裏知道國院長得病的前三天，三天後國院長病

況才如一股秋分颯颯鑽進外國語學院，小李不得不佩服小王眼力，所以稱小王為王半仙。

院長病了，病得不輕。牛書記心裏難以猜測出國院長突然病倒的原因，紅光滿面、走路如飛，今年元月份集體檢查身體，他既無「三高」又無低血，更沒有糖尿病、心肌梗塞徵象，如何病得這麼快這麼突然？外國語學院雖然博士一堆、教授一打，真的沒有人找到原因，像目前科學家無法解釋外星人，更像中、印尼、澳等國花大半年時間搜索馬航 MH370 毫無結果。出於樹立尊重前任榜樣、做好代代不忘前任的良性循環，牛書記電話手下幾位暫時沒事或者能擠兌手中小事的領導、辦公室小王去商店買水果，15 分鐘後到國院長那個單元下集合。都是熟人熟路熟門，尤其是牛書記比誰要熟，誰能超越他的熟悉度？他去國院長家多少次夜路？他能量出國院長家到他家最近一條路大概 210 米、最遠的繞道也只 320 米。沒有這個本事耐力，牛書記做不到書記的，現在充其量是頭教書的老黃牛。

精確度很高，14 分鐘大家就到了，2 分鐘後敲開國院長的門。一群人魚貫而入。

牛書記親切握著國院長的手問：「教授，沒大礙吧？」國院長被握的手慢慢無力、頭也沒搖，眼簾馬上有下垂之象。

庹會計接過牛書記話茬道：「我家國院長沒多大事，你們這麼忙，還來看他，太感謝了。」——國院長聽到夫人口中國院長三個字，立馬眼簾張開、與牛書記握著的手也有力度——這個細微動作被牛書記逮住，機靈小王馬上指著水果籃子道：「國院長吃吃水果，這新品種四川荔枝能瀉火的。」

國院長聽到小王也叫院長了，馬上回覆到原來院長狀態。開腔道：「小王，要勤於工作，要敬業，不要老是嘻嘻哈哈的，在我們院裏就你文憑最低，今日工作不努力，明日努力找工作。」小王口頭稱是，心裏道：真把自己當根不老蔥了哈，稱你是院長，你就來歪神。

大家聊了幾分鐘，最後牛書記離開時，代表大家簡短告別詞是：國院長好好養病。今天國府可是春風滿室，溫情燙牆。

幾天後，國院長有些爽，與庹會計送走接回他孫子的兒子兒媳後，國院長說單獨出門走走。國院長走在路上，有稍微親密的招呼道：「國兄沒事吧？」「沒事。」有挨整挨摁的根本不與其說話，像寒風從他身邊劃過，國院長心想：「小人啊小人，我還沒退下來一個月連個招呼也沒有。」有不親不密的不

諧內情問：「國教授，據說近來貴體有恙？」話音未落，國院長暈倒在地。庹會計、牛書記呼來 120，車子像發情的公牛一路狂奔將國院長送到省人民醫院急救科。

經過望問、測試，專家出具了最權威的治療方案：回家，雇傭護理人員在家治療。庹會計不解，流著眼淚有些央求道：「我家國院長病成這樣怎麼能回家治療呢？

「國先生的病無其它藥物可治，只能這樣，如果無效，你們可以砸我牌子，如不相信，請另拜高門！」

醫生皓首，眉宇間抖露出 1 萬分威嚴與正確，庹會計有點被鎮住。醫生也可能覺得自己說話火力太猛，慢慢解釋一番自己處方的正確與妙處，庹會計將信將疑，醫生再做牛書記工作，牛書記一邊點頭，一邊說：「這個還是要庹姐姐拿主意。」庹會計來個折中，說：「這個方案可以試用，但不回家療養，醫藥費不成問題。」

醫生一拍自己腦門道：「我也糊塗了，忘記他是教授、院長，享受國務院特殊津貼，有醫保的。」一幅缺德樣子，這種德缺的是沒為醫院創收的德，沒有集體主義精神、沒有團隊文化的德，只業精專而無醫院要求的賺錢的德，他的處方難怪被庹會計質疑了。

當晚，牛書記回校嚴令小李翻箱倒櫃找到年度考勤表、畢業生本科、碩士論文答辯表格、調課申請表、格式請假條、學術成果評定表，複印 2000 多份並吩咐：「小李子，你見到國教授要喊國院長，明天把複印的東西送過去。」小李如果有四條腿，那就真的是豬了，他還問：「弄這些幹啥？」「你囉嗦啥？要你辦你就辦！」由於只有兩條腿，所以小李同志、李帥哥、李碩士還能開夜工複印，也能夠開車次日送到國院長病房。

護理甲拿出一份學術成果評定表給國院長，他扔在一邊，道：「學術要嚴肅，沒有填表人相關資料，我豈敢簽意見？這不喪失我的做人立場，毀壞我的一生名譽？」庹會計只好按著表格填寫王教授、科研成果是《論古典文獻的地域特徵》等等，而且防止國院長再次不高興，要求護理乙、護理甲在隔壁辦公室在請假條上填寫小馬、調課申請表上填上小李、碩士論文答辯上填小王，好厚的一疊遞給國院長。

國院長在王教授那份上簽署：「古典文獻就是古典文獻，豈有地域之分？另為文先要為人，人品決定文品云云」——氣得王教授馬上回擊：「年老無

知，信口雌黃，不懂裝懂……人品決定文品奇談怪論，請問錢謙益滿口愛國卻打開城門迎降如何解釋？三歲國兒該補文學史課程」——小馬請假條下方簽字：「不同意！」小李那份被簽上：「不務正業，老是調課，不准！」小王那份國院長簽字很殘酷：「進入二辯！」國院長的餘熱好高的溫度，簡直是爐火青青了，燒掉了小馬的辮子一根、小李右手無名指一截、小王左胳膊一支！

簽完，扔筆，國院長感覺自己權力的陽光威猛有力，10 天後出院，庹會計與他直接回老家休養，那裏是一片茫茫次森林，裏面有成群結隊的野豬與野兔，沒有院長、教授之分。國院長、庹會計晨鐘暮鼓，院長、教授兩個詞組慢慢蒸化，由野豬、野兔替代。

（2015 年 5 月）

「我的朋友胡適之先生」與
「我的朋友沈小林先生」

（原標題爲「扔掉你那無名的旗號」）

一

本世紀初，在外跑營銷的基本上是一群「勞伯」。這批勞伯用自行車、公交汽車、的士、火車、飛機把自己腳印延伸到萬水千山，而且在萬不得已情況下使用交通工具時，也是儘量減低檔次。我呢？屬於「勞叔」吧，受雇於一家國家級出版社，說得低層次的是書販子，中檔點是圖書營銷，高檔點就是圖書選題策劃或者組稿。

腰揣著一疊名片、出版社介紹信，算是高大上，但市場經濟下，這個副部級出版社沒有昔日繁榮、威風與接收眼球的頻率，快淪落成要飯的皇子，所以同事中早就有人唱出打油詩一首：

　　勞伯（啓）：頭髮、著裝有點土豪
　　勞叔（承）：肩上掛著嶄新挎包
　　勞姐（接）：腰包還有一點零鈔
　　勞哥（續）：遠看以爲是歸國富僑
　　勞妹（應）：近看原來是編輯在組稿

然後盜用黃梅戲曲調輪流唱著、樂著，嗨得自己也不好意思或者嗓子啞了才停下。

我就這樣在黔東一個高校組稿的。三月的黔東春風料峭，聞名天下的酸湯將學校大門口周邊泡得直冒絲絲熱氣。淳樸的當地人覺得給我指路怕我走錯，還免費帶我進入這個學校計算機系晉主任辦公室。我想這樣導路者在上

海、廣州那些文化社區是難以想像的，而在這個被視爲沒文化的老少邊窮地方——黔東卻發生了，說明有文化的並不文明，沒文化的人還講文明。我心裏又一次被純正酸湯魚麵溫熱。

我與主任握手、互相自我介紹後、遞送名片。我把出版的宗旨、策劃的計算機系列圖書亮點、參編者優惠待遇，反正撿讓人看好的說，王婆賣瓜自賣自誇，我也與這個「同性」自賣自誇。情有可原，世界上有哪個王婆會說自己的胡瓜西瓜絲瓜南瓜有問題？昝主任微微點頭，間或遞煙，他簡介自己單位學術實力、教師隊伍。我從昝主任談吐中推測他是湖南寧遠人，我要沿著這個地緣爬行靠近他。

「主任，您老家是永州的？」

「是的，你是衡陽的吧。」他說出我的老家，說明他首肯搭界的省級老鄉這層關係。我的心又主動地往昝主任方向蠕動 5 釐米，但他事先不主動挑明老鄉關係，顯得比我老成一些，屬於穩重學者，而我乃嫩綠後生一枚。

關係真的拉近不少，我們話題有些深入，雙方老家知名地方、土特產、文化名人在我們嘴上又被折騰一次。最後昝主任問我幹過哪些行當。我說在嶽麓山下一個大學教過書。

「教啥呢？」

「文學。」

「認識一個姓沈的嗎？」

沈先生，沈先生大名沈小林，我原來上司，也是我們一群年輕人的剋星。他給我可圈可點的名言太多，其中有「你與狗搞不好關係，與人也搞不好關係。」「你說什麼話，我就曉得你準備拉什麼樣的屎、放什麼樣的屁。「相處 6 年，我的底細他摸得清清楚楚，我對他是透明的，只差大腿之間幾根毛他不曉得了。糟糕，昝主任主動提起沈先生說明他熟悉沈小林。我說認識，萬一他與沈先生聯繫，對我歷來評價不高的沈先生、沒有成人之美做派的沈先生放臭如何辦？我說不認識就是明顯撒謊，業務馬上會黃。與其馬上黃不如將來慢慢黃，在這慢慢的過程中還可能有幾絲轉黃爲綠的機會吧。我豁出去了，我只能回答認識。」主任與沈先生什麼關係？「我要探知底細，好對症下藥，看局走棋。

「他比我初中高一個年級。」昝主任點到爲止，不像勃列日涅夫的「恐怖三重吻「，而像歐美紳士象徵性地輕吻已婚女士的手背。這個細微動作暗

示昝主任與沈小林關係一般般，至少不深，昝主任向我問起他，是閒聊性質，是證實我這個人是否真實，看我是不是江湖上浮萍到處遊蕩，也可能是萬一合作之中出問題還有一根找我的線索。

「哦，沈先生不錯。「此處的不錯，內容非常廣泛，有點像洞庭湖水面寬闊。可以理解是沈先生待我不錯，不過在我心裏是沈先生整我整得不錯；也可以說沈先生混得不錯，但昝主任沒有追問沈先生到底如何不錯。我猜測昝主任與沈小林關係不怎麼樣，他們之間可能心存芥蒂、糾葛。就是同桌也有矛盾，何況上、下年級的同學呢？我懸著的心稍微落地，但離地還有 1 米高。

昝主任然後馬上轉入其它話題，我配合得默契，這時候進來兩個人，昝主任介紹是他們副主任，我趁機說：

「您忙，我告辭了，合作事，我們再電話聯繫。」

「好，慢走。」

我提包離開昝主任辦公室，但我不能慢走，我要搶速度快走，因為時間太緊，我周四晚上還要趕回長沙辦事。我順利辦完幾件事後，在湘黔線的車上總懸著昝主任、沈小林這兩個疙瘩。我反思前面的推測是否正常，我覺得自己只想到太好的一面。昝主任城府有點深，從他不先提老鄉這點就可以看得出來。那麼他不深談沈小林話題，可能是很熟很熟關係，熟得沒必要多說。看看哈，他竟然沒向我索要沈小林聯繫方式，說明他們多麼鐵。要是這樣，這個昝主任真的深得像東海了。我想萬一昝主任與沈小林聯繫怎麼辦？沈先生給我背後來一盆髒水？我得早點確定這檔業務，是死是活總有分曉，哪怕是快死的馬也要看看還有一絲氣沒？或者能做活馬治否？

幾天後，我坦然撥通昝主任電話，昝主任很客氣，這點又讓我的心離地只有 50 釐米高。我們客套話幾句，直接進入合作話題。

昝主任說：「合作事情，我與其它幾位同事研究了。」昝主任停 15 秒鐘——昝主任很會設置懸念，我心咚一下，差點咚到水泥地板——他繼續說：「大家認為，你這家出版社不錯，但是……」我急忙插話道：「但是啥呢？」「其它出版社待遇比你們好。」我稍放心，覺得沈小林暫時還沒參進冷水，但可能是沈先生背後說我啥的，昝主任只以待遇不好作為託詞吧？我得打消他的顧慮，我馬上回答：待遇好說，不低於其它任何一家。然後我把書稿署名、稿費及其支付方式陳述一次。「這麼說，我們還要研究，徵得幾個人同意，就

可以進入實際操作階段。」我問：「估計要多久？」「不急嘛，我們盡快。後面由劉主任與你銜接吧，他負責教學科研。」然後呇主任把劉主任的聯繫方式告訴我。我說句祝健康就放下話筒。呇主任辦事謹慎，很有各司其責的現代管理家的風度，他如此安排給我留下一線機會，留一條讓我鑽的縫隙。但我想是不是呇主任不做直接拒絕的惡人，而把劉主任推出來與我週旋？我不得而知。計算機專業基礎是數學，學數學的每根筋都像數學那麼深奧，不像體育專業的直截了當，這個呇主任算是深奧的吧。

　　10 來天後，我撥了劉主任電話，劉主任那邊是一個會場場景，有個大人物在慷慨激昂地講話，劉主任輕輕說：「編輯先生，在開會。」他呀把電話掛了。過了 30 天我撥了劉主任電話，劉主任顯得煩惱說：「編輯，很忙。」話筒裏還有他夫人罵他是豬的聲音，這劉主任可能怕夫人罵他是狗讓我聽見，呀掛了電話。1 個月後，我趁清閒再次撥劉主任電話，話筒裏傳來：您所撥的電話不存在！連電話號碼也不存在了，是躲避我吧？我雖然在其它城市組稿業績不錯，但呇主任、劉主任這檔生意凶多吉少了。全局美好也不能讓部份哪怕一小點腐爛，生意場上誰真的能聽老子知足常樂那套勸告，那是老子吃飽後的自我標榜，誰都會要韓信多多益善那個情景的。我臉沉一下，放下電話，這個呇主任與人交往真有一套，讓我霧裏看花、水中探月。實在不行也就算了。我安慰自己。

　　20 天後，我去水城出差，辦完事後順便到黃果樹瀑布看一看，人海裏我看見了呇主任他們。業務還沒做成，總不能視而不見，我不能見到他不打招呼。我主動上前與呇主任說話，呇主任驚訝我也在這裡，幾句寒暄話後，他問我與劉主任銜接得如何？我說最後一次電話劉主任，發現他電話號碼不存在，我臉上有失落、迷惑。呇主任說：不可能，不可能。「你看只是最後一次，才說不存在對不？你是不是按錯號碼了？「我馬上翻手機電話記錄看，並且把所撥的號碼與呇主任核對，他說我撥錯一個數字。「你繼續聯繫他吧。「我稱好與他握手告別，他還補一句：」下周我回老家，參加初中母校 100 年校慶。」「好哇，新朋舊雨相聚，人生盛事，祝開心！」但我心裏驚呼：「完了，那個喜歡扮酷、喜歡講話的沈小林肯定會去。到時他們見面，談起我，沈小林肯定沒一句好話。」瀑布的水嘩啦嘩啦下泄，我的心就隨瀑布水往下撞，粉碎成絲、成點。沈小林這個冤大頭就是威力無比，他的陰魂還踩著我在外經營的影子。天要下雨娘要嫁人，隨便吧，不就是一檔業務，10 來萬元的收

入嗎？人活著、為更好活著，對權、利不可不求但不可強求。那麼啻主任這麼高深、這麼糾結既不拒絕，又不拍板敲定合作，千回百轉，這是個啥邏輯？這是不是我生意場上被弔胃口，像原來相戀的一個女友那麼奇奇怪怪捉弄我一樣呢？令我實在太累，憔悴。

我在車上再現幾年前，原來那個很嬌、很傲的女友最後分手的經歷。一個春雨天她問我：「親愛的，你真的在乎我嗎？」「還用說嗎？」「那你為我，可以放棄一切？」——我心想我的一切不像大土豪大官僚可寫厚厚的幾本清單，我就 3 行字可以概括，不就是個大學教師崗位嗎？馬上得到的最後一批福利分房一套？很好的身體？對，我還有年邁的父母。就這些，你總不會要我放棄吧——「可以放棄，我發誓。」「那你能斷絕與你父母關係嗎？」——父母，你難道沒父母，你是追求要車要房，要我父母雙亡吧，我怎麼可能放棄父母？——為了哄她高興，我答：「沒問題。」——說完我忽有萬劍穿心、五雷轟頂之感。但上天知道我是哄她的，頭頂上一道閃電只是呀地炸在我腳趾前，雷火燒焦了我的鞋頭——「一個連父母也不要的人，我如何敢與你過一輩子？」傲嬌的她苦笑著說。「嘖嘖，你傻瓜啊，我是騙你的。想不與你分手，我不能拋棄我父母。」她最後轉身離去，背上一行字：我算看清你了，你一直在騙我！哎，算了，這麼沉重的愛我無力挑起。那麼啻主任是否形同待我的女友？不想了，命中注定終須有，命中注定無我再想有也是無。這個時候佛、道理論派上用場，不信也得信，可憐人在生存各個節點總能找到大師真理加以應驗，這也就是它們有生命力的原因所在。

二

兩個禮拜後的周六早上，在學校操場我一邊跑步，一邊對準南面山一個山窩窩鳴——嗚吼叫，幾位常見的、早晨運動的堂客們，在我後面哈哈笑著：「帥哥，又發情了？」我也不斯文，道：「我吼叫，你們有反應了嗎？」其中一個堂客掄起她的嬌拳朝我擂來，蠻大的拳頭高高的，我加速一跑，她哪裏能打到我一皮一毛？她還打情般道：「你有種你莫跑嘛。」又有一個堂客在後面罵俏般說：「老帥哥，好久沒叫了，到哪裏風流去了。」我邊跑邊在前面答應：「喂，不要做暗示，我不叫，你們就難受對吧？」——我在這個校園操場晨跑已有 10 來年，剛開始邊跑邊叫，她們打開窗子罵：吵死吧！吵！好像我的叫聲掀翻她們的被子、睡衣一般，半個月後，她們覺得罵也沒用，就搞

起運動，我也就有她們這一批跑友。一個月以後我出差一周回來，到菜市場買菜，她們或者問出差了，或者問怎麼很久沒叫了，一臉難以適應樣子——「免得你老公找我打架哈！我又不是隔壁老王。」我們正跑著笑著，沈小林拖著鞋子向我走來，一個熟知我與沈先生關係的堂客嘴巴嘖嘖的，還用嬌嫩手指指他。我哦了一聲，不在乎樣。

沈小林向我招手——高傲得不與我們這平民說話的沈先生，肯定與昝主任參加母校校慶時，面談了，我推測問題來了——我尊敬般走過去。沈先生對我說：「在外不要打我的旗號！」

果然，昝主任向沈先生提到我說認識沈先生。但是實際是昝主任先提起你老沈我才說認識他的，我又沒有首先向別人說是你沈小林的同事，要他們看你面子把業務給我做，或者舉起一面沈字旗幟到處遊蕩顯擺。我說：「是黔東昝主任與你談話了吧。我沒有說你老先生啥的。」「你明白就可以了，反正不能打著我的旗號！」沈小林說完給我一個冷酷的、威嚴的背影。

可愛的沈小林，你就是個教授，也只是原來主管我們20號人的教研室主任，是個科級幹部，根本談不上官，在組織部還沒有你的座次，你也太會爬高自己了。我只知道關羽軍有「關」字旗，岳家軍打「岳」字旗，李自成的起義軍打「闖」字旗，威儡天下的曾國藩沒有曾字旗，毛澤東也沒有毛字旗幟，你就有旗號了？你雞冠上自插野雞毛充雞頭，豬鼻子插蔥算大象，你這旗幟是你自己封的名號吧？你如果真的有旗號，你想造反了嗎？要小心一個顛覆政府罪咯。當然如果說真有，你最多是一面由平民舉著、虛張聲勢的小彩旗，用完就扔的，價值不高。我恨不能在他背後吐口水一把，我呸你個老鬼。我接著跑步，心理不太舒坦。與昝先生的業務算是泡湯，原因就是這個沈先生肯定是對我施放亂箭，是見血封喉、砒石、雷公藤、斷腸草泡製的多年老箭。

沈小林往山腳散步，大概有10來分鐘，我們聽見一陣狗撕肺的叫聲，沈小林凶狗、呼救聲。怎麼？沈先生也會被狗咬嗎？我還是去看看，算是看熱鬧吧。真心話是我對沈小林道德不起來，沒有為沈先生打狗的主動，也沒有為他伸張正義的激情，否則我又有打他旗號的嫌疑。我不敢做雷鋒，如今誰做得起雷鋒？雖然我們就住在雷鋒的故鄉。現在壞人變老了或者老年人基本上變壞了，幫扶不得，幫扶要付出代價的。當然如果我業務每年純收入 500萬，如果我每年彩票得到千萬，我可以幫扶老年人，他們摔倒我扶起，扶了

又要他們摔倒，我最後將他們推倒讓他們永遠爬不起來。

我小跑到出事地點，地上一片狼藉。路北面是沈小林一隻鞋，帶子斷裂，路南面一堆小草明顯有他與狗搏鬥、廝打、掙扎輾過之象，歪歪斜斜的，中間是他另一隻被撕成兩截的、上面還有狗咬印痕的拖鞋。沈小林坐在地上，頭髮像小河裏絲草無規則地被風搖動，接近水鬼樣子，他右手護著小腿，鮮血從他指縫間沁出，一滴滴落在地上，地面血跡或幹或濕，他左手抓住褲襠。他眼角還有幾絲淚痕，像被槍打的鱷魚淚乾不久——我以為只有我們這些弱勢年輕人被沈小林修理得流淚，沒想到沈先生也會流淚——他牙齒很劇烈上下磕著，發出哎吆哎吆或大或小的呻吟，尾聲像遊絲。有幾個同事經過，看看後馬上轉身離開，還有一個看我站在離沈小林 1 米的地方，用眼神睞了我幾下，像是說：小夥子，你吃多了，這樣人在位時候，刁鑽古怪，九成人被他整，一成人對他不感興趣，你也來幫他，你不記得如何整治你？你忘記你跑步打狗時候，他如何治你的？你要做活雷鋒嗎？小心咯。他帶著複雜內容複雜的心思離開了。

我不敢扶起沈小林，他是我眼裏的一隻老刺蝟，萬一扶錯地方造成二次傷害，我吃不了兜著走，我只能問：「先生，怎麼搞的，你也會被狗咬？」

「幫——幫——個忙。」如果在過去，我真不敢這樣酸不溜秋的，可能是剛才操場上，他那麼威嚴、陽剛得沒有名堂激化的吧，現在他好像沒聽到我說的話，非常反常第一次向我求援，真的是生命重於一切。

「我盡力吧，但是本人一向愚鈍，希望不要太大咯。」

「電話我夫人、120 吧。」

「這個忙倒可以考慮考慮，但是我沒帶手機。」

沈先生有點失望，他臉上痛得汗水直冒，說話的底氣根本沒有原來諷刺、挖苦我們後生的那個力度。我向路過的兩個人借用手機，不是說馬上上班沒時間，就是說沒帶。倒是過來的一位清潔工很慷慨撥通沈夫人、120 電話，我把褲袋裏買菜的錢扯出 5 元給他做話費，他一臉不理解，危難之中幫人打電話還要這麼多話費，就是那麼 3 分鐘也不要計較。我推測這個熱心人絕對是剛來城市的，小心上當吃虧。

我目送清潔工走後，問：「你曉得是誰家的狗嗎？」

沈先生指著一戶人家說：「就是你上次打的那條黃色花狗。」

我掃視周圍，有狗的人家成年人沒一個出來，只有快上學的小孩背著書

包邊走邊看熱鬧。我瞄了前幾年我打的狗主人一家，狗主人男的騎著摩托出去了，屁股後面一個麻袋鼓鼓的，裏面好像有樣東西在拱動。

幾分鐘後，沈夫人來了，110 警察與學校保衛處人來了，學校醫院幾個醫生背著醫藥箱跑來了，我任務完成，帶著沈夫人的謝意，我去了菜市場。後來據說警察找狗主人，狗主人說自己家的狗早就送人殺掉了，那裏是監控盲區，警察一無所獲。醫院診斷沈小林小腿被咬斷腳筋，褲襠裏的東西傷害得不輕。這可害了沈夫人，沈夫人今年 45 歲，比丈夫少 32 歲，她愛沈先生的才與財，他愛她的魅力，沈夫人本來想做個短線投資，結果被套住 15 年，每晚與一臉老年斑、皺巴巴的人睡在一起，夠噁心了，現在連那東西也出問題，沈夫人的命苦得很沈。

三

我倒很佩服沈先生驚人的記憶力，連我打的狗模樣也記得，不曉得他還記住對我 2 年前打狗事件的精彩評點嗎？

蝸在學校平房裏的我課後擠出時間寫小說，這在一般文學老師、領導看來不是個壞事，因為比打牌強，更比無聊無所事事強，但沈小林是個特別領導，不是一般人，他可能出自為我生計考慮，不過考慮得過火。他認為我寫小說搞創作不合時宜，不是一般的不合，而是非常的不合，所以他作為領導，思維也是特別的。我的寫作與打狗事件攪合在一起，就像一個龐大馬蜂窩被桶爛，他對此高論迭現，語驚世人。

一天下午 5 點，外面寒氣刺人，像往常，我穿著一套半新半舊的運動衫進山裏跑步，路過也就是咬沈小林這條狗家門口，狗發飆追我咬，我順手撿起一塊石子將它的前右腿打蹶，工夫不亞於抗日神劇中的狙擊手。那狗痛得在地上打圈狂叫，狗主人披著衣服拿根直徑 3 釐米大的木棍，跑出來追我，我停止、不跑，我看他如何處置。

「狗日的，打狗欺主！我一棍子捅死你。」狗主人一棍子向我戳來，我稍微偏身一躲，他就摔倒在地，他牙齒像來了大姨媽，手裏棍子一頭撞地，一頭插在他肩頭。這下可是狗與狗主人一起哀鳴了。

狗主人兄弟、鄰居 1 個、2 個……100 個從不同地方或跑或走來了，把我團團包圍，狗主人捂著嘴、指著我叫囂：「打死他，還戴眼鏡呢，打狗欺主也不曉得。」

他的兄弟做打架樣，向我靠攏，我站穩腳跟，一邊隨時還擊，一邊說：「你們不要衝動，不要激化矛盾。一是你家狗不追我咬，我追它打，那是打狗欺主，狗咬我，我打它怎麼叫打狗欺主？二是你們目的很明顯，就是要錢，對不？你們就是剝了我身上衣服賣，也是廢品，也就只4、5元錢。我是下面學校老師，你們與我一起回學校，我取錢給你。」周圍鄰居覺得有道理，很多人勸阻狗主人兄弟，他們左右陪著我來到學校。我一下子遛進學校保衛處，他們一邊手機通知家裏多來人，一面把保衛處門封著。值班的羅處長詢問怎麼回事，我把詳細情況做了說明。狗的女主人撐著丈夫、抱著狗來了，保衛處門外半小時內聚集有百把個人，還有一些看熱鬧的老師、學生，反正很有人氣那種。羅處長留下其它快下班的警員，並且電話了110，叫來我的領導沈小林。場面夠得上轟轟烈烈，說話充滿著火藥味。

大家鬧哄哄爭論一番，還是110警察說話比這些二幹部式的學校警察威懾性大一些。警官問：「有養狗證沒？」

「沒有。」

「沒有，就可以沒收。」

「那我受傷了。怎麼辦？」狗主人說。

「是這個老師打你沒？你自己追打別人，摔倒還要別人錢。沒王法了？」

「他不是帶我們來學校取錢？答應賠償的。這不騙人嗎？」狗主人一個弟弟說。

「給錢也要有法律依據，他說了嗎？就是說了也是受你們威嚇才說的吧。」

狗的女主人把狗摔在地上：「我們不說了，只要他把狗治好，把我老公治好。」

110警察指著女主人：「再撒野，我們沒收狗。你老公是自己造成的。你真的要說這個老師打你老公，我們可以從你老公身上提取指紋，來鑒別，但是你們要交鑒定費。」警察頓了一頓，說：「我說好了，不要鬧事，否則我們抓人。」

最後學校警察、沈小林分析周邊小農難惹，徵求我的意見，賠償狗200元，也就是我那個一石頭就打掉半個月工資。被狗追咬，被動還擊，打傷它還要賠錢，這事情只有在文明的城市才發生，因為狗隨主人戶口值錢而身價提高，就是狗因人貴。狗主人是省城的，所以狗也就有省城的價格、省城的

品味乃至省城的文化水準。

最精彩的在次日下午系裏開會，關於我打狗的片段。輪到沈小林作報告，他的主題是搞好學校與周邊關係。沈先生拿腔拿調說了一頓套話後，像剝筍般直擊我的問題。

「我一再說：教應用文寫作的搞啥小說創作？」大家明白說的不是別人就是我，有人還看了看我——吳敬梓不服氣，質疑道教寫作的自己不寫作，理論依據呢？就憑你是科級領導說的就是真理？吳敬梓遺憾《儒林外史》沒有錄進沈先生。

「一般人寫不出小說的，寫小說的不是一般人。」空氣凝固，我站在沈先生角度思考問題，這個沈先生看出我不是一般人了，我有點飄飄然——李白舉爪贊同寫作的不是一般人。

「寫完小說，還跑步呢！」有人嘻嘻笑，沈先生的邏輯是寫完小說不能跑步，那麼應該幹啥？他也沒有告訴我，我第二次理解沈先生怕我寫小說，靈感襲擊過後發生高血壓，跑步引起血壓再升高，沈先生是為我安全呢——毛主席從水晶館爬出質問這是誰在高談闊論？他推翻人吃人的舊社會，怎麼還有人在壓迫、打壓年輕小夥子？毛主席要警衛把說話的沈先生帶進來，毛主席出去，實現他做教書匠、帶班後生的願望。但是警衛很有原則性，認為沈小林暫時不夠進入天安門紀念堂的資格，做了很久工作，主席才作罷。

「跑步，學校操場不跑，跑到山裏去。」無人反對也無人贊成，就是有人覺得沈小林說話過份，也沒有人為我據理爭執。我又一次站在沈先生立場，反思問題，也是的哈，山裏跑步不安全，萬一摔倒摔死要好久才發現的——張飛罵道：姓沈的你這鳥人，別人跑步礙著你了？跑東海南海乃至火海，要你管？

「跑步還打狗，與狗的關係搞不好，與人關係也搞不好！」非常精彩、經典，像一根千年楠木啪的橫插在白宮大門上，羅斯福、李根、奧玘獁哇撒大叫，一臉驚愕。我 1 分鐘內費勁思考無法找出理解、諒解沈先生這一宏論，我想就是 100 年也不中，哪怕智商非常高的愛因斯坦也無法算出個所以然，怕只有尼采、叔本華他們與沈先生產生共鳴，有了同感，能夠知道這個經典如何找到口子爆炸的。

吳敬梓、張飛、李白、毛澤東啞口無言，紛紛告退了，驚歎：世上奇葩很多，今天遇到最大一朵。連毛澤東也認為無可奈何的人，可見沈先生多麼

偉大。

　　幾十隻眼睛對著我，同情、奚落、安慰，我無法分辨，我不曉得當時感覺，也不曉得自己身在何處。有個堂客對我說：「是啊，你怎麼打狗呢？」——好像狗追我咬，我不能打狗，應該讓狗打我的——我起身呼地離開會場，跑到走廊上，一口氣抽完一支煙，接著兩口抽完一支，第四口連煙味都不敢嗅了。

　　那麼沈先生這次與狗搞好了關係，沒有很好的親密的關係，狗咬他不會咬得這樣標準，大腿之間致命處、小腿腳筋。而且這個自命不凡的沈先生，諷刺挖苦力度很大的他被狗咬了，不說打狗，連狗也沒找著，算是賺了被咬一頓。自視很高的沈先生還趕不上我沒被咬就擊傷了狗，雖然賠了 200 元。長江後浪推前浪，一代更比一代浪，沈小林你還不服氣，白心西瓜一隻還自以為瓤又紅又甜又水多，東莞小姐「固定資產隨身帶、兩腿一張幾百塊，只要褲子提起來，誰能說她不正派」而假裝正派，閹黨還要性侵當今明星。一個被狗咬卻找不到狗的人還自以為是個啥旗幟，要與關羽、岳飛相提並論，你存心是想讓關、岳兩人哭暈在閻王隔壁的廁所裏啊。

　　沈先生被狗咬事情傳開了，有人模仿能力不錯，這樣調侃：「好好操場不散步，卻要進山。」「進山散步，怎麼被狗咬？」「被狗咬了，也不能好好規劃狗所咬部位。」「被咬之後，也不阻攔主人把狗送出去。」「與狗關係搞得這麼好，肯定與人關係也很好」如此等等。那麼沈小林自認為人緣好，那幾個同事怎麼見傷不救？也只有被他貶斥為「與狗關係不好，與人關係也弄不好的」我守著他沈先生了。

四

　　弔詭的是沈小林被狗咬的當天中午，我接到劉主任電話，說要我馬上把圖書目錄、單冊書簡介與 Word 文稿、CIP 數據等等資料傳給他，今年就可以合作。喜事一樁又一樁，人逢喜事精神爽，我按照要求辦完，並且事後彙去預支稿費。但我卻弄不明白，辦事有點峰回路轉的昝主任在我不寄予絲毫希望的情形下，卻要劉主任與我聯繫敲定的合作事宜。是沈先生把只有我守著被狗咬的他這事兒告訴昝主任？不會的，先把一個人抹得透身黑再一下子漂白，轉不過彎來的，對方也不會認可這樣急劇轉變。我沒必要也無法分析昝主任的原因，我只認可這個美好的結局：一個組稿人手心朝上只看手心向下的人打發多少，個中原因只有操盤手昝主任明白。

　　又是一個重陽節來了，我邀約幾個過去待我真心的老同事，來到天子山步雲樓一聚。剛上茶，沈小林舉著拐杖也來了。我心裏一噔，好你個沈先生，我沒請你，你也來，信息好靈通，是個老靈通。在座的羅教授眼神布滿解釋對我說：「老闆，你這次也沒通知老沈吧？我早晨買菜，老沈問我重陽節怎麼過，我說像往年你買單，步雲樓相聚的。」在座的黎先生、劉先生不吭聲，茶桌上飄蕩著尷尬。我笑著說：「沈先生來了，就一起聚聚。」

　　「我不是來討飯的，你以為我沒吃沒喝？」沈先生手裏的拐杖戳得木地板哼哼作響。「我是來說一件事的。」

　　「既然有事說，就坐著說咯。」我拉著沈先生坐下，要服務員來了一杯茶。「有什麼事，說吧。」我儘量語氣平和道。

　　「不要在外面打我的旗號。」沈先生說，還是那樣毫不留情，理直氣壯。幸虧這幾位老同事曉得他的個性，曉得我們之間糾葛，否則立馬會認定我是個打他旗號在外招搖撞騙的。既然這樣，我得解釋個明明白白了，我把與晉主任見面所談的，擇要復述一次，我說：「沈大教授，我根本沒打你的旗號。」

　　「那你怎麼對他說認識我嗎？」沈先生問。

　　同事一場肯定認識不，難道在外別人提起你，我能說不認識你，你又沒死。你就是死了，我對熟人也要說認識死前的你不？我看你沈先生今天如何作死了。你不是存心要攪黃我的生意嗎？你不是說我打你的旗號嗎？我索性挑明：」沈先生，就是你被狗咬那天，你小師弟晉主任手下給我來電，說今年可以合作，而且一定會合作。」

　　沈小林一怔，像自己發射的炮彈成了啞炮，而且倒飛回來落到自己頭頂又爆炸了。他準備起身要走，我還是很勉強挽留一下，我不挽留，其它幾位同事誰會呢？他在他們眼裏也是蒼蠅一隻，泥癩蟲一顆的，有兩位早就有厭煩的情緒。就在這挽留之間，沈先生來個180度轉彎，道：「對了，我今天來是要說胡適生前很多人稱『我的朋友胡適之先生』哈。廉頗老矣尚能飯否，我這塊老骨頭對你以後辦事有利，你就可以在外說『我的朋友沈小林先生』了。」好會縱向比較，壞事沒辦成，馬上改口做好人，做起假好人，綁架文壇泰斗胡適來了，黎先生口裏的茶水呈扇型飛出來，劉先生手裏的茶杯噹地掉在地上，無胡適的德、才，卻自詡有胡適檔次的沈先生，讓步雲樓頂上琉璃瓦感到羞恥，嘩嘩要飛離，我心裏是笑是哭還是掃沈小林一個耳光讓他清

醒點呢？我眞不好辦，我只能跟隨沈小林思維前行，補充一個邀請：「我的朋友沈小林先生，不要走了，請喝茶，一起聚聚。「但是他還是離開了，帶著不吃嗟來之食的骨氣、帶著不與我們這幾位爲伍——我們幾位根本不屑於與他爲伍，連同一廁所也不想與他一起呆的——走了，我們喝酒喝茶的空間乾淨多了。

與晏主任單位經過幾年的親密無間合作，我與晏主任到了無話不說的程度。我總是要找個機會，解開沈小林在其中所作所爲的疑雲。一次晏主任來長沙，我在步雲樓與他小酌。一個無法逆轉的話題扯到沈小林。我索性來個全裸說話。

「晏先生，沈教授在你面前給我潑污水了？」

「你覺得？」晏主任笑容在茶杯邊沿展開，反問語氣跟著熱氣上漂。

「那你怎麼還與我合作？」

「要我眞話還是假話？」

「眞話。」

「一個把同事貶得一塌糊塗的人，說話內容就不可靠。」

「世界上有這樣的立論？」

「不需要科學論證，這只是我幾十年做人的小小總結。」

「還有嗎？」

「對同事苛刻的人，拆同事臺的就是個陰險的人。他對同事這樣，對任何人也會這樣。」

「對任何人也會這樣」，那麼也包括晏主任了。我明白了，不多問了，免得晏主任作嘔，影響今天飯局。

下山後，我們剛好遇到沈小林與夫人在醫院門口，我對晏主任說：「沈先生就在前面。」

晏主任說：「我們一起去師大校園走走吧。」

師大校園與沈小林位置相反，這個沈先生給晏主任的印象不太美妙，我慶幸與晏主任見面時，沒有大提特提沈先生，也沒有打著他的旗號說事兒。在校門口我看到一個污水坑，這倒是吞噬沈小林嘴巴上的旗號的最好地方，倒是我的朋友沈小林先生不適合埋在此地的。

（2015 年 10 月）

作者學術成果

1. 對龍應台寫作的社會學思考，《衡陽師範專科學校學報》1996 年第 1 期。
   Sociological Thinking of Long Yingtai in writing Journal of Hengyang Normal College 1996 first

2. 《〈文化苦旅〉：文化散文衰敗的標本》，《文學自由談》1996 年第 2 期。
   "Cultural Journey": specimens of the declined Cultural Essays" Free Forum of Literature 1996 second

3. 《龍應台的》不順》》，《文學自由談》1996 年第 3 期。
   The critique of Long Yingtai's works and quality Free Forum of Literature 1996 third

4. 《龍應台的文學批評論》，《衡陽師範學院學報》第 18 卷，1997 年第 5 期。
   The Literature Criticism of Long Yingtai Journal of Hengyang Normal University 1997 fifth

5. 《龍應台雜文思想研究》，《理論與創作》1998 年 05 期。
   The Research of Long Yingtai's narrative essays Creation and Criticism 1998 fifth

6. 《〈圍城〉：女性形象跌落的滑鐵盧》，《理論與創作》1999 年 07 期。
   Besieged City:The waterloo of female image's falling down Creation and Criticism 1999 seventh

7. 《從「錢鍾書熱」看中國文化界的悲劇》，《衡陽師範學院學報》第 20 卷，2000 年第 4 期。
   From "Qian Zhongshu hot" on the tragedy of the Chinese culture Journal of Hengyang Normal University 2000 forth

8. 《〈圍城〉：一本愛國主義缺席的流行磁帶》
   Besieged City: A popular tape of patriotism' absence

9. 《論重寫錢鍾書傳》，《理論與創作》2007 年 01 期。
   On rewriting Zhongshu Qian Biography Creation and Criticism 2007 firth

10. 《對聖化錢鍾書的「錢學」學者的質疑》，《湖南社會科學》2007 年第 2 期。
    Question about scholars sanctified Zhongshu Qian's "Qian school" Social Sciences in Hunan 2007second

11. 《錢鍾書用典之研究》，《船山學刊》2007 年第 2 期。
    "Study on Zhongshu Qian's allusion using" Chuanshan Journal 2007 second

12. 《「錢學」學者的尷尬與出路》，《中國教育雜誌社》（中國香港）2008 年第 5 期。
    "Qian Studies" scholars＇ embarrassment and outlet" China Education Journal (Hong Kong China)2008 fifth

13. 《狂放不羈與明哲保身：錢鍾書人格修煉旅程中的大道與歧路》，《中國教育雜誌社》（中國香港）2008 年第 8 期。
    "Wild unruly and self-preservation: Zhongshu Qian's personality cultivation, Avenue and Crossroads in the Journey" China Education Journal (Hong Kong China) 2008 eighth

14. 《以「民國文學史」替代「新文學」史考》，《湖南社會科學》2010 年第 1 期。
    Textual research of Literary History in the Republic era substitute for New Literature. Social Sciences in Hunan 2010 first

15. 《論開展民國文學史研究的迫切性》，《衡陽師範學院學報》2010 年第 2 期。
    The study of Literary History in the Republic era:a significant and urgent task. Journal of Hengyang Normal University 2010 second

16. 《論開展民國文學史研究的必要性可行性》，《當代教育理論與實踐》2010 年第 3 期。
    On launching the necessity and feasibility study of Literary History in the Republic era.Theory and Practice of Contemporary Education 2010 third

17. 《文學史觀的失誤與拯救》，《求索》2010 年第 7 期。
    The mistakes and save of the views on literary history——The history of literature from1912～1949 as an example.Seeker 2010 seventh

18. 《民國文學史特點研究》，《湖南大學學報》（社會科學版）2013 年第 1 期。
    Characteristic research of Literary History in the Republic era. Journal of Hunan University (Social Sciences) 2013 first

19. 《對目前民國文學史話題的評析》，《湖南社會科學》2014 年第 3 期。
    Comment on the Present Topics of Literary History in the Republic era. Social Sciences in Hunan 2014 third

20. 《白雲岫》（小說），湖南文藝出版社，2000 年 4 月。
    Novel "White cloud cavern" Hunan literature and Art Publishing House in April 2000

21. 《錢鍾書〈圍城〉批判》，湖南大學出版社，2000 年 12 月出版。
    The Critique of Qian zhong-shu's "sieged Fortress" Hunan University Press published in December 2000

22. 《透視錢鍾書》，湖南人民出版社，2006 年 5 月出版。
    Perspective Qian Zhongshu Hunan people's Publishing House published in May 2006

23. 《民國文學史研究》，吉林大學出版社，2011 年 12 月。
    The literature history of during Republic of China Jilin University press published in December 2011

作者英文簡歷

RESUME

Personal Information:

Name:	Yize Tang	Birth Place:	Hengyang, Hunan
Date of Birth:	Dec,1968	Sex:	Male
Highest degree	Master of Arts	Existing title	Literature Researcher
Telephone:	13077372389	E-mail:	tyzmzd@163.com

Major Experiences:

Nov. 2006～present	Passed the assessment of Literature Researcher Title
Apr. 2000～Nov. 2006	Lecturer, associate professor of college of arts in Hunan University (as a visiting scholar to the Department of Journalism of Renmin University of China for a year during this period);
Nov. 1996～March. 2000	Being instructor of Ministry of Basic Course in the former Hunan Institute of Finance;
Sept. 1995～Oct. 1996	Lecturer of Department of Chinese in Hengyang Normal College;
Aug. 1994～Aug. 1995	Working as a teacher in Guangzhou Pearl River University;
Jan. 1989～July. 1991	Being judicial police and lawyer in Huaihua Justice Bureau

Education:

July. 1994	Full-time postgraduate of ancient Chinese literature in Xiangtan University, and received Master of Arts degree;
Dec. 1988	Full-time postgraduate of Sociology in Sun Yat-Sen University;
July. 1987	Full-time graduate in Xiangtan University, and obtained Bachelor's degree in history

Main Scientific Research Achievements:

Papers:
- ""Cultural Journey": specimens of the declined Cultural Essays", carried in "Free Forum of Literature," 2nd issue, 1996. Full copied by "China's modern and contemporary literary studies" of Renmin University of China in 9th, 1996.
- "Lung Ying～tai's not justifiable" carried in "Free Forum of Literature," 3rd, 1996.
- "Research on Lung Ying～tai's essay Thought" carried in "Theory and Creation," 5th, 1998.
- "Lung Ying～tai's Literary Criticism" carried in "Journal of Hengyang Normal College," 5th, Vol. 18.
- "Study on Zhongshu Qian's allusion using" carried in "Chuan Shan Journal," 2nd, 2007。
- "Question about scholars sanctified Zhongshu Qian's "Qian school" carried in "Hunan Social Sciences," 2nd, 2007.
- "On rewriting Zhongshu Qian Biography" carried in "Theory and Creation,"1st, 2007.
- "To look at the Chinese cultural circles tragedy from "Zhongshu Qian hot" carried in "Journal of Hengyang Normal College," 4th, Vol 20. Full copied by "China's modern and contemporary literary studies" of Renmin University of China in 9th, 1999.
- ""Qian Studies" scholars' embarrassment and outlet" carried in "China Education Magazine" (Hong Kong), 5th, 2008.
- "Wild unruly and self～preservation: Zhongshu Qian's personality cultivation, Avenue and Crossroads in the Journey" carried in "China Education Magazine" (Hong Kong), 8th, 2008.
- "China's ancient poet's sense of suffered life," etc., carried in "Quest", 4th, 2007.
- "A historical review of "Literary History of the Republic of China" replaced "new literature" carried in "Hunan Social Sciences", 1st, 2010.

Publications:
- "The perspective of Zhongshu Qian" published by Hunan People's Publishing House in May 2006.
- "The criticism of "Fortress Besieged" written by Zhongshu Qian" published by Hunan University Press in December 2000.
- Novel "White cloud cavern" published by Hunan Arts Press, April 2000.

Subjects:
- main participants in five national, provincial planning projects

Academic contributions:

1 Scholar-writer;
2 One of the first group of scholars in the research community of world literature who criticize Qiuyu Yu, ""Cultural Journey": specimens of the declined Cultural Essays" was identified classic that refutes the Yu;

3 The first scholar introspected Zhongshu Qian rigorously and systematically, a series of articles and two books reproduce the authentic Zhongshu Qian;

4 The first scholar that systematically proposed the study of "the Republic literary history", "The mistakes and salvation of the views on literary history～take he history of literature from 1912 to 1949 as an example", "The study of the Republic Literary History's characteristics", ""Republic Literary History" study: a big and urgent task", ""the "Republic Literary History": the declaration of the end of all kinds of literary labels", ""Exploring the necessity and feasibility of "the Republic Literary History" study", and "Legitimacy: Modern Literature's pale ravings" and so on, published by Journals of Hunan University, Xiangtan University, Hunan Science and Technology University, Hengyang Normal University, and opened the high tide of "Republic literary history" study;

5 The first scholar suspected and denied the literature law for proposition, "Literature laws restrain the suspect" and so on, setting off waves on the reunderstanding of literature laws;

6 At present, mainly host the publication of "Republic book collection" vol. 2000, writing of "History of the Republic of China" vol.100, and fiction writing;

Awards for who pass the graduate school entrance exams

1. In order to encourage the students in Xiangtan University to study hard, to cultivate to a higher level of its development, Yize Tang set this award specially in Xiangtan University, which affiliates itself with "Yize Tang excellence award."

2. Objects and Conditions

Literature, foreign languages, history, law and economy undergraduates of Xiangtan University in their school years, Master's degree students to be admitted to Peking University, Tsinghua University, Master's degree and Doctor's degree students in Chinese Academy of Social Sciences Research Institute in Beijing.

3. Incentives

（1）Yize Tang deposits part of the cash in the name of bonuses, increases according to the specific conditions, the proposed establishment of college of Arts; Award 2400 yuan / person for those meeting the criteria in the college of Arts, other faculties for RMB1,800 / person;

（2）Program

    ① All applicants of Peking University, Tsinghua University and Master's degree, doctorate in Chinese Academy of Social Sciences Research Institute in Beijing, sending the applying information in the electronic document form to tyzmzd@163.com and retaining the applying information copy;

    ② With identity cards, admission notice originals and a copy of the applying information, signing "exactly as the original card" and stamping with official seal on the information of the ① edition by the host faculty, the Department and graduate school, and then the award is available after confirming by Tang Yize or his agents, a copy of all this edition's information together with the award form shall be under Yize Tang's custody.

（3）Yize Tang ensures that funds are not exhaustive, and recipients can not cook up.